Rosner

Optimale Vorbereitung auf das Abitur in Mathematik

Grundlegendes Anforderungsniveau

Verständliche Zusammenfassungen und Basisübungen mit ausführlichen Lösungen

Rosner

Optimale Vorbereitung auf das Abitur in Mathematik
Grundlegendes Anforderungsniveau

Verständliche Zusammenfassungen
und Basisübungen
mit ausführlichen Lösungen

Berufliches Gymnasium in Baden-Württemberg

Merkur
Verlag Rinteln

Wirtschaftswissenschaftliche Bücherei für Schule und Praxis
Begründet von Handelsschul-Direktor Dipl.-Hdl. Friedrich Hutkap †

Der Verfasser:

Stefan Rosner
Lehrer an der Kaufm. Schule in Schwäbisch Hall
stefan_rosner@hotmail.com

* * * * *

1. Auflage 2023

Gesamtherstellung:
MERKUR VERLAG RINTELN Hutkap GmbH & Co. KG, 31735 Rinteln

E-Mail: info@merkur-verlag.de
lehrer-service@merkur-verlag.de

Internet: www.merkur-verlag.de

Merkur-Nr. 0381-01
ISBN 978-3-8120-1097-9

„Sie müssen das Buch so schreiben, dass alles drin ist, aber man es trotzdem versteht!“
(Aufforderung einer Schülerin)

Vorwort

Liebe Schülerinnen und Schüler,

dieses Buch und die Videos sollen Sie dabei unterstützen,

- sich in den letzten beiden Schuljahren optimal auf Klausuren und auf die **schriftliche und mündliche Abiturprüfung** in Mathematik vorzubereiten.
- sich alle Lehrplaninhalte anhand verständlicher und übersichtlicher Stoffzusammenfassungen anzueignen.
- Ihr gewonnenes Wissen anhand von Basisübungen mit ausführlichen Lösungen schnell und prüfungsbezogen zu vertiefen.
- durch Erfolge neue Motivation für das Fach Mathematik zu bekommen.
- eine gute Note in der Abiturprüfung zu erreichen.

Liebe Fachkolleginnen und Fachkollegen,

dieses Buch und die Videos sollen Sie dabei unterstützen,

- die zeitintensive Stoffwiederholung, Klausur- und Abiturvorbereitung teilweise aus dem Unterricht auslagern zu können.
- auf diese Weise mehr Zeit für verständnisorientierten Unterricht zu gewinnen.
- sicherzustellen, dass Ihre Schülerinnen und Schüler über ausreichendes Basiswissen verfügen.
- den Notendurchschnitt Ihrer Klasse in der Abiturprüfung zu optimieren.

Konzept

Der Kern des Buches besteht aus eingängigen **Stoffzusammenfassungen zu allen Lehrplanthemen** des **grundlegenden Anforderungsniveaus** am beruflichen Gymnasium in Baden-Württemberg.
Die Zusammenfassungen sind so konzipiert, dass alle mathematischen Inhalte direkt aufgenommen und kognitiv verarbeitet werden können.

Die über **100 Videos** im Buch bieten einen weiteren Lernzugang, welcher in Kombination mit dem Buch bei vielen Schülerinnen und Schülern nachweisbar zu besseren Lernergebnissen führt.

Das Ende des Buches besteht aus kurzen, elementaren **Basisübungen** zu allen Themen. Diese werden **ausführlich gelöst**.

Ablauf der Abiturprüfung

Grundlegendes Anforderungsniveau:
225 Min Arbeitszeit plus 30 Min Auswahl, insgesamt 255 Minuten: 100 Bewertungseinheiten

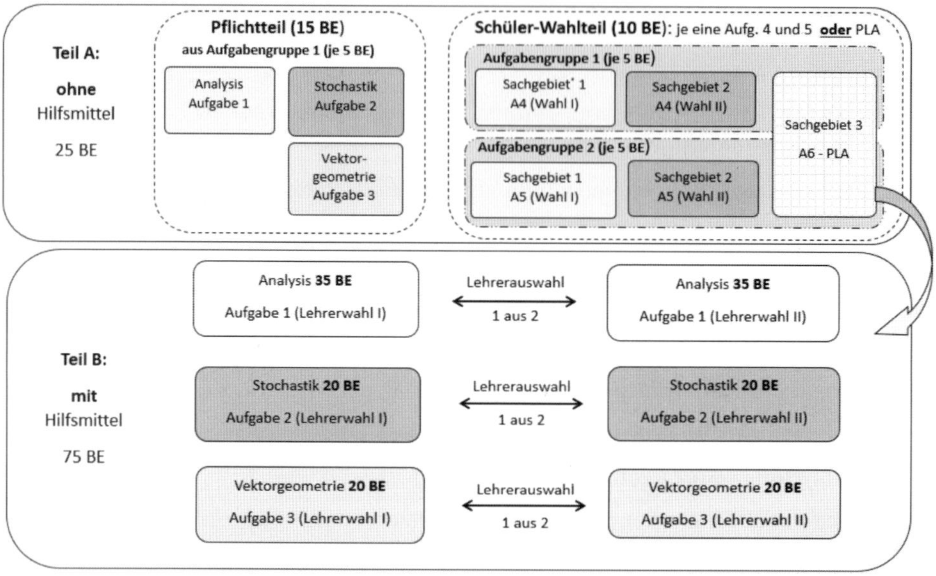

* Sachgebiete sind Analysis, Stochastik und Vektorgeometrie — Quelle: IBBW Baden-Württemberg

Erläuterungen

- **Pflichtteil (Teil A, ohne Hilfsmittel)**: Die vorgelegten 3 Aufgaben (zu allen Themen des Lehrplans) müssen bearbeitet werden.
- **Schüler-Wahlteil (Teil A, ohne Hilfsmittel)**
  Beispiel: In Aufgabengruppe 1 (A4) liegt jeweils eine Aufgabe zur Analysis (Sachgebiet 1) und eine Aufgabe zur Stochastik (Sachgebiet 2) vor. In der Aufgabengruppe 2 (A5) entsprechend. Zusätzlich liegt die Aufgabe 6 zum Problemlösen (PLA) zur Vektorgeometrie vor. Die Schüler*in wählt dann **entweder aus jeder der beiden Aufgabengruppen genau eine Aufgabe** aus **oder wählt (nur) die Aufgabe 6 zum Problemlösen** aus. In diesem Fall gibt die Schüler*in **vor** der Bearbeitung der Problemlöseaufgabe den Teil A ab und erhält dann zur Bearbeitung der Problemlöseaufgabe die **Hilfsmittel (Taschenrechner und Merkhilfe)**.
- **Teil B, mit Hilfsmittel:** Vor der Prüfung wählt die Lehrer*in aus je zwei Aufgaben zur Analysis, Stochastik und Vektorgeometrie jeweils eine Aufgabe aus.

Faustformel zur Zeitplanung: Aus 255 min für 100 BE ergeben sich **2,55 min pro BE**.

Hinweis: Zur weiteren Erläuterung sei auf das nachfolgende **Video** verwisesen.

http://mvurl.de/9ucf

Inhaltsverzeichnis

Ganzrationale Funktion

$f(x) = x^4 - 2x^3 - 1$

(S. 12)

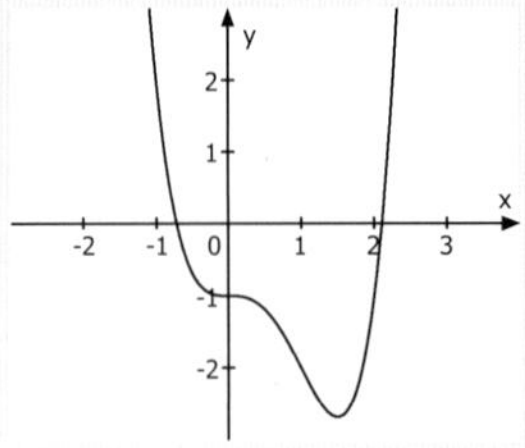

Potenzfunktionen

$f(x) = \frac{1}{x^2}$

(S. 16)

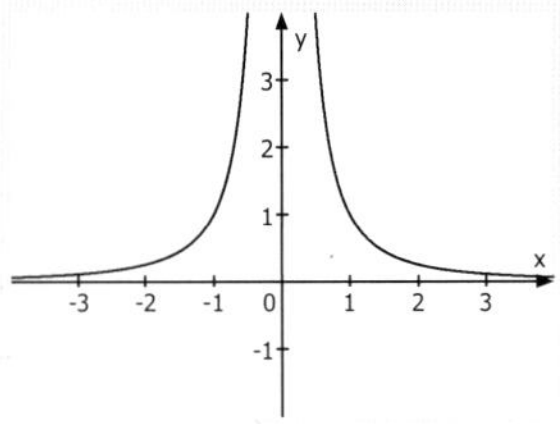

Funktionstypen —

Exponentialfunktion

$f(x) = e^x - 2$

(S. 18)

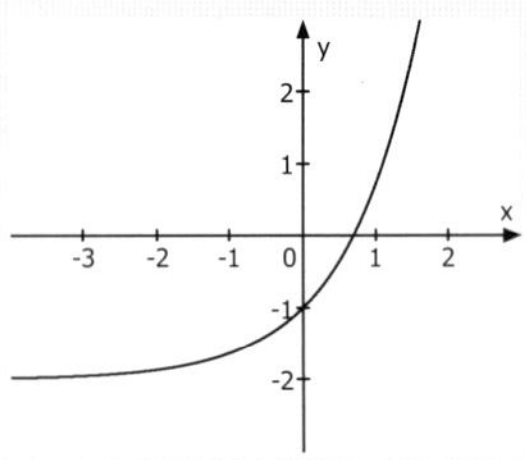

Trignonometrische Funktion

$f(x) = 2 \cdot \sin(x)$

(S. 20)

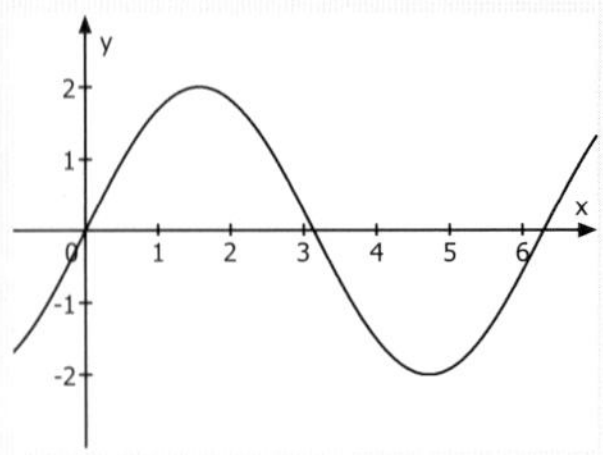

Analysis
Funktionen

Nullstellenansatz

$f(x) = (x+1)^2 \cdot (x-1)$

(S. 14)

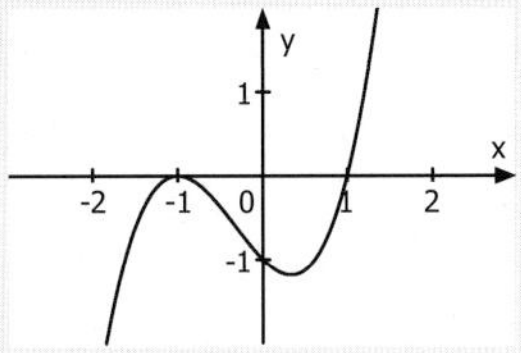

Symmetrie

…zur y-Achse

…zum Ursprung

(S. 24)

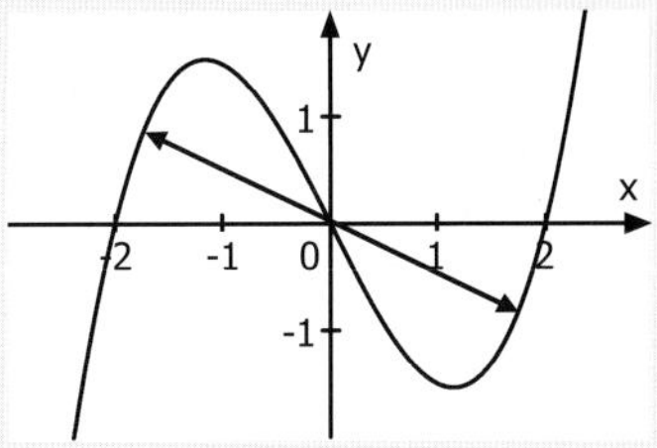

Spiegeln, Strecken
und Verschieben
(S. 22)

1 Funktionen

1.1 Ganzrationale Funktionen (Polynome)

1. Grades (Geraden)	2. Grades (Parabeln)
Hauptform : $\boldsymbol{y = mx + b}$	**Allg.:** $\boldsymbol{f(x) = ax^2 + bx + c}$
Vorgehen zum Einzeichnen: $y = \frac{hoch\,/\,runter}{rechts} \cdot x +$ *y-Achsen-abschnitt*	Scheitelpunkt-Ansatz: $f(x) = a \cdot (x - x_s)^2 + y_s$ mit $S(x_s \mid y_s)$
Steigung aus 2 Punkten: $m = \frac{y_2 - y_1}{x_2 - x_1}$	$a > 0$: nach oben geöffnet bzw. Verlauf von II nach I
Steigungswinkel aus Steigung bestimmen: $m = \tan(\alpha)$	$a < 0$: nach unten geöffnet bzw. Verlauf von III nach IV
Parallele Geraden: $m_1 = m_2$ (gleiche Steigung)	Schnittpunkt mit y-Achse: $S_y(0 \mid c)$
Senkrechte (orthogonale) Geraden: Steigungen sind negative Kehrwerte voneinander: $m_2 = -\frac{1}{m_1}$ bzw. $m_1 \cdot m_2 = -1$	Bei Symmetrie zur y-Achse: $f(x) = ax^2 + c$ (nur gerade Hochzahlen)
1. Winkelhalbierende: $y = x \quad (m = 1)$ 2. Winkelhalbierende: $y = -x \quad (m = -1)$	
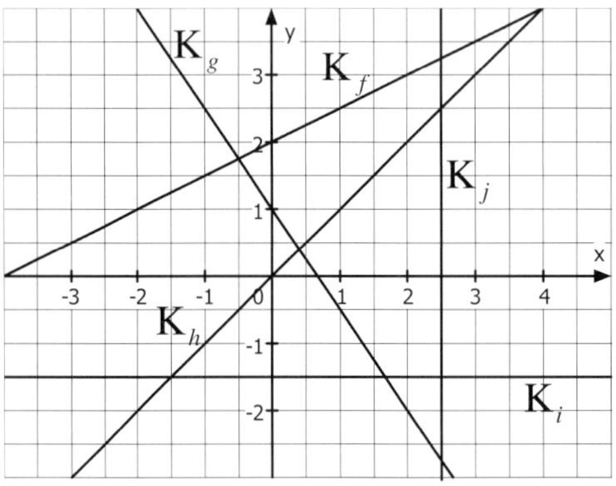	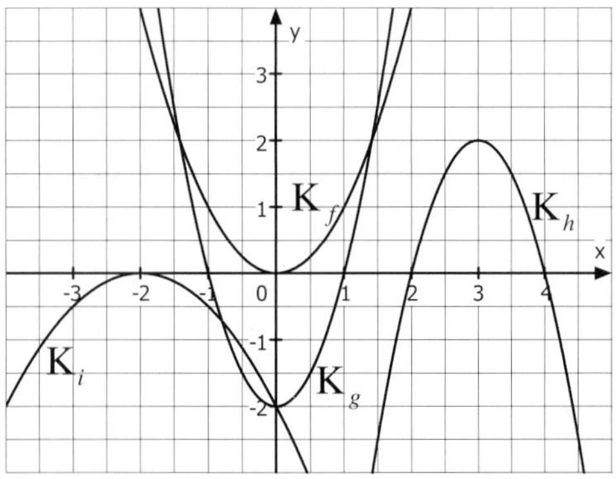
K_f: $y = \frac{1}{2}x + 2$ $\quad$ K_g: $y = -\frac{3}{2}x + 1$ K_h: $y = x$ (1. Winkelhalbierende) K_i: $y = -1{,}5$ $\quad$ K_j: $x = 2{,}5$	K_f: $f(x) = x^2$ $\quad$ K_g: $g(x) = 2x^2 - 2$ K_h: $h(x) = -2(x-3)^2 + 2$ K_i: $i(x) = -0{,}5x^2 - 2x - 2$

www.mvurl.de/fdub

<table>
<tr><th>3. Grades</th><th>4. Grades</th></tr>
<tr><td>Allg.: $f(x)=ax^3+bx^2+cx+d$

$a>0$: Verlauf von III nach I

$a<0$: Verlauf von II nach IV

Schnittpunkt mit y-Achse: $S_y(0 \mid d)$

Ansatz bei Symmetrie zum Ursprung:
$f(x)=ax^3+cx$ (nur ungerade Hochzahlen)</td><td>Allg.: $f(x)=ax^4+bx^3+cx^2+dx+e$

$a>0$: Verlauf von II nach I

$a<0$: Verlauf von III nach IV

Schnittpunkt mit y-Achse: $S_y(0 \mid e)$

Ansatz bei Symmetrie zur y-Achse:
$f(x)=ax^4+cx^2+e$ (nur gerade Hochzahlen)</td></tr>
<tr><td>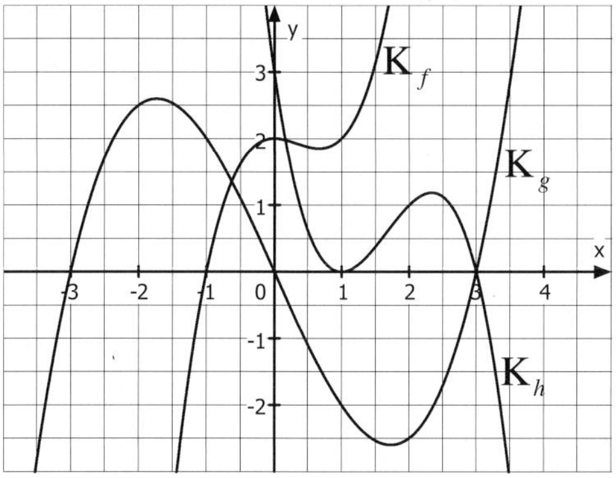

K_f: $f(x)=x^3-x^2+2$

K_g: $g(x)=\frac{1}{4}x^3-\frac{9}{4}x$

K_h: $h(x)=-x^3+5x^2-7x+3$</td><td>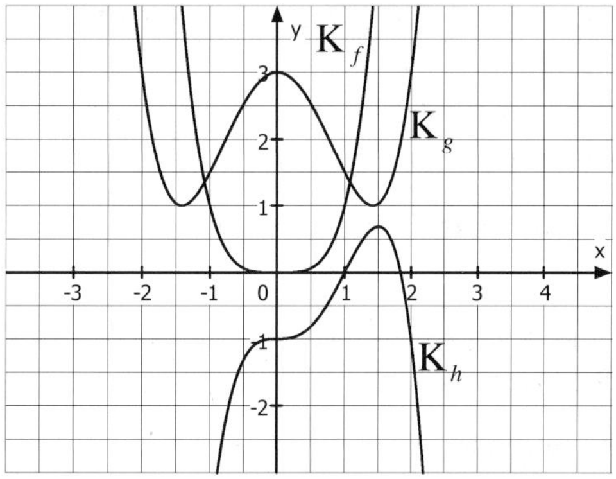

K_f: $f(x)=x^4$

K_g: $g(x)=0,5x^4-2x^2+3$

K_h: $h(x)=-x^4+2x^3-1$</td></tr>
</table>

Tipp (für alle ganzrationalen Funktionen)
$\boldsymbol{a>0}$: Verlauf von ... nach **I** („endet **oben**")
$\boldsymbol{a<0}$: Verlauf von ... nach **IV** („endet **unten**")

Die Quadranten

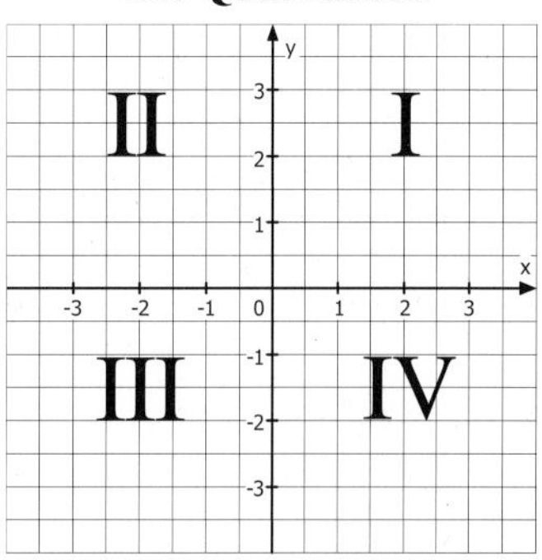

1.2 Der Nullstellenansatz und die Vielfachheit von Nullstellen

Beispiele

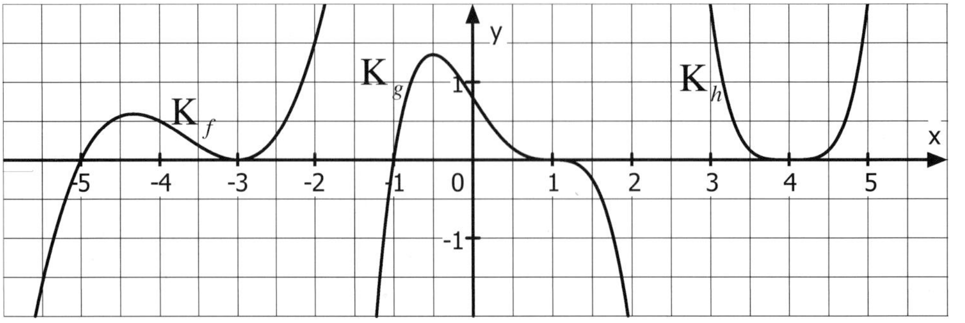

$K_f: f(x) = 0,5 \cdot (x+5) \cdot (x+3)^2$ $K_g: g(x) = -0,8 \cdot (x+1) \cdot (x-1)^3$ $K_h: h(x) = 2 \cdot (x-4)^4$

Aufbau des Nullstellenansatzes (am Beispiel)

$$g(x) = -0,8 \cdot (x+1) \cdot (x-1)^3$$

Verlauf von III nach IV	$x_0 = -1$ ist einfache Nullstelle	$x_{1/2/3} = +1$ ist dreifache Nullstelle

www.mvurl.de/rf6n

Übersicht (für ganzrationale Funktionen)

Vielfachheit Nullstelle	**Faktor im Nullstellenansatz**	**Skizze**	**Beschreibung**
Einfache Nullstelle: x_0	$f(x) = \ldots \cdot (x - x_0) \cdot \ldots$	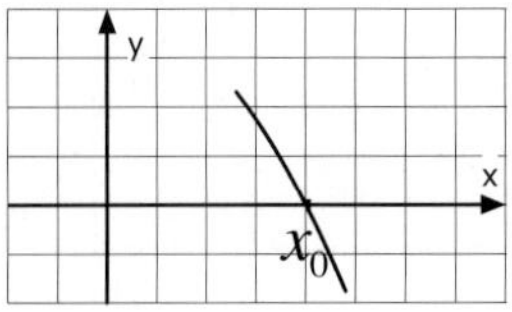	Schaubild **schneidet** x-Achse (mit Vorzeichenwechsel VZW)
Doppelte Nullstelle: x_0	$f(x) = \ldots \cdot (x - x_0)^2 \cdot \ldots$	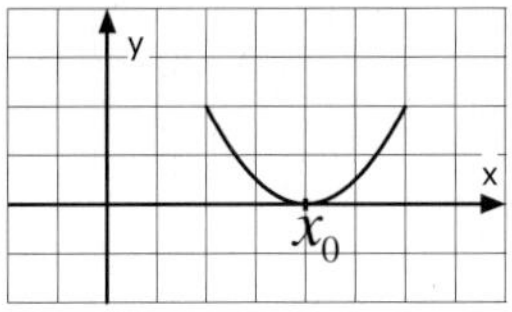	Schaubild **berührt** x-Achse (ohne VZW)
Dreifache Nullstelle: x_0	$f(x) = \ldots \cdot (x - x_0)^3 \cdot \ldots$	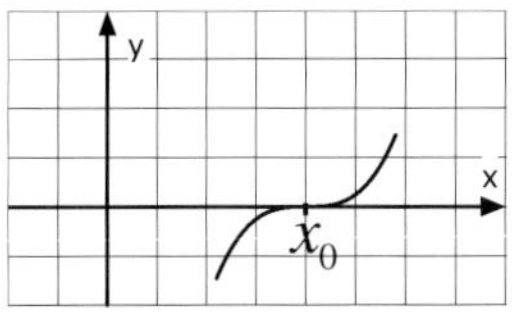	Schaubild **schneidet** und **berührt** x-Achse (mit VZW)
Vierfache Nullstelle: x_0	$f(x) = \ldots \cdot (x - x_0)^4 \cdot \ldots$	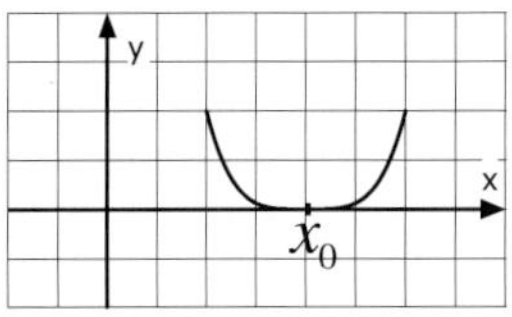	Schaubild **berührt** x-Achse (ohne VZW) („breiter“ geformt als doppelte Nullstelle)

1.3 Potenzfunktionen: $f(x) = x^{\cdots}$

Typ 1: mit natürlicher Hochzahl: $f(x) = x^n \quad (n \in \{1, 2, ...\})$

$f(x) = x$

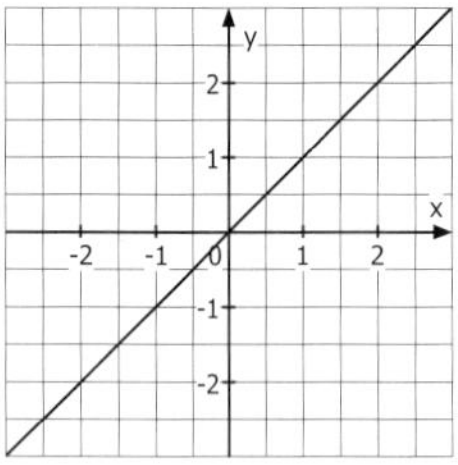

$f(x) = x^2$

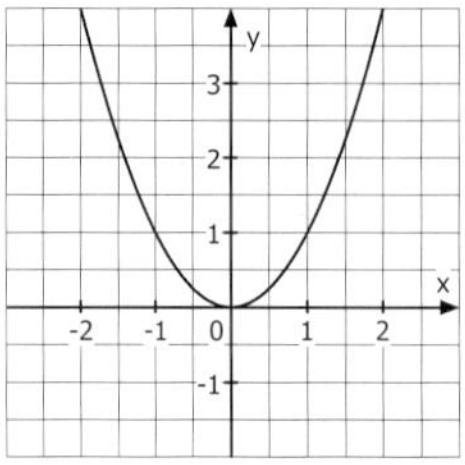

$f(x) = x^3$

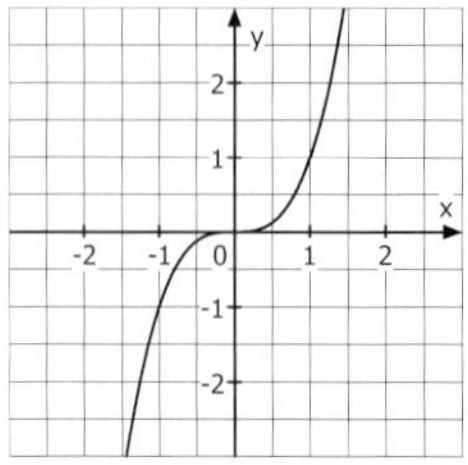

$f(x) = x^4$

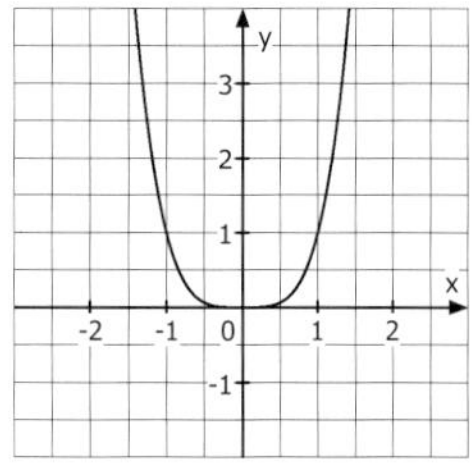

Eigenschaften

- **Definitionsbereich:** $x \in \mathbb{R}$ (für alle x-Werte definiert)
- **Symmetrie** $\begin{cases} n \text{ gerade:} & \text{Symmetrie zur } y\text{-Achse} \\ n \text{ ungerade:} & \text{Symmetrie zum Ursprung} \end{cases}$

Typ 2: mit neg. ganzer Hochzahl: $f(x) = x^{-n}$ bzw. $f(x) = \frac{1}{x^n} \quad (n \in \{1, 2, ...\})$

$f(x) = x^{-1} = \frac{1}{x}$

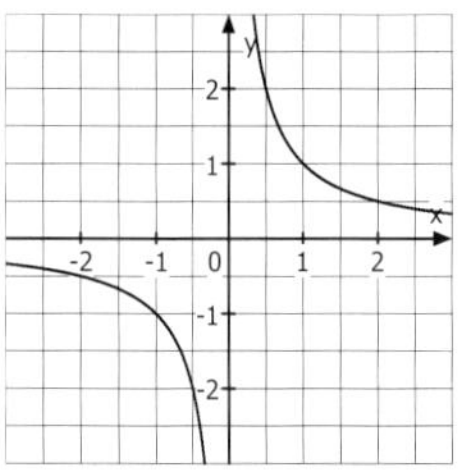

$f(x) = x^{-2} = \frac{1}{x^2}$

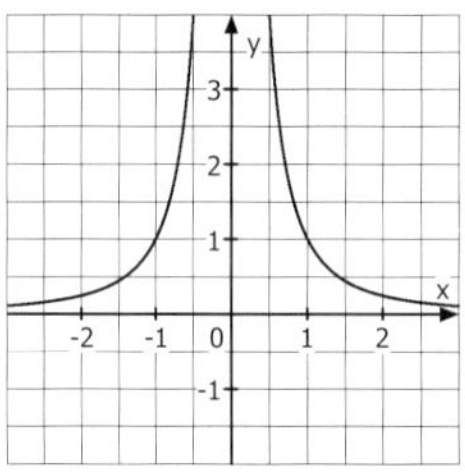

$f(x) = x^{-3} = \frac{1}{x^3}$

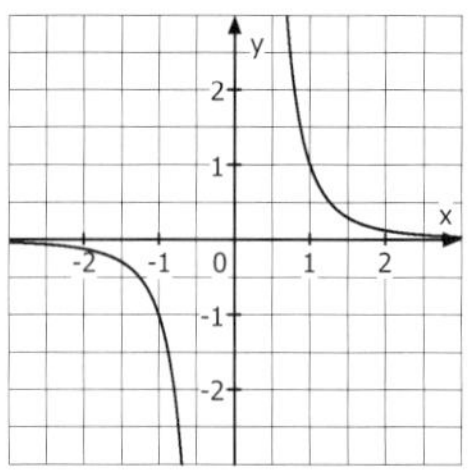

$f(x) = x^{-4} = \frac{1}{x^4}$

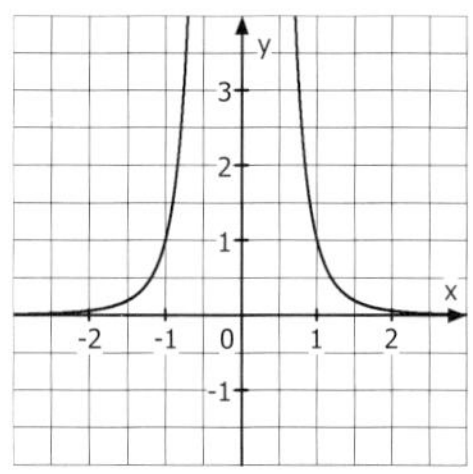

Eigenschaften

- **Definitionsbereich:** $x \in \mathbb{R}^*$ Für alle x-Werte außer 0 definiert, $x = 0$ ist Definitionslücke. Grund: das Teilen durch 0 ist nicht definiert.
- **Symmetrie** $\begin{cases} n \text{ gerade:} & \text{Symmetrie zur } y\text{-Achse} \\ n \text{ ungerade:} & \text{Symmetrie zum Ursprung} \end{cases}$
- **Asymptoten** (Näherungsgeraden) $\begin{cases} \text{Senkrechte Asymptote: } x = 0 \ (y\text{-Achse}) \\ \text{Waagrechte Asymptote: } y = 0 \ (x\text{-Achse}) \end{cases}$

www.mvurl.de/zoe6

Typ 3 : mit „Bruch in der Hochzahl“: $f(x) = x^{\frac{1}{n}}$ bzw. $f(x) = \sqrt[n]{x}$ $(n \in \{2, 3, ...\})$

$f(x) = x^{\frac{1}{2}} = \sqrt{x}$

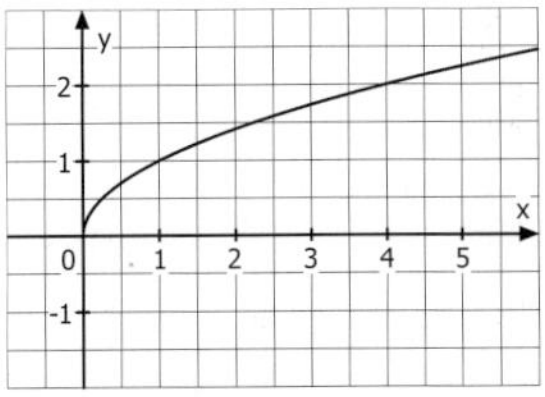

$f(x) = x^{\frac{1}{3}} = \sqrt[3]{x}$

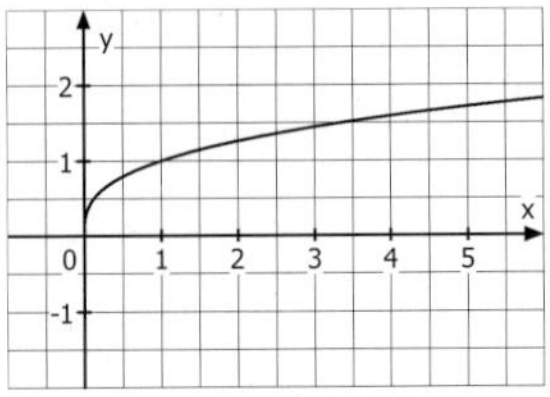

$f(x) = x^{\frac{1}{4}} = \sqrt[4]{x}$

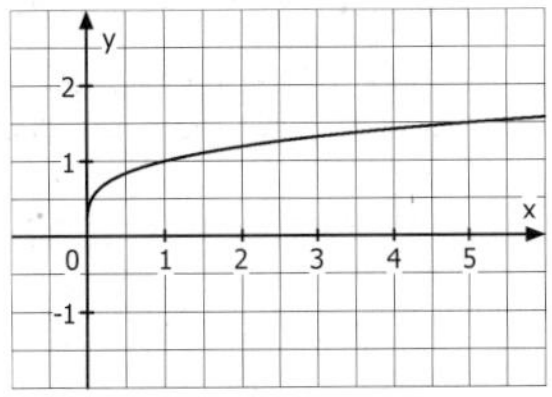

Eigenschaft

- **Definitionsbereich :** $x \in \mathbb{R}_+$ (nur für $x \geq 0$ definiert)

Weitere Beispiele (mit Verschiebungen)

$f(x) = x^3 + 1$

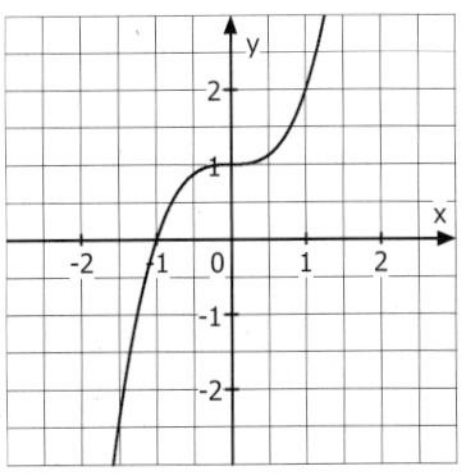

(Versch. 1 nach oben)

$f(x) = \frac{1}{x^3} - 1$

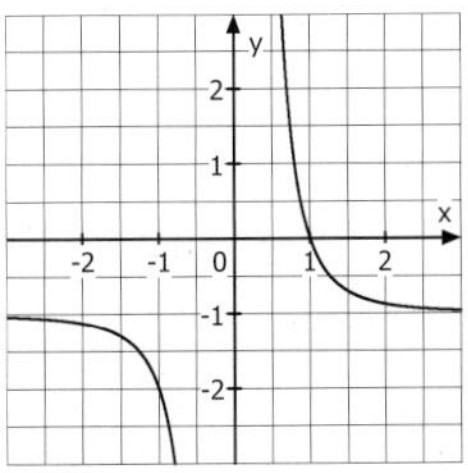

(Versch. 1 nach unten)

$f(x) = \sqrt[3]{x} + 1$

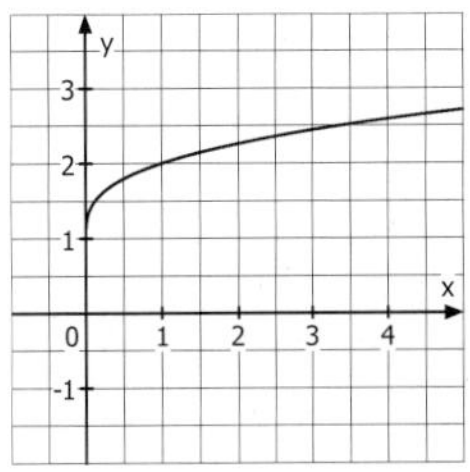

(Versch. 1 nach oben)

$f(x) = (x-2)^4$

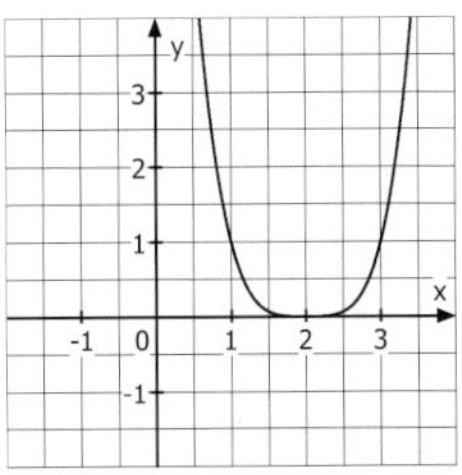

(Versch. 2 nach rechts)

$f(x) = \frac{1}{(x+1)^4}$

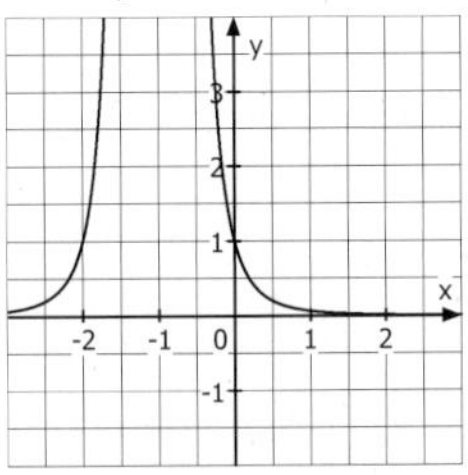

(Versch. 1 nach links)

$f(x) = \sqrt[4]{x-2}$

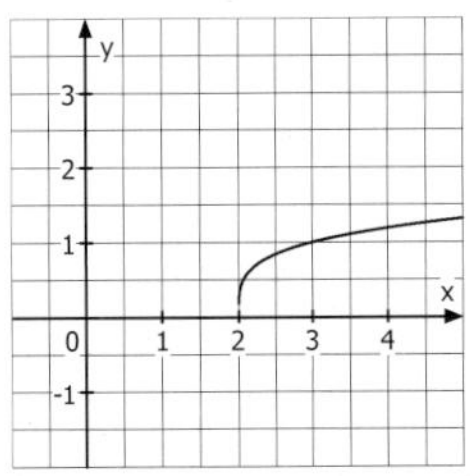

(Versch. 2 nach rechts)

2 Merkur-Nr. 0381

1.4 Exponentialfunktionen

1. Verlauf: $f(x) = e^x$

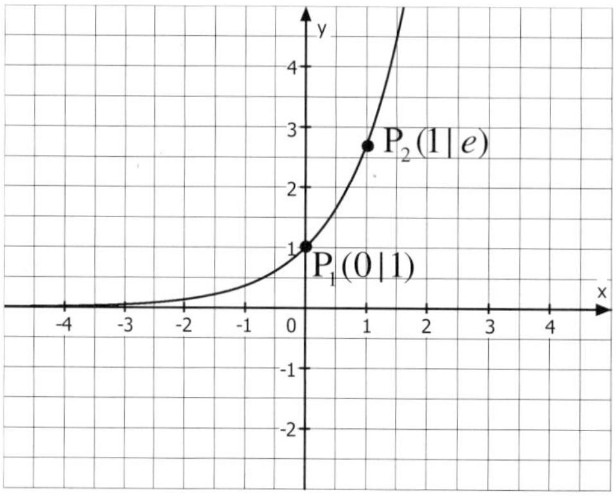

2. Spiegelungen

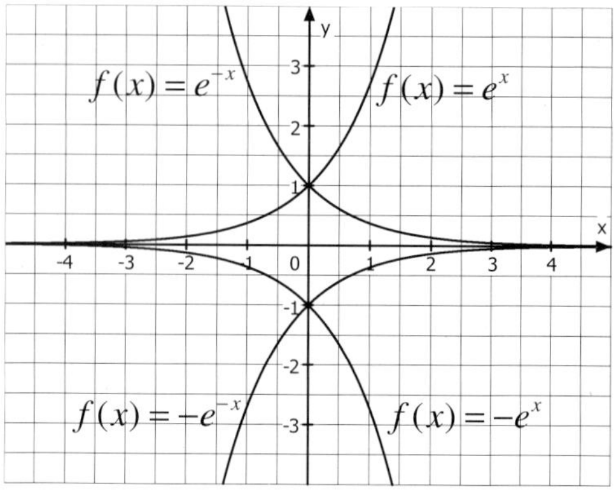

3. Koeffizienten in: $f(x) = a \cdot e^{b \cdot (x-c)} + d$

a **- Streckung / Stauchung in** ***y*****-Richtung**
$a > 1$: „steiler"
$0 < a < 1$: „flacher"
($a < 0$: an der x-Achse gespiegelt)

b **- ansteigendes oder fallendes Schaubild**
$b > 0$: ansteigendes Schaubild
$b < 0$: fallendes Schaubild (bzw. an der y-Achse gespiegelt)

c **- Verschiebung in** ***x*****-Richtung**
$c > 0$: nach rechts
$c < 0$: nach links

d **- Verschiebung in** ***y*****-Richtung**
($y = d$ ist Asymptote)
$d > 0$: nach oben
$d < 0$: nach unten

Vorsicht beim Koeffizienten ***c***

Das Schaubild zu $f(x) = e^{x-3}$ wurde um 3 Einheiten nach *rechts* verschoben!
Der Koeffizient c hat hier den Wert $+3$, das Minuszeichen kommt vom allgemeinen Ansatz der Funktion.

Entsprechend $f(x) = e^{x+2}$: Verschiebung um 2 nach *links*!

www.mvurl.de/1dvb

4. Asymptoten (Näherungsgeraden)

Beispielfunktion	Asymptote	Schaubilder
$f(x) = e^x$	$y = 0$ ($x-$Achse) für $x \to -\infty$	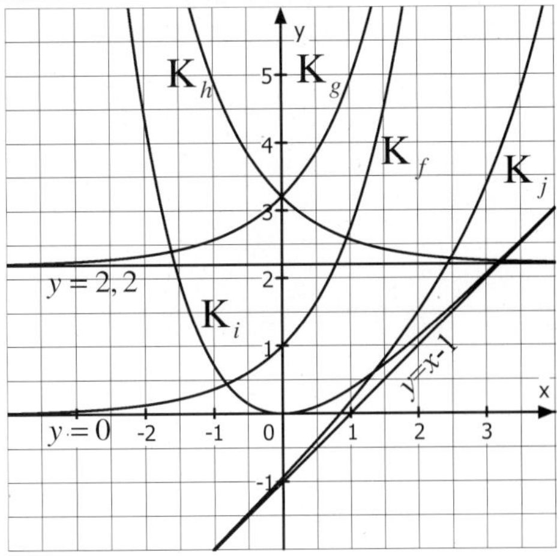
$g(x) = e^x + 2,2$	$y = 2,2$ für $x \to -\infty$	
$h(x) = e^{-x} + 2,2$	$y = 2,2$ für $x \to +\infty$	
$i(x) = e^{-x} + x - 1$	$y = x - 1$ für $x \to +\infty$	
$j(x) = 0,5e^{x-2} + x - 1$	$y = x - 1$ für $x \to -\infty$	

1. Regel (Asymptotengleichung): $y =$ „Exponentialgleichung ohne $e^{\dots x}$“
Man erhält die Asymptotengleichung, indem man die Gleichung der Exponentialfunktion schlicht übernimmt, jedoch hierbei auf den Summanden im Funktionsterm, der $e^{\dots x}$ enthält (dieser strebt gegen 0), verzichtet.

2. Regel (Annäherungsrichtung): Bei $e^{„+x“}$ für $x \to -\infty$ bzw. **bei $e^{„-x“}$ für $x \to +\infty$**
Die Annäherungsrichtung wird durch den Summanden im Funktionsterm, der $e^{\dots x}$ enthält, festgelegt: Steht vor dem x im Exponenten ein Pluszeichen, so nähert sich die Asymptote für große negative x-Werte („links“ im Koordinatensystem) dem Schaubild an.
Steht hier hingegen ein Minuszeichen, so findet die Annäherung bei großen positiven x-Werten („rechts“ im Koordinatensystem) statt.

5. Anwendungen

Wachstumsvorgänge werden oft mit dem Typ $f(x) = e^{„+x“}$ modelliert, Zerfallsvorgänge hingegen mit $f(x) = e^{„-x“}$.

1.5 Trigonometrische Funktionen

1. Verlauf

$f(x) = \sin(x)$

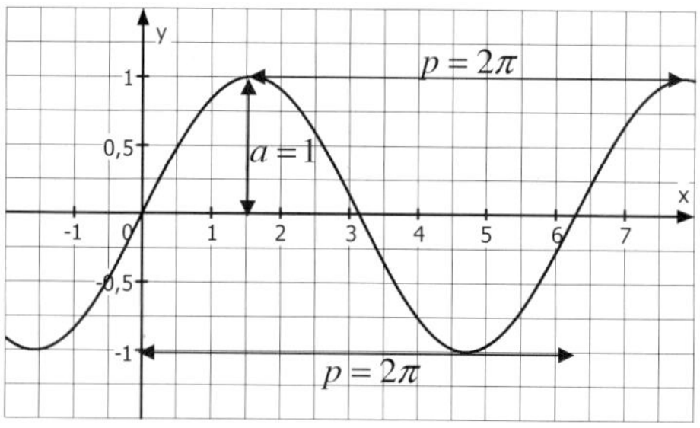

$f(x) = \cos(x)$

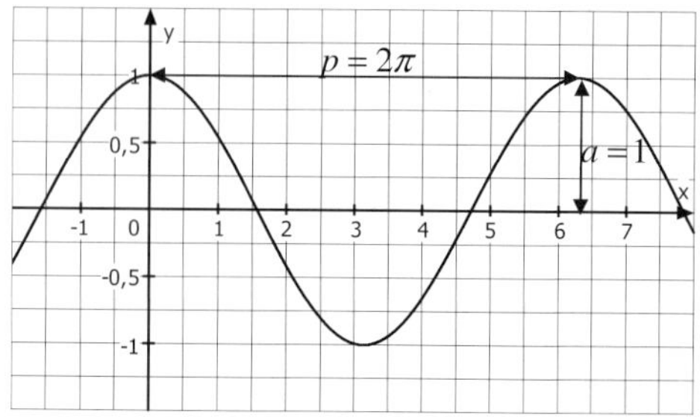

2. Koeffizienten: $f(x) = a \cdot \sin\big(b \cdot (x - c)\big) + d$ und $f(x) = a \cdot \cos\big(b \cdot (x - c)\big) + d$

***a* - Amplitude**
($|a|$, also „Zahl a ohne Vorzeichen", gibt max. Abstand zur „Mittellinie" an)
(Streckung in y-Richtung)

$\left(a < 0: \text{ an der } x\text{-Achse gespiegelt}\right)$ $\left(a = \dfrac{y_{\max} - y_{\min}}{2}\right)$

***b* - entscheidet Periodenlänge**
(„Dauer eines Durchlaufes")
$\left(\text{Streckung in } x\text{-Richtung um } \dfrac{1}{b}\right)$

$b = \dfrac{2\pi}{p}$ (p entspricht der Periodenlänge)

***c* - Verschiebung in *x*-Richtung**

$c > 0$: nach rechts
$c < 0$: nach links

***d* - Verschiebung in *y* - Richtung**
(„Höhe der Mittellinie")

$d > 0$: nach oben
$d < 0$: nach unten

$\left(d = \dfrac{y_{\max} + y_{\min}}{2}\right)$

Vorsicht beim Koeffizienten *c*

Das Schaubild zu $f(x) = \sin(x - 3)$ wurde um 3 Einheiten nach *rechts* verschoben!
Der Koeffizient c hat den Wert $+3$, das Minuszeichen kommt vom allgemeinen Ansatz der Funktion.

Entsprechend $f(x) = \sin(x + 2)$: Verschiebung um 2 nach *links*!

www.mvurl.de/kjv

Beispiel 1 (Zusätzlich ist das Schaubild von $f(x) = \sin(x)$ gestrichelt eingezeichnet.)

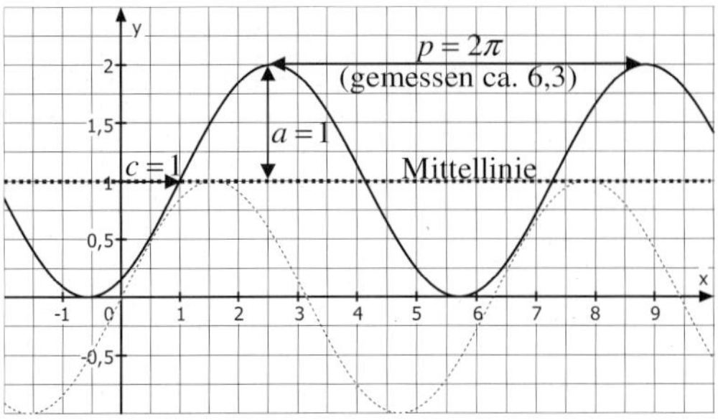

$\Rightarrow f(x) = \sin(x-1)+1$

$\left(\text{Alternativ: } f(x) = \cos(x-2{,}57)+1\right)$

Mit $\boldsymbol{f(x) = a \cdot \sin\left(b \cdot (x-c)\right)+d}$:

- $d = 1$ Mittellinie auf Höhe $+1$ $\left(\text{oder mit } \frac{2+0}{2} = \frac{2}{2} = 1\right)$
- $a = 1$ (max. Abstand von 1 zur Mittellinie) $\left(\text{oder mit } \frac{2-0}{2} = \frac{2}{2} = 1\right)$
- $c = 1$ Verschiebung um 1 nach rechts
- $b = \frac{2\pi}{p} = \frac{2\pi}{2\pi} = 1$

Beispiel 2

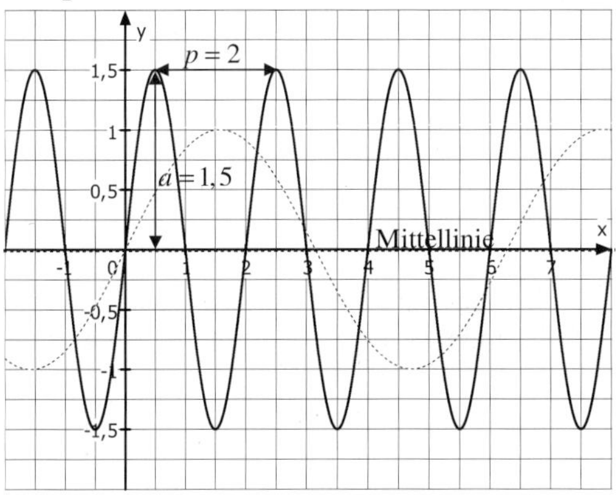

$\Rightarrow f(x) = 1{,}5 \cdot \sin(\pi \cdot x)$

$\left(\text{Alternativ: } f(x) = 1{,}5 \cdot \cos\left(\pi \cdot (x-0{,}5)\right)\right)$

Mit $\boldsymbol{f(x) = a \cdot \sin\left(b \cdot (x-c)\right)+d}$:

- $d = 0$ Mittellinie auf Höhe 0 $\left(\text{oder mit } \frac{1{,}5+(-1{,}5)}{2} = \frac{0}{2} = 0\right)$
- $a = 1{,}5$ max. Abstand von 1,5 zur Mittellinie $\left(\text{oder mit } \frac{1{,}5-(-1{,}5)}{2} = \frac{3}{2}\right)$
- $c = 0$ keine Verschiebung bei sin
- $b = \frac{2\pi}{p} = \frac{2\pi}{2} = \pi$

Tipp

Arbeiten Sie die Koeffizienten in dieser Reihenfolge ab!

Hilfe

Äußere Koeffizienten regeln Eigenschaften, die an der ***y*-Achse** gemessen werden.

$f(x) = a \cdot \sin\left(b \cdot (x-c)\right)+d$

$f(x) = a \cdot \cos\left(b \cdot (x-c)\right)+d$

Innere Koeffizienten regeln Eigenschaften, die an der ***x*-Achse** gemessen werden.

3. Anwendungen

Periodische Vorgänge, also Vorgänge, die sich in gleichen Zeitabschnitten wiederholen, werden oft mit trigonometrischen Funktionen modelliert.

1.6 Übersicht: Spiegeln, Strecken und Verschieben $f(x) \rightarrow$

	Spiegeln an ...		Strec -
	... x - Achse	... y - Achse	... y - Richtung
$f(x)=x^2$	$g(x)=-x^2$ 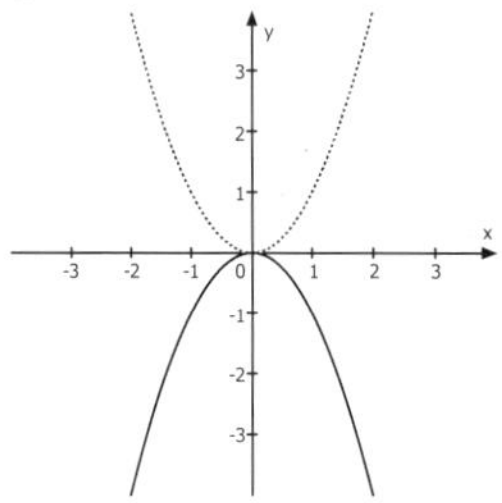	$g(x)=(-x)^2=x^2$ 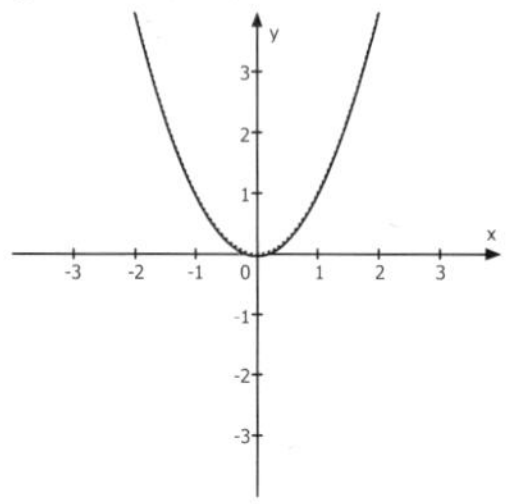	$g(x)=2\cdot x^2$ 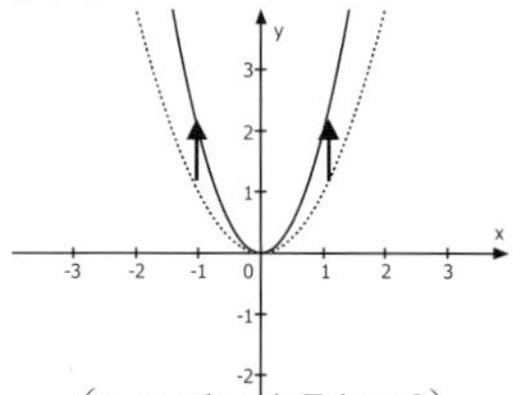 (gestreckt mit Faktor 2 in y-Richtung)
$f(x)=e^x$	$g(x)=-e^x$ 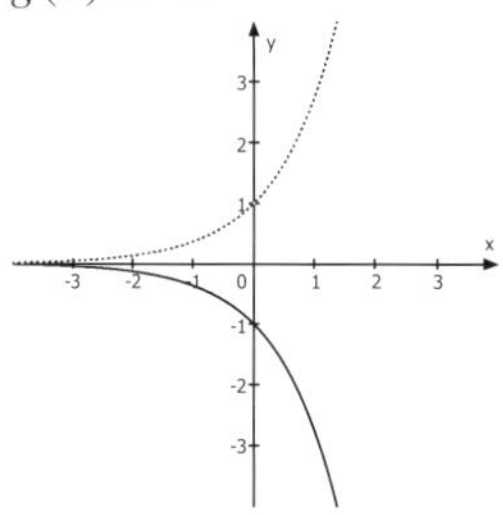	$g(x)=e^{-x}$ 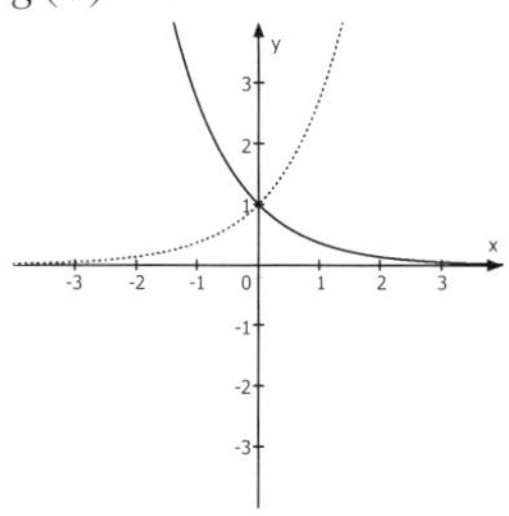	$g(x)=0,5\cdot e^x$ 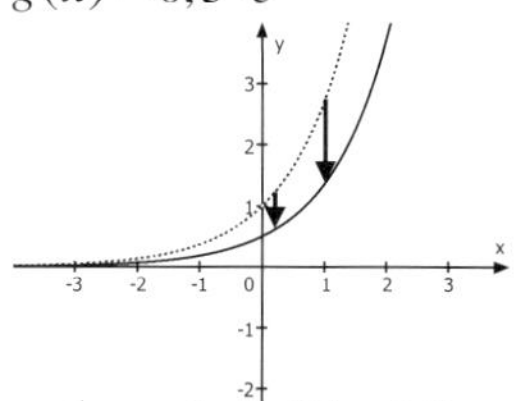 (gestreckt mit Faktor 0,5 in y-Richtung)
$f(x)=\sin(x)$	$g(x)=-\sin(x)$ 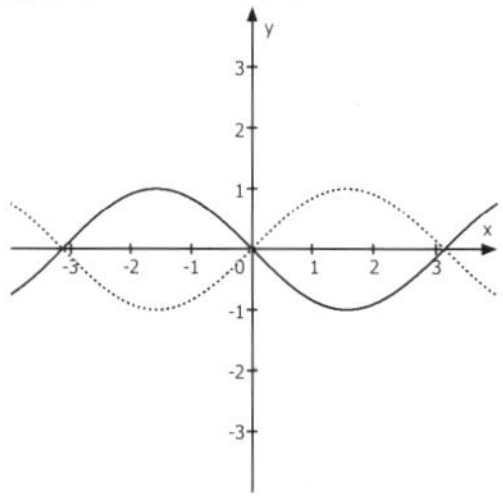	$g(x)=\sin(-x)$ 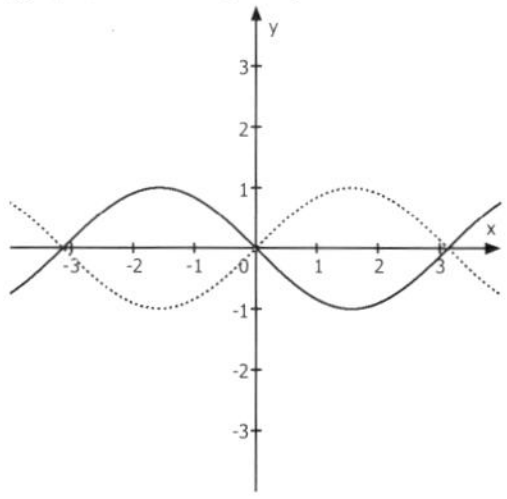	$g(x)=2\cdot\sin(x)$ 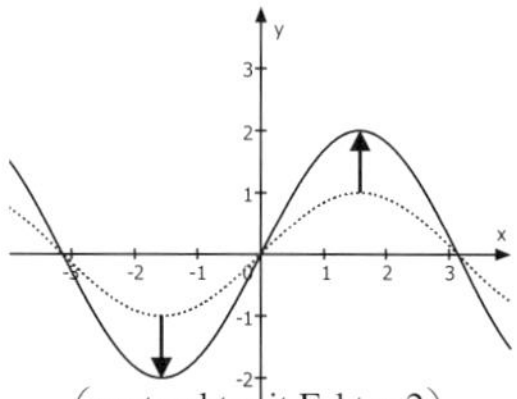 (gestreckt mit Faktor 2 in y-Richtung)
	$g(x)=-f(x)$ „ – “ vor Funktionsterm	$g(x)=f(-x)$ „x“ durch „ $-x$“ ersetzt	$g(x)=\boldsymbol{a}\cdot f(x)$ Streckung mit Faktor $\lvert\boldsymbol{a}\rvert$ in y-Richtung

www.mvurl.de/py6g

$\rightarrow \quad g(x) = a \cdot f\left(b \cdot (x-c)\right) + d$

ken in ...	Verschieben in ...	
... *x* - Richtung	... *y* - Richtung	... *x* - Richtung
$g(x) = (2x)^2 = 4x^2$ 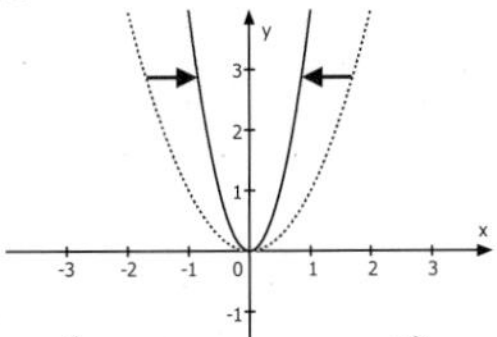 $\left(\text{gestreckt mit Faktor } \frac{1}{2} \text{ in } x\text{-Richtung}\right)$	$g(x) = x^2 - 2$ 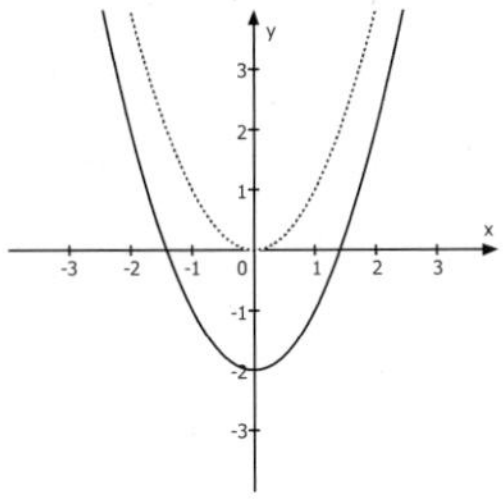	$g(x) = (x-2)^2$ 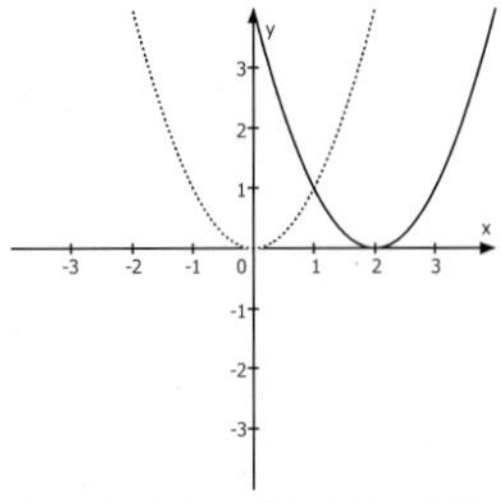
$g(x) = e^{0,5x}$ 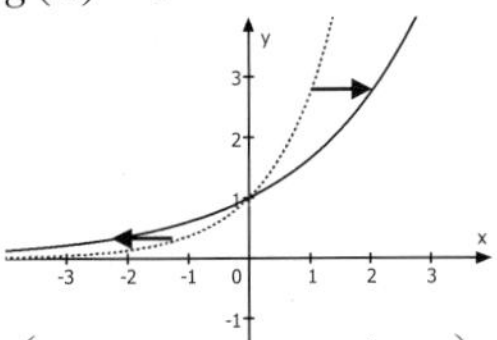 $\left(\text{gestreckt mit Faktor } \frac{1}{0,5} = 2 \text{ in } x\text{-Richtung}\right)$	$g(x) = e^x + 2$ 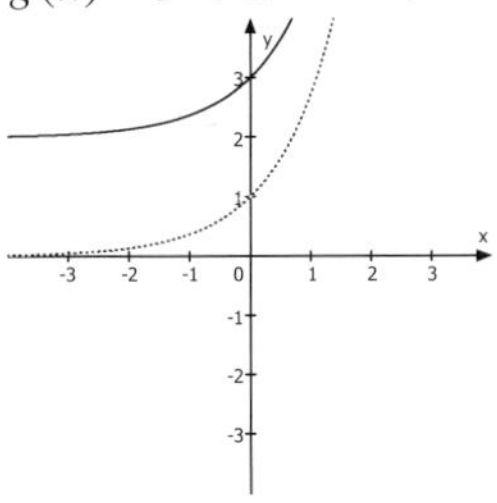	$g(x) = e^{x-2}$ 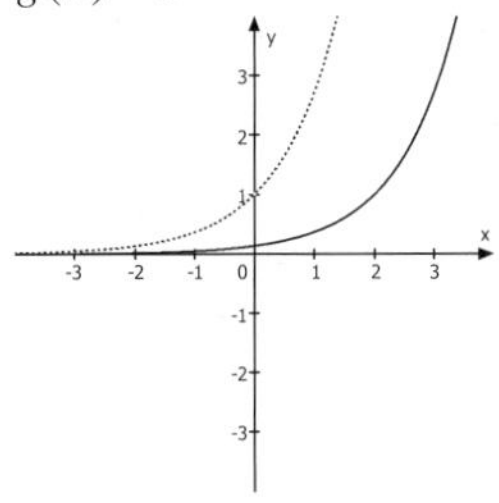
$g(x) = \sin(2x)$ 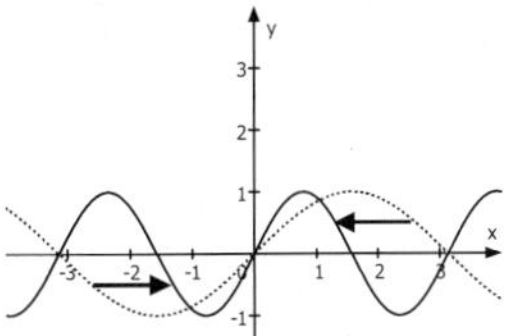 $\left(\text{gestreckt mit Faktor } \frac{1}{2} \text{ in } x\text{-Richtung}\right)$	$g(x) = \sin(x) + 2$ 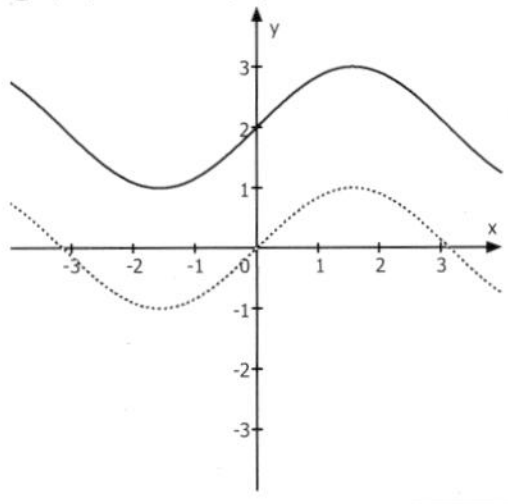	$g(x) = \sin(x+2)$ 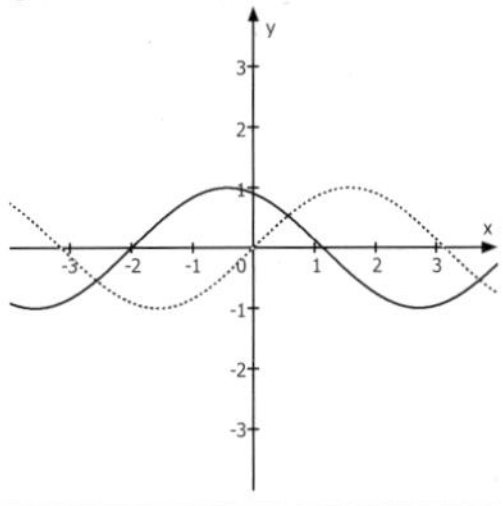
$g(x) = f(\boldsymbol{b} \cdot x)$ Streckung mit Faktor $\frac{\mathbf{1}}{\lvert \boldsymbol{b} \rvert}$ in *x*-Richtung	$g(x) = f(x) \pm \boldsymbol{d}$ z.B. $\ldots + 2$: Versch. nach oben $\ldots - 2$: Versch. nach unten	$g(x) = f(x \pm \boldsymbol{c})$ z.B. $(x-2)$: V. nach rechts $(x+2)$: V. nach links

1.7 Symmetrie zur *y*-Achse bzw. zum Ursprung

Bei **ganzrationalen Funktionen** kann anhand der **Hochzahlen** (nur **gerade** bzw. **ungerade** Hochzahlen oder gemischt) entschieden werden, ob ein gegebenes Schaubild symmetrisch zur *y*-Achse bzw. zum Ursprung ist, oder ob keine dieser beiden Symmetriearten vorliegt.

Bei **anderen Funktionstypen** müssen hingegen die **allgemeinen Bedingungen** zur Symmetrieuntersuchung verwendet werden.

1. Allgemeine Bedingung für Achsensymmetrie zur *y*-Achse: $f(-x)=f(x)$

Bedingung in Worten

An den Stellen x und $-x$ sind die *y*-Werte gleich groß.

Beispiel

Ist das Schaubild der Funktion f mit $f(x)=e^{-x}+e^{x}$ achsensymmetrisch zur *y*-Achse?

$$\left.\begin{array}{l} f(-x)=e^{-(-x)}+e^{-x}=\underline{e^{x}+e^{-x}} \\ f(x)=\underline{e^{-x}+e^{x}} \end{array}\right\} \begin{array}{l}\text{Es gilt:}\\ f(-x)=f(x)\end{array}$$

$\Rightarrow$ Somit symmetrisch zur *y*-Achse!

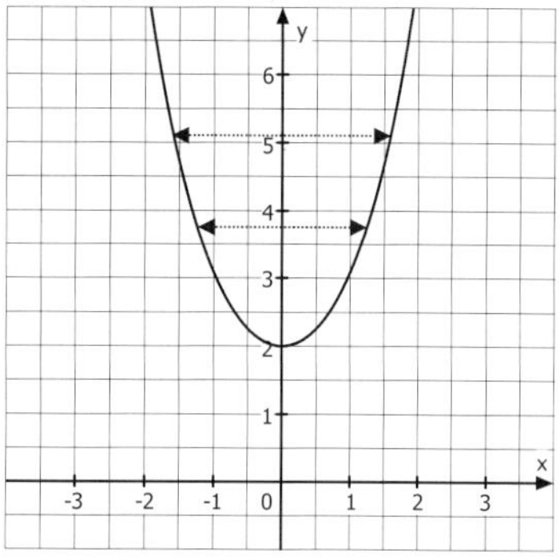

2. Allgemeine Bedingung für Punktsymmetrie zum Ursprung: $f(-x)=-f(x)$

Bedingung in Worten

An den Stellen x und $-x$ haben die *y*-Werte den gleichen „Zahlenwert", jedoch mit verschiedenen Vorzeichen. Mit dem Minuszeichen vor $f(x)$ sind die Werte gleich.

Beispiel

Ist das Schaubild der Funktion f mit $f(x)=x^3+\frac{1}{x}$ punktsymmetrisch zum Ursprung?

$$\left.\begin{array}{l} f(-x)=(-x)^3+\frac{1}{-x}=\underline{-x^3-\frac{1}{x}} \\ -f(x)=-\left(x^3+\frac{1}{x}\right)=\underline{-x^3-\frac{1}{x}} \end{array}\right\} \begin{array}{l}\text{Es gilt:}\\ f(-x)=-f(x)\end{array}$$

$\Rightarrow$ Somit punktsymmetrisch zum Ursprung!

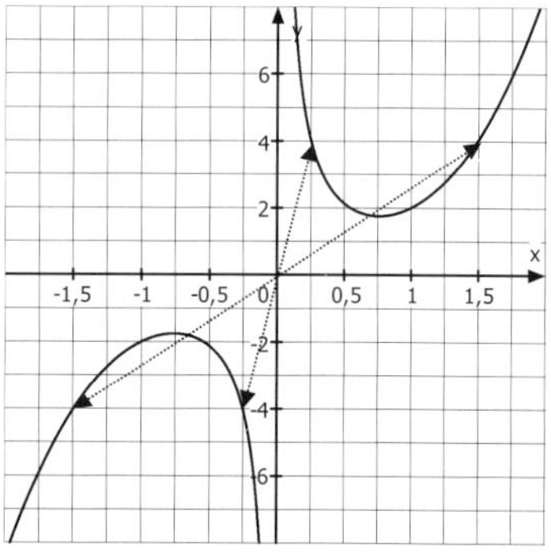

www.mvurl.de/zb3n

1.8 Umgang mit Funktionen: Rechenansätze

Aufgabenstellung	Rechenansatz	
y-Wert bei $x = 2$?	$\boldsymbol{f(2)} = ...$	*(x - Wert einsetzen, ausrechnen)*
Schnittpunkt mit y-Achse?	$\boldsymbol{f(0)} = ...$	*(0 für x einsetzen, ausrechnen)*
x-Wert bei $y = 5$?	$\boldsymbol{f(x) = 5}$	*($f(x)$ gleich y - Wert setzen, Gleichung lös.)*
Schnittpunkt mit x-Achse?	$\boldsymbol{f(x) = 0}$	*($f(x)$ gleich 0 setzen, Gleichung lösen)*
Liegt $P(2 \mid 3)$ auf K_f?	$\boldsymbol{f(2) = 3}$	(Punktprobe: x - *und* y - *Wert einsetzen*)
Schnittpunkt von K_f mit K_g?	$\boldsymbol{f(x) = g(x)}$	*(gleichsetzen, Gleichung lösen)*

Gleichungen

Typ

- 1. Grades
  $2x-4=0$
  (S. 30)
- 2. Grades
  $2x^2-4=0$
  (S. 30)
- 3. Grades
  $2x^3-4=0$
  (S. 30)
- 4. Grades
  $2x^4-4=0$
  (S. 31)
- Exponentialgleichung
  $e^x=0,5$
  (S. 31)
- Trigonometrische Gleichung
  $\sin(x)=0,5$
  (S. 32-35)

Lineare Gleichungssysteme

(S. 74)

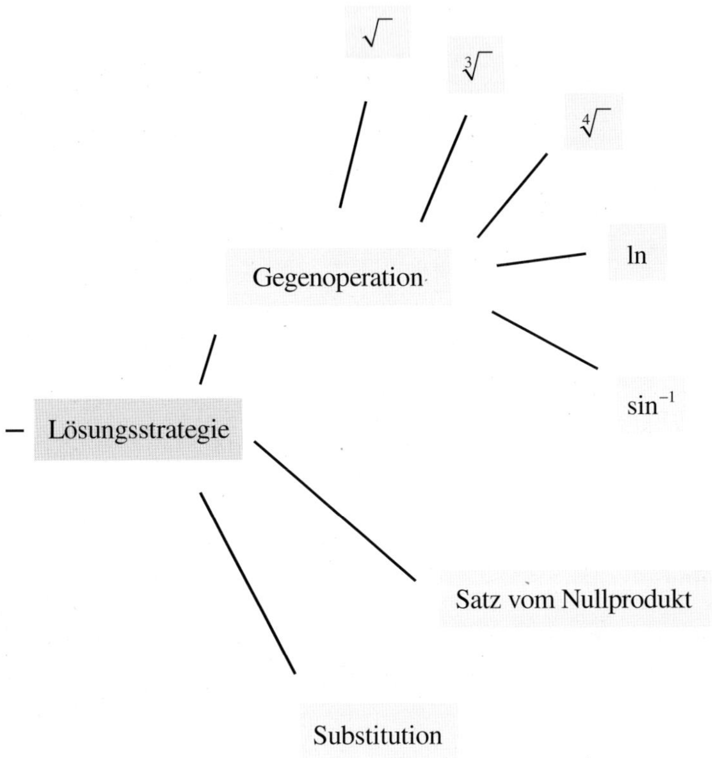

– Lösungsstrategie
Gegenoperation
$\sqrt{\ }$
$\sqrt[3]{\ }$
$\sqrt[4]{\ }$
ln
$\sin^{-1}$
Satz vom Nullprodukt
Substitution

2 Gleichungen

2.1 Gleichungstypen: Übersicht

	Typ 1	**Typ 1S**
Gleichung 1. Grades (linear) (S. 30)	$2x-4=0$	
Gleichung 2. Grades (quadratisch) (S. 30)	$2x^2-4=0$	
Gleichung 3. Grades (S. 30)	$2x^3-4=0$	
Gleichung 4. Grades (S. 31)	$2x^4-4=0$	
Exponentialgleichung (S. 31)	$e^x=0,5$ oder $e^{2x-1}=0,5$	
Sinusgleichung (S. 32)	$\sin(x)=0,5$	$\sin(2x)=0,5$
Kosinusgleichung (S. 32)	$\cos(x)=0,5$	$\cos(2x)=0,5$
Merkmal	umformbar auf $\begin{Bmatrix} x \\ x^2 \\ x^3 \\ x^4 \\ e^x \text{ oder } e^{\text{„}nicht\ nur\ x\text{“}} \\ \sin(x) \\ \cos(x) \end{Bmatrix} = \ldots$	umformbar auf $\begin{Bmatrix} \sin(\text{„}nicht\ nur\ x\text{“}) \\ \cos(\text{„}nicht\ nur\ x\text{“}) \end{Bmatrix} = \ldots$
Lösungsstrategie	**Gegenoperation** $\begin{Bmatrix} : \\ \sqrt{} \\ \sqrt[3]{} \\ \sqrt[4]{} \\ \ln \\ \sin^{-1} \\ \cos^{-1} \end{Bmatrix}$	**Substitution :** $u=$„*nicht nur x*“ **führt zu** $\begin{Bmatrix} \sin(u) \\ \cos(u) \end{Bmatrix} = \ldots$; Trig. Gleichung vom Typ 1 lösen; **Rücksubstitution**

Abkürzung : ... steht für eine Zahl.

www.mvurl.de/hutq

Typ 2	**Typ 3**	**Typ S**
$2x^2-4x=0$	$x^2-8x+15=0$	
$2x^3-4x=0$		
$2x^4-4x=0$		$x^4-8x^2+15=0$
$2e^{2x}-e^x=0$		$e^{2x}-8e^x+15=0$
Alle Summanden enthalten mindestens x (bzw. $e^x/\sin(x)/\cos(x)$). Kein Summand besteht nur aus einer „Zahl“. Somit kann „etwas mit x“ ausgeklammert werden.	umformbar auf $...x^2+...x+...=0$	umformbar auf $\left\{\begin{matrix} ...x^4 & + & ...x^2 & +... \\ ...e^{2x} & + & ...e^x & +... \end{matrix}\right\}=0$
(evtl.) Ausklammern; **Satz vom Nullprodukt** (S. 36)	**abc -** bzw. **pq - Formel**	**Substitution führt zu** $\boldsymbol{...u^2+...u+...=0}$; abc- bzw. pq-Formel; **Rücksubstitution**

Bemerkung: Eine Gleichung, die keinem dieser Gleichungstypen zuordenbar ist, kann in der Regel nicht „von Hand“ gelöst werden.

2.2 Gleichungstypen: Konkretes Lösungsvorgehen

1. Polynomgleichungen

Typ 1 **Gegenoperation**	**Typ 2** **Satz vom Nullprodukt**	**Typ 3** **abc - bzw. pq - Formel**
$2x-4=0 \quad \vert +4$ $2x=4 \quad \vert :2$ $x=2$		
$2x^2-4=0 \quad \vert +4$ $2x^2=4$ $x^2=2 \quad \vert \sqrt{}$ $x_1=\sqrt{2}\approx 1{,}41$ $x_2=-\sqrt{2}\approx -1{,}41$	$2x^2-4x=0$ $x\cdot(2x-4)=0$ **S. v. Nullpr.** (S. 36) $x_1=0 \qquad 2x-4=0$ $2x=4$ $x_2=2$	$x^2-8x+15=0$ mit **abc - Formel**: $(a=1;\ b=-8;\ c=15)$ $x_{1/2}=\frac{-b\pm\sqrt{b^2-4ac}}{2a}$ $=\frac{8\pm\sqrt{8^2-4\cdot 15}}{2}$ $=\frac{8\pm 2}{2}$ $x_1=5; \quad x_2=3$ oder mit **pq - Formel**: $x_{1/2}=-\frac{p}{2}\pm\sqrt{\left(\frac{p}{2}\right)^2-q}$ (*Bei dieser Formel muss vor dem* x^2 *stets eine* $+1$ *stehen!*)
$2x^3-4=0$ $2x^3=4$ $x^3=2 \quad \vert \sqrt[3]{}$ $x=\sqrt[3]{2}$ $x\approx 1{,}26$	$2x^3-4x=0$ $x\cdot(2x^2-4)=0$ **S. v. Nullpr.** $x_1=0 \qquad 2x^2-4=0$ $2x^2=4$ $x^2=2 \quad \vert \sqrt{}$ $x_2=\sqrt{2}\approx 1{,}41$ $x_3=-\sqrt{2}\approx -1{,}41$	

www.mvurl.de/eps4

Typ 1 **Gegenoperation**	**Typ 2** **Satz vom Nullprodukt**	**Typ S** **Substitution führt zu** **$...u^2+...u+...=0$**
$2x^4-4=0 \quad \mid +4$ $2x^4=4 \quad \mid :2$ $x^4=2 \quad \mid \sqrt[4]{\ }$ $x_1=\sqrt[4]{2}\approx 1{,}19$ $x_2=-\sqrt[4]{2}\approx -1{,}19$	$2x^4-4x=0$ $x\cdot\left(2x^3-4\right)=0$ **S. v. Nullpr.** $x_1=0 \qquad 2x^3-4=0$ $2x^3=4$ $x^3=2$ $x_2=\sqrt[3]{2}$ $x_2\approx 1{,}26$	$x^4-8x^2+15=0$ **Substitution :** $\left(x^4=u^2;\ x^2=u\right)$ $u^2-8u+15=0$ $u_{1/2}=\frac{8\pm\sqrt{8^2-4\cdot 15}}{2}$ (abc-Formel) $=\frac{8\pm 2}{2}$ $u_1=5; \qquad u_2=3$ **Rücksubstitution :** $x^2=5 \qquad x^2=3$ $x_1=\sqrt{5}\approx 2{,}34 \qquad x_3=\sqrt{3}\approx 1{,}73$ $x_2=-\sqrt{5}\approx -2{,}34 \qquad x_4=-\sqrt{3}\approx -1{,}73$

2. Exponentialgleichungen

Typ 1 **Gegenoperation**	**Typ 2** **Satz vom Nullprodukt**	**Typ S** **Substitution führt zu** **$...u^2+...u+...=0$**
$e^x=0{,}5 \quad \mid \ln$ $x=\ln(0{,}5)$ $x\approx -0{,}69$ oder $e^{2x-1}=0{,}5 \quad \mid \ln$ $2x-1=\ln(0{,}5) \quad \mid +1$ $2x=\ln(0{,}5)+1 \quad \mid :2$ $x=\frac{\ln(0{,}5)+1}{2}$ $x\approx 0{,}153$	$2e^{2x}-e^x=0$ $e^x\cdot(2e^x-1)=0$ **S. v. Nullpr.** $e^x=0 \qquad 2e^x-1=0$ $x=\ln(0) \qquad e^x=0{,}5$ keine Lösung $\quad x=\ln(0{,}5)$ $x\approx -0{,}69$	$e^{2x}-8e^x+15=0$ **Substitution :** $\left(e^{2x}=u^2;\ e^x=u\right)$ $u^2-8u+15=0$ $u_{1/2}=\frac{8\pm\sqrt{8^2-4\cdot 15}}{2}$ (abc-F.) $=\frac{8\pm 2}{2}$ $u_1=5; \qquad u_2=3$ **Rücksubstitution :** $e^x=5 \qquad e^x=3$ $x_1=\ln(5)\approx 1{,}6 \qquad x_2=\ln(3)\approx 1{,}1$

3. Trigonometrische Gleichungen

Sinusgleichung **Typ 1** **Gegenoperation**	**Kosinusgleichung** **Typ 1** **Gegenoperation**
$\sin(x)=0{,}5 \quad \mid \sin^{-1}$ $x=\sin^{-1}(0{,}5)$ $x_1=\frac{1}{6}\pi$ (WTR) $x_2=\pi-x_1=\pi-\frac{1}{6}\pi=\frac{5}{6}\pi$ weitere Lösungen: $x=\frac{1}{6}\pi\pm1\cdot2\pi;\quad x=\frac{1}{6}\pi\pm2\cdot2\pi;\quad ...$ und $x=\frac{5}{6}\pi\pm1\cdot2\pi;\quad x=\frac{5}{6}\pi\pm2\cdot2\pi;\quad ...$	$\cos(x)=0{,}5 \quad \mid \cos^{-1}$ $x=\cos^{-1}(0{,}5)$ $x_1=\frac{1}{3}\pi$ (WTR) $x_2=2\pi-x_1=2\pi-\frac{1}{3}\pi=\frac{5}{3}\pi$ weitere Lösungen: $x=\frac{1}{3}\pi\pm1\cdot2\pi;\quad x=\frac{1}{3}\pi\pm2\cdot2\pi;\quad ...$ und $x=\frac{5}{3}\pi\pm1\cdot2\pi;\quad x=\frac{5}{3}\pi\pm2\cdot2\pi;\quad ...$

Unterschied

Sinusgleichung: $\boldsymbol{x_2=\pi-x_1}$

Kosinusgleichung: $\boldsymbol{x_2=2\pi-x_1}$

Hinweis: Bis Kosinusgleichungen kann alternativ über $\boldsymbol{x_2=-x_1}$ vorgegangen werden.

Verständnis

Eine ausführliche Erklärung des Lösungsvorgehens finden Sie auf den folgenden beiden Seiten.

http://mvurl.de/yre5

Sinusgleichung **Typ 1S** **Substitution führt zu :** $sin(u) = ...$	**Kosinusgleichung** **Typ 1S** **Substitution führt zu :** $cos(u) = ...$
$\sin(2x) = 0{,}5$ **Substitution :** $2x = u$ ——— $\sin(u) = 0{,}5 \quad \mid \sin^{-1}$ $u = \sin^{-1}(0{,}5)$ $u_1 = \frac{1}{6}\pi$ (WTR) $u_2 = \pi - u_1 = \pi - \frac{1}{6}\pi = \frac{5}{6}\pi$ weitere Lösungen: $u = \frac{1}{6}\pi \pm 1 \cdot 2\pi; \quad u = \frac{1}{6}\pi \pm 2 \cdot 2\pi; \quad ...$ und $u = \frac{5}{6}\pi \pm 1 \cdot 2\pi; \quad u = \frac{5}{6}\pi \pm 2 \cdot 2\pi; \quad ...$ ——— **Rücksubstitution :** $u = 2x$ $2x = \frac{1}{6}\pi \pm 1 \cdot 2\pi \quad \mid : 2$ $x = \frac{1}{12}\pi \pm 1 \cdot \pi; \quad x = \frac{1}{12}\pi \pm 2 \cdot \pi; \quad ...$ und $2x = \frac{5}{6}\pi \pm 1 \cdot 2\pi \quad \mid : 2$ $x = \frac{5}{12}\pi \pm 1 \cdot \pi; \quad x = \frac{5}{12}\pi \pm 2 \cdot \pi; \quad ...$	$\cos(2x) = 0{,}5$ **Substitution :** $2x = u$ ——— $\cos(u) = 0{,}5 \quad \mid \cos^{-1}$ $u = \cos^{-1}(0{,}5)$ $u_1 = \frac{1}{3}\pi$ (WTR) $u_2 = 2\pi - u_1 = 2\pi - \frac{1}{3}\pi = \frac{5}{3}\pi$ weitere Lösungen: $u = \frac{1}{3}\pi \pm 1 \cdot 2\pi; \quad u = \frac{1}{3}\pi \pm 2 \cdot 2\pi; \quad ...$ und $u = \frac{5}{3}\pi \pm 1 \cdot 2\pi; \quad u = \frac{5}{3}\pi \pm 2 \cdot 2\pi; \quad ...$ ——— **Rücksubstitution :** $u = 2x$ $2x = \frac{1}{3}\pi \pm 1 \cdot 2\pi \quad \mid : 2$ $x = \frac{1}{6}\pi \pm 1 \cdot \pi; \quad x = \frac{1}{6}\pi \pm 2 \cdot \pi; \quad ...$ und $2x = \frac{5}{3}\pi \pm 1 \cdot 2\pi \quad \mid : 2$ $x = \frac{5}{6}\pi \pm 1 \cdot \pi; \quad x = \frac{5}{6}\pi \pm 2 \cdot \pi; \quad ...$

3 Merkur-Nr. 0381

Trigonometrische Gleichungen: Ausführliche Erklärung und Verständnis

Vorgehen und Erklärung am Beispiel

Sinusgleichung $\sin(x)=0,5$	**Kosinusgleichung** $\cos(x)=0,5$

1. Schritt : x_1 durch WTR (Einstellung: *rad*)	
$\sin(x)=0,5 \quad \vert \sin^{-1}$ $x=\sin^{-1}(0,5)$ $x_1=\frac{1}{6}\pi\approx 0,52$	$\cos(x)=0,5 \quad \vert \cos^{-1}$ $x=\cos^{-1}(0,5)$ $x_1=\frac{1}{3}\pi\approx 1,05$

2. Schritt : x_2 aus x_1 berechnen	
$x_2=\boldsymbol{\pi}-x_1\approx\boldsymbol{\pi}-0,52\approx 2,62$	$x_2=\boldsymbol{2\pi}-x_1\approx\boldsymbol{2\pi}-1,05\approx 5,23$

Erklärung

In den unten stehenden Koordinatensystemen werden die Gleichungen $\sin(x)=0,5$ und $\cos(x)=0,5$ veranschaulicht.
Jeder x-Wert, welcher eine Lösung der Gleichung $\sin(x)=0,5$ darstellt, muss bei der Kurve zu einem Punkt mit y-Wert 0,5 führen. Bei $x_1\approx 0,52$, der ersten Lösung der Gleichung, erreicht die Kurve einen Punkt mit diesem y-Wert. Bevor die Kurve bei $x=\pi$ die x-Achse durchquert, erreicht es jedoch abermals, beim gesuchten x-Wert x_2, einen Punkt mit dem y-Wert $0,5$.
Aufgrund der Achsensymmetrie des Schaubildes muss der Abstand zwischen x_2 und π dem Abstand zwischen 0 und x_1 entsprechen und damit x_1 bzw. 0,52 betragen.
Hierdurch kann x_2 errechnet werden: $x_2=\boldsymbol{\pi}-x_1\approx\boldsymbol{\pi}-0,52\approx 2,62$.
Im Unterschied hierzu führt die Achsensymmetrie des Schaubildes der Kosinusfunktion dazu, dass x_2 errechnet werden kann, indem x_1 von 2π subtrahiert wird: $x_2=\boldsymbol{2\pi}-x_1$.

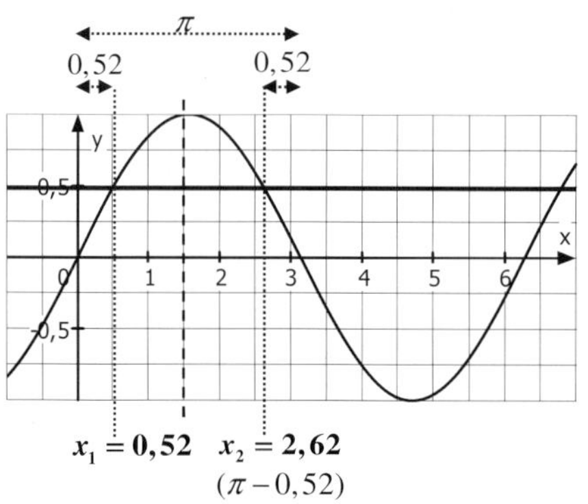

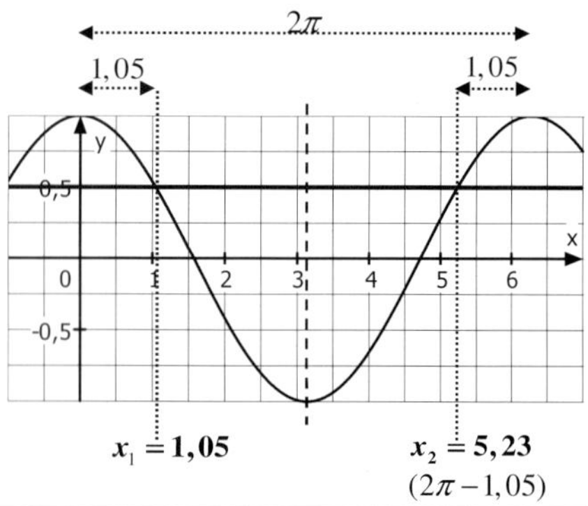

www.mvurl.de/io6g

3. Schritt : Weitere Lösungen der Gleichung berechnen	
$x \approx 0,52 \pm 1 \cdot 2\pi$; $x \approx 0,52 \pm 2 \cdot 2\pi$; ... und $x \approx 2,62 \pm 1 \cdot 2\pi$; $x \approx 2,62 \pm 2 \cdot 2\pi$; ...	$x \approx 1,05 \pm 1 \cdot 2\pi$; $x \approx 1,05 \pm 2 \cdot 2\pi$; ... und $x \approx 5,23 \pm 1 \cdot 2\pi$; $x \approx 5,23 \pm 2 \cdot 2\pi$; ...

Erklärung (Am Beispiel: $\sin(x) = 0,5$)

Das Schaubild einer Sinus- oder Kosinusfunktion besitzt eine Periodenlänge von 2π ($\approx 6,3$). Nach dem Durchlaufen einer Periode wiederholt sich stets ihr Ablauf.
Die Sinuskurve erreicht beim x-Wert von 0,52 einen Punkt mit y-Wert 0,5.
Eine Periode „später“, beim x-Wert von $0,52 + 1 \cdot 2\pi$ ($\approx 6,8$) erreicht die Kurve jedoch ebenfalls einen Punkt mit diesen y-Wert.
Ebenso gelangt man zu einer weiteren Lösung, indem man beispielsweise 4 Periodenlängen subtrahiert und beim x-Wert $0,52 - 4 \cdot 2\pi \approx -24,61$ landet.
Insgesamt gesehen erhält man aus den beiden Basislösungen $x_1 \approx 0,52$ und $x_2 \approx 2,62$ alle weiteren Lösungen, indem man zu diesen schlicht eine beliebige Anzahl von Periodenlängen (2π) addiert oder subtrahiert.

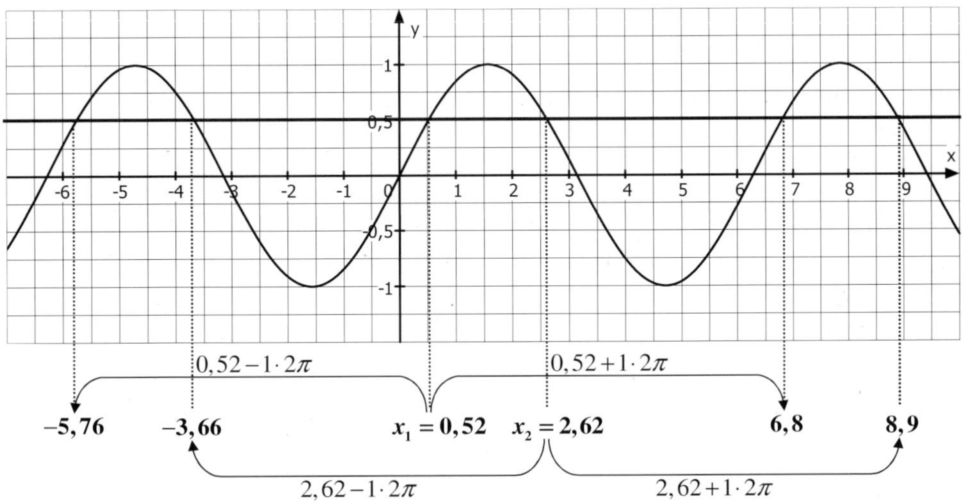

2.3 Goldene Regeln zum Lösen von Gleichungen

1. Regel: Gleichungen näherungsweise mit dem WTR lösen

Alle Gleichungen können (näherungsweise) mit dem WTR gelöst werden, indem die Nullstellen der zugehörigen Funktionen (näherungsweise) im TABLE-Menü ermittelt werden. Dies wird durch schrittweises „Verfeinern“ von Wertetabellen erreicht.

Beispiel: Lösung der Gleichung $e^x = x^2$?

Zugehörige Funktion: $f(x) = e^x - x^2$; (Ansatz für Nullstelle: $e^x - x^2 = 0$)

1. „Grobe“ Wertetabelle (Schrittweite: 1):
Nullstelle liegt zwischen $x = -1$ und $x = 0$
da hier Vorzeichenwechsel.

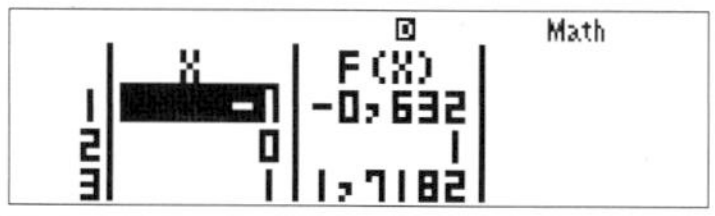

2. „Feinere“ Wertetabelle (Schrittweite: 0,1):
Nullstelle liegt zwischen $x = -0{,}8$ und $x = -0{,}7$
da hier Vorzeichenwechsel.

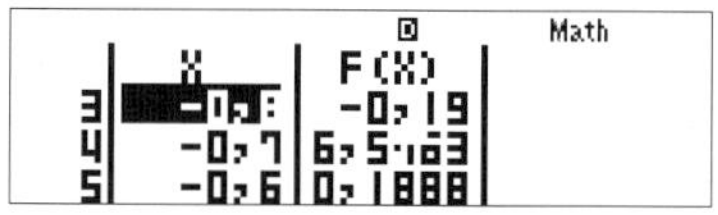

3. „Noch feinere“ Wertetabelle (Schrittweite: 0,01):
Nullstelle liegt zwischen $x = -0{,}71$ und $x = -0{,}70$
da hier Vorzeichenwechsel.

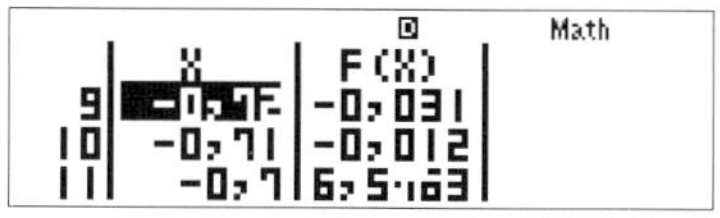

Mittelwert $x \approx -0{,}705$ als (näherungsweise) Lösung für Nullstelle und Gleichung.

Hinweis: Bei einigen WTR-Typen können x-Werte auch direkt eingegeben (und y-Werte hieraus berechnet) werden. Dies beschleunigt den obigen Prozess deutlich.

2. Regel: Der Satz vom Nullprodukt als wichtiges Werkzeug

- **Wozu?**

Eine schwierige Gleichung kann hiermit in zwei (oder mehr) einfache Gleichungen zerlegt werden.

- **Beispiel:**

$$e^{2x}x^2 - 2x^2 = 0 \quad (\textit{schwierige Gleichung})$$

$$x^2 \cdot (e^{2x} - 2) = 0$$

S. v. Nullpr.

(einfache Gl.)

$$x^2 = 0 \quad |\sqrt{\ }$$
$$x_{1/2} = 0$$

(einfache Gl.)

$$e^{2x} - 2 = 0 \quad |+2$$
$$e^{2x} = 2 \quad |\ln$$
$$2x = \ln(2) \quad |:2$$
$$x_3 = \frac{\ln(2)}{2}$$

- **Wann anwendbar?**

Wenn eine Gleichung in der Form: Faktor 1 · Faktor 2 · ... = 0 gegeben ist, oder durch Ausklammern auf diese Form gebracht werden kann. Die Gleichung sollte also insbesondere kein Absolutglied („keine Zahl ohne x“) enthalten.

„Mischgleichungen" wie $e^x x^2 - 2x^2 = 0$, die beispielsweise sowohl Polynombausteine (x^2) als auch Exponentialbausteine (e^x) enthalten, können in der Regel nur über den Satz vom Nullprodukt von Hand gelöst werden.

- **Weshalb gilt der Satz vom Nullprodukt?**

Wenn zwei Zahlen multipliziert werden, sodass das Ergebnis die Zahl 0 ist, kann dies nur gelingen, wenn die eine oder die andere der beiden Zahlen selbst 0 ist.
(Oder haben Sie ein Gegenbeispiel?)
Übertragen auf die obige Gleichung $x^2 \cdot (e^{2x} - 2) = 0$ kann das Produkt aus x^2 und $(e^{2x} - 2)$ nur dann zu 0 werden, wenn entweder x^2 oder $(e^{2x} - 2)$ den Wert 0 annimmt. Deshalb werden alle x-Werte berechnet, die mindestens einen dieser beiden Faktoren zu 0 machen.

3. Regel: Das Teilen durch x ist VERBOTEN

- **Falsch :**

$$\begin{aligned} 4x^2 &= x \quad &&|:x \\ 4x &= 1 \quad &&|:4 \\ x &= 0{,}25 \end{aligned}$$

- **Grund :** $x_2 = 0$ ist eine weitere Lösung dieser Gleichung (Probe!), diese ging jedoch im Lösungsvorgang „verloren", da durch x geteilt wurde.

- **Stattdessen: Satz vom Nullprodukt**

$$\begin{aligned} 4x^2 &= x \quad &&|-x \\ 4x^2 - x &= 0 \\ x \cdot (4x-1) &= 0 \end{aligned}$$

S. v. Nullpr.

$$x_1 = 0 \qquad \begin{aligned} 4x - 1 &= 0 \quad &&|+1 \\ 4x &= 1 \quad &&|:4 \\ x_2 &= 0{,}25 \end{aligned}$$

- **Bemerkung:** Hingegen ist das Teilen durch e^x erlaubt (da $e^x \neq 0$).

4. Regel: Das Lösen von Ungleichungen

- **Beispiel :**

$$\begin{aligned} -2x + 2 &< 6 \quad &&|-2 \\ -2x &< 4 \quad &&|:(-2) \text{ oder } \cdot\left(-\tfrac{1}{2}\right) \\ &\downarrow \\ x &> -2 \end{aligned}$$

- **Einziger Unterschied zum Lösen von Gleichungen**

Bei Multiplikation oder Division mit einer negativen Zahl wird das Ungleichheitszeichen „umgedreht".

Tangente

(S. 44)

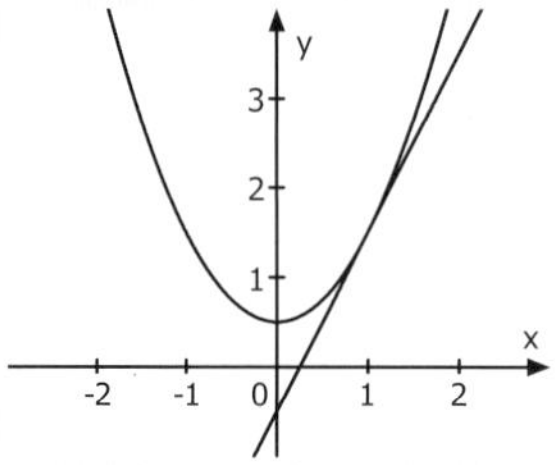

Ableitungsregeln

$f(x) =$

$f'(x) =$

(S. 40)

Monotonie

(S. 46)

Differenzialrechnung

Krümmung

(S. 47)

Hochpunkte
und
Tiefpunkte

(S. 48)

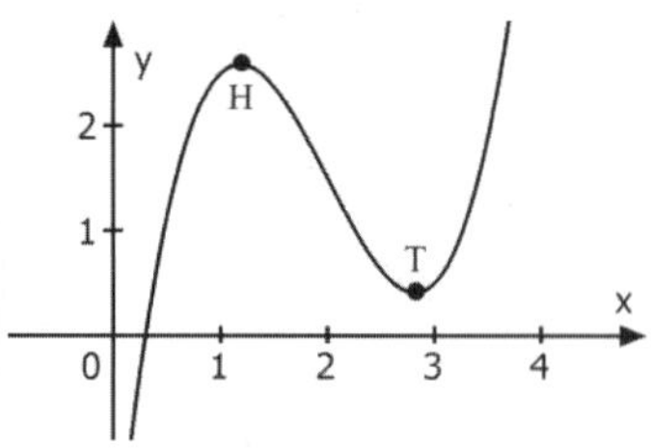

Extremwertaufgaben

(S. 58)

Ermittlung von Funktionsgleichungen

Eine Funktion 4. Grades hat den Hochpunkt H(3|4), den Tiefpunkt... Wie lautet ihr Funktionsterm?

(S. 54)

Graphisches Ableiten

N E W

N E W

N E W

(S. 52)

Sattelpunkte

(S. 50)

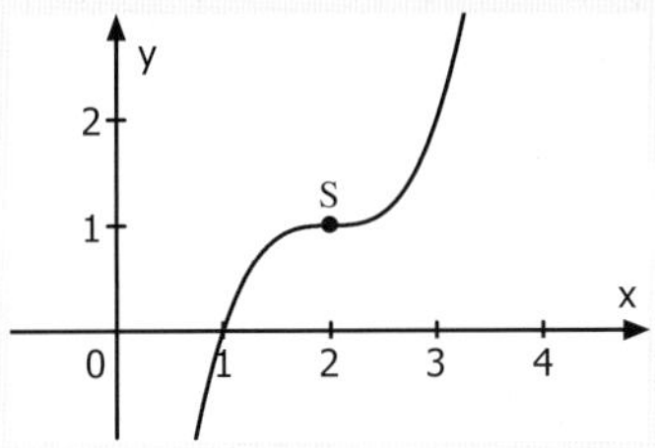

Wendepunkte

(S. 49)

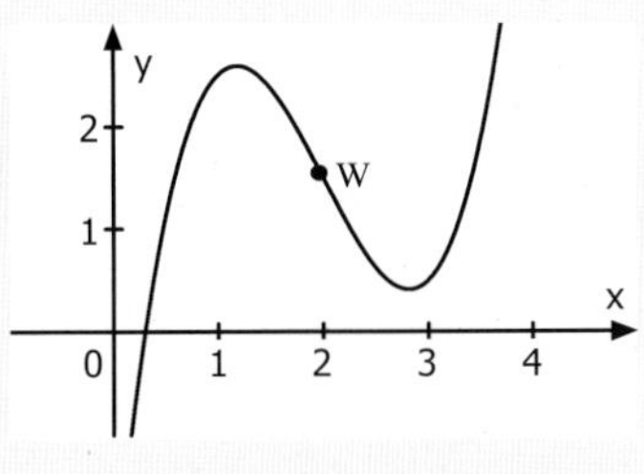

3 Differentialrechnung

3.1 Ableitungsregeln

<table>
<tr><th>Nr.</th><th>Beispiel</th><th>Vorgehen</th></tr>
<tr><td colspan="3">Elementarregeln</td></tr>
<tr><td>1</td><td>$f(x) = x^5$
$f'(x) = 5 \cdot x^{5-1} = 5x^4$

$f(x) = x^2$
$f'(x) = 2x^1 = 2x$

$f(x) = x$
$f'(x) = 1 \cdot x^0 = 1 \cdot 1 = 1$</td><td rowspan="2">$f(x) = x^{Exponent}$
$f'(x) = Exponent \cdot x^{Exponent-1}$
(Potenzregel)

Vor dem Ableiten
$\frac{1}{x^n} = x^{-n}$
$\sqrt{x} = x^{\frac{1}{2}}$</td></tr>
<tr><td>2</td><td>$f(x) = \frac{1}{x^2} = x^{-2}$
$f'(x) = -2 \cdot x^{-3} = -\frac{2}{x^3}$

$f(x) = \sqrt{x} = x^{\frac{1}{2}}$
$f'(x) = \frac{1}{2} \cdot x^{-\frac{1}{2}} = \frac{1}{2 \cdot x^{\frac{1}{2}}} = \frac{1}{2 \cdot \sqrt{x}}$</td></tr>
<tr><td>3</td><td>$f(x) = e^x$
$f'(x) = e^x$</td><td>Abschreiben</td></tr>
<tr><td>4</td><td>$f(x) = \sin(x)$
$f'(x) = \cos(x)$</td><td rowspan="2">sin ↘ cos ↙ −sin ↖ −cos ↗ sin
(Im Uhrzeigersinn!)</td></tr>
<tr><td>5</td><td>$f(x) = \cos(x)$
$f'(x) = -\sin(x)$</td></tr>
</table>

http://mvurl.de/wswq

Nr.	Beispiel	Vorgehen
		Vorgehensregeln
6	$f(x) = \mathbf{3} \cdot x^2$ $f'(x) = \mathbf{3} \cdot 2x = 6x$	*„Zahlen" mit · oder : „bleiben"* (Faktorregel)
7	$f(x) = x^2 + \mathbf{2}$ $f'(x) = 2x$	*„Zahlen" mit + oder − „verschwinden"*
8	$f(x) = x^2 - 4x$ $f'(x) = 2x - 4$	*+ und − Zeichen unterteilen die Funktion in Teilfunktionen, welche einzeln abgeleitet werden* (Summenregel)

		Produktregel
9	$f(x) = x^2 \cdot \sin(x)$ $f'(x) = 2x \cdot \sin(x) + x^2 \cdot \cos(x)$	$f(x) = u(x) \cdot v(x)$ $f'(x) = u'(x) \cdot v(x) + u(x) \cdot v'(x)$ *Ableiten · Abschreiben + Abschreiben · Ableiten*

Aber: Die Produktregel nur dann anwenden, wenn zwei Faktoren, die **beide *x*** enthalten, miteinander **multipliziert** werden.

$f(x) = 3x + \sin(x)$
$f'(x) = 3 + \cos(x)$
(Keine Produktregel, da keine Multiplikation)

$f(x) = 3 \cdot \sin(x)$
$f'(x) = 3 \cdot \cos(x)$
(Produktregel unnötig, Faktor 3 enthält kein x)

$f(x) = 3x \cdot \sin(x)$
$f'(x) = 3 \cdot \sin(x) + 3x \cdot \cos(x)$
(Produktregel)

Nr.	Beispiel	Vorgehen
	Anwendungen der Kettenregel	
10	$f(x) = e^{2x+3}$ $f'(x) = e^{2x+3} \cdot 2$	$f(x) = e^{Exponent}$ $f'(x) = e^{Exponent} \cdot Exponent\ abgeleitet$
11	$f(x) = \sin(2x+3)$ $f'(x) = \cos(2x+3) \cdot 2$	$f(x) = \sin(Klammerinhalt)$ $f'(x) = \cos(Klammerinhalt) \cdot Klammerinhalt\ abgeleitet$
12	$f(x) = \cos(2x+3)$ $f'(x) = -\sin(2x+3) \cdot 2$	$f(x) = \cos(Klammerinhalt)$ $f'(x) = -\sin(Klammerinhalt) \cdot Klammerinhalt\ abgeleitet$
13	$f(x) = (2x+3)^5$ $f'(x) = 5 \cdot (2x+3)^4 \cdot 2$ $= 10 \cdot (2x+3)^4$ $f(x) = \frac{1}{(x^2+3)^5}$ $= (x^2+3)^{-5}$ $f'(x) = -5 \cdot (x^2+3)^{-6} \cdot 2x$ $= -\frac{10x}{(x^2+3)^6}$	$f(x) = (Klammerinhalt)^{Exponent}$ $f'(x) = Exponent \cdot (Klammerinhalt)^{Exponent-1} \cdot Klammerinhalt\ abgeleitet$

Die allgemeine Kettenregel, aus welcher sich die Regeln 10-13 ergeben, lautet:

$$f(x) = u(v(x)) \rightarrow f'(x) = \underbrace{u'(v(x))}_{\text{Äußere Abl.}} \cdot \underbrace{v'(x)}_{\text{Innere Abl.}}$$

Weitere Beispiele

a) $f(x)=2x^4-x^3+1$
$f'(x)=8x^3-3x^2$

b) $f(x)=-x^2+x$
$f'(x)=-2x+1$

c) $f(x)=-\sin(x)$
$f'(x)=-\cos(x)$

d) $f(x)=e^x\cdot(x^3-1)$
$f'(x)=e^x\cdot(x^3-1)+e^x\cdot 3x^2$

e) $f(x)=e^{4x-2}+3$
$f(x)=e^{4x-2}\cdot 4$

f) $f(x)=\cos(1+2x)$
$f'(x)=-\sin(1+2x)\cdot 2$

g) $f(x)=4\cos(1-4x)$
$f'(x)=-4\sin(1-4x)\cdot(-4)$
$=16\cdot\sin(1-4x)$

h) $f(x)=(3x+1)^5$
$f'(x)=5\cdot(3x+1)^4\cdot 3$
$=15\cdot(3x+1)^4$

i) $f(x)=\sin(x)\cdot e^{2x}$
$f'(x)=\cos(x)\cdot e^{2x}$
$+\sin(x)\cdot e^{2x}\cdot 2$

Verständnis

Warum „verschwinden" konstante Summanden (± Zahl) beim Ableiten?

Beispiel:

$f_1(x)=x^2\mathbf{+1}$ $\quad f_{-2}(x)=x^2\mathbf{-2}$ $\quad$ ...

$f'(x)=2x$

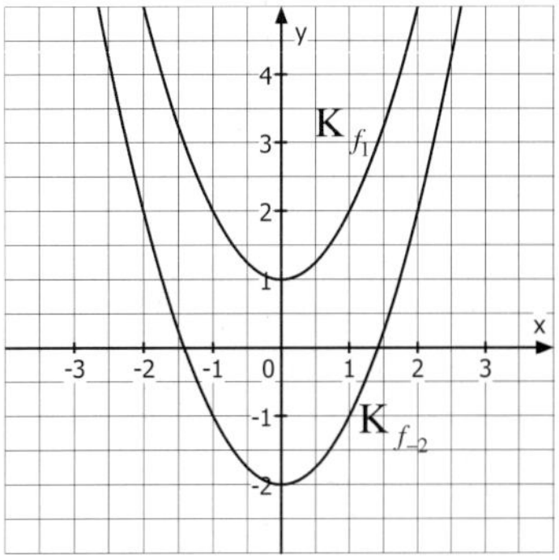

Der konstante Summand **verschiebt** nur das Schaubild von f nach oben bzw. unten, hat jedoch keinen Einfluss auf dessen Steigung.

Da die Ableitungsfunktion die **Steigungen** des Schaubildes angibt, spielt der konstante Summand hierfür **keine Rolle**.

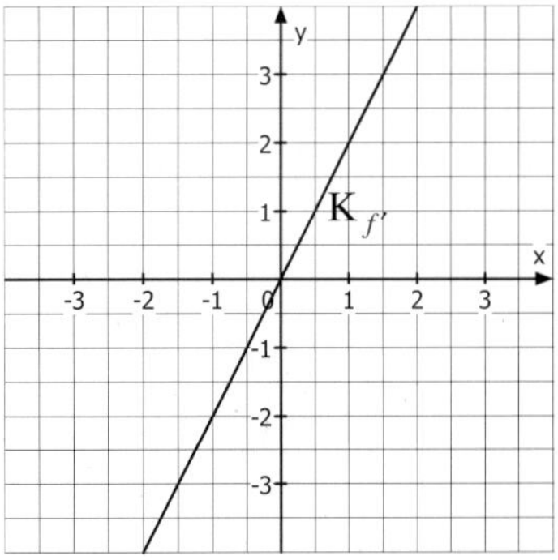

3.2 Tangente

1. Aufgabentyp (Tangente im Kurvenpunkt)

Gegeben ist die Funktion
f mit $f(x) = x^2 + 0{,}5$.
Bei dem x-Wert 1 wird eine Tangente
und an das Schaubild angelegt.
Berechnen Sie deren Gleichung.

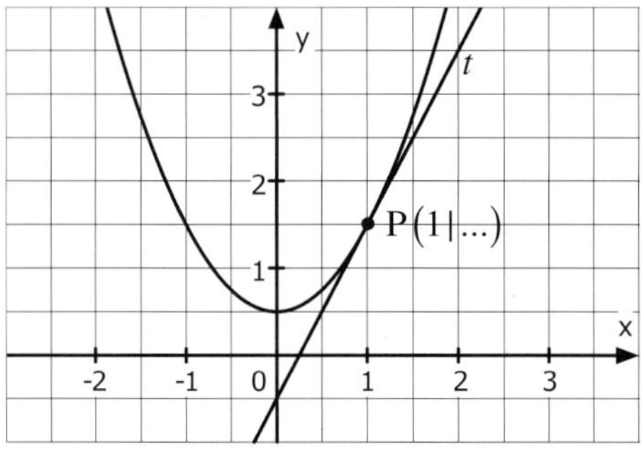

Vorgehen: Ermittlung einer Tangente im Kurvenpunkt (geg. $f(x)$ und x-Wert des Kurvenpunktes)	
1. *y*-Wert des Kurvenpunktes berechnen (Einsetzen in $f(x)$)	$f(1) = 1^2 + 0{,}5 = 1{,}5 \quad \to P(1 \mid 1{,}5)$
2. Tangentensteigung berechnen (Einsetzen in $f'(x)$)	$f'(x) = 2x$ $f'(1) = 2 \cdot 1 = 2 \quad (= m_t)$
3. Tangentengleichung berechnen (Einsetzen in $y = m \cdot x + b$)	$y = m_t \cdot x + b$ $1{,}5 = 2 \cdot 1 + b$ $1{,}5 = 2 + b \quad \mid -2$ $-0{,}5 = b$ $\Rightarrow$ Tangente: $y = 2x - 0{,}5$

Alternative: Durch Einsetzen in die nachfolgende **Punkt-Steigungs-Formel** (siehe Merkhilfe) kann alles in einem Schritt ausgeführt werden:

Formel (allg.): $y = f'(u) \cdot (x - u) + f(u)$ (mit u als Berührstelle)

Einsetzen: $y = f'(1) \cdot (x - 1) + f(1)$
$y = 2 \cdot (x - 1) + 1{,}5$
$y = 2x - 0{,}5$ (Tangente)

www.mvurl.de/pm16

2. Aufgabentyp (Tangente mit gegebener Steigung)

Gegeben ist die Funktion f mit $f(x) = x^2 + 0,5$.
Eine Tangente mit Steigung 2 soll an das Schaubild angelegt werden.
Berechnen Sie deren Gleichung.

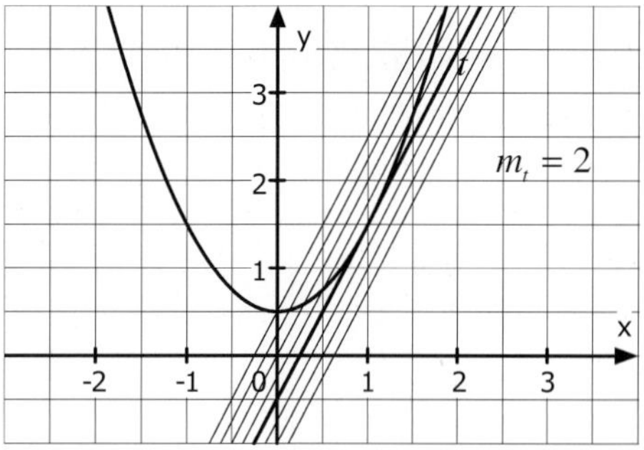

Vorgehen: Ermittlung einer Tangente mit gegebener Steigung (geg. $f(x)$ und Steigung der Tangente)	
1. $f'(x) = m_t$ liefert x - Wert des Kurvenpunktes (Gleichsetzen von $f'(x)$ und gegebener Tangentensteigung m_t; Gleichung lösen)	$f'(x) = 2x;\ m_t = 2$ $f'(x) = m_t$ $2x = 2$ $x = 1$ (An dieser Stelle hat die Parabel also die Steigung 2. Hier muss sich demnach der Berührpunkt befinden.)
2. y-Wert des Kurvenpunktes berechnen (Einsetzen in $f(x)$)	$f(1) = 1^2 + 0,5 = 1,5 \quad \rightarrow B(1 \mid 1,5)$
3. Tangentengleichung berechnen (Einsetzen in $y = mx + b$)	$y = m_t \cdot x + b$ $1,5 = 2 \cdot 1 + b$ $1,5 = 2 + b \quad \mid -2$ $-0,5 = b$ $\Rightarrow$ Tangente: $y = 2x - 0,5$

3.3 Monotonie

Monotonie und Ableitung	Beispiel
Gilt am x-Wert: x_0 $f'(x_0) > 0$ → so nennt man die Funktion hier → **streng monoton steigend** … Männchen geht bergauf $f'(x_0) < 0$ → so nennt man die Funktion hier → **streng monoton fallend** … Männchen geht bergab	**Einzunehmende Perspektive**: Sie sehen **von der Seite** auf das Männchen, welches ein hügeliges Gelände durchläuft. Das Gelände sehen Sie im Profil. 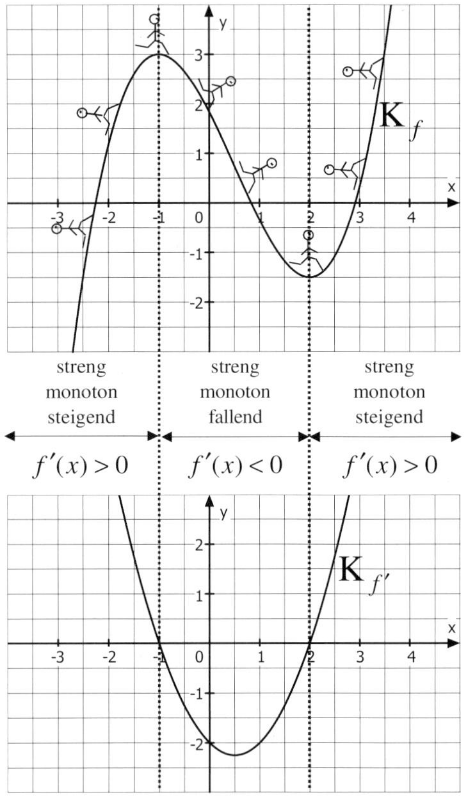

Hinweis : Weitere Erläuterungen im Video.

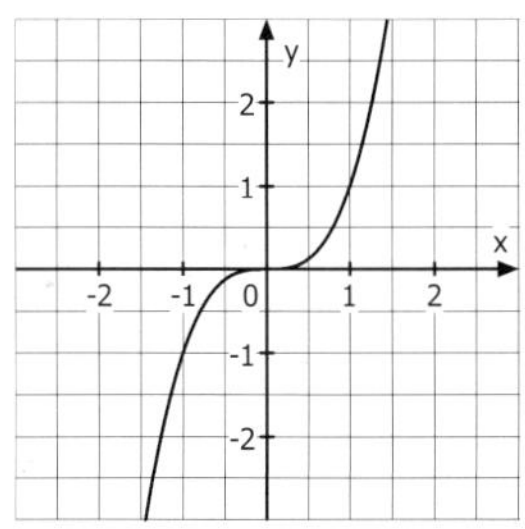

www.mvurl.de/ypcs

3.4 Krümmung

(Vereinfachte) Definition	Beispiel
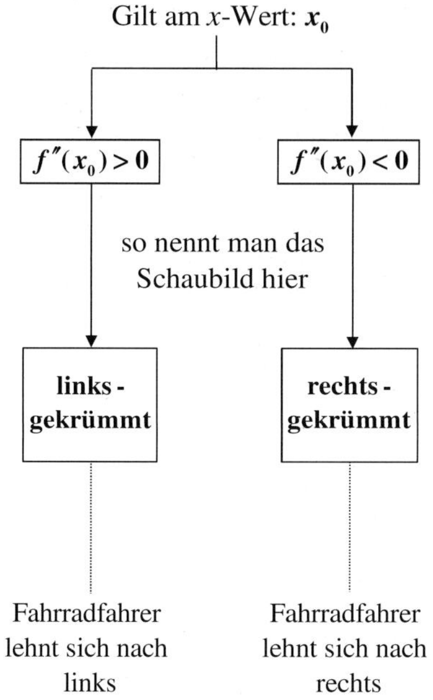	**Einzunehmende Perspektive:** Sie sehen **von oben (Vogelperspektive)** auf den Fahrradfahrer, welcher eine kurvige Straße durchfährt und sich hierbei zunächst nach rechts, dann nach links lehnt. 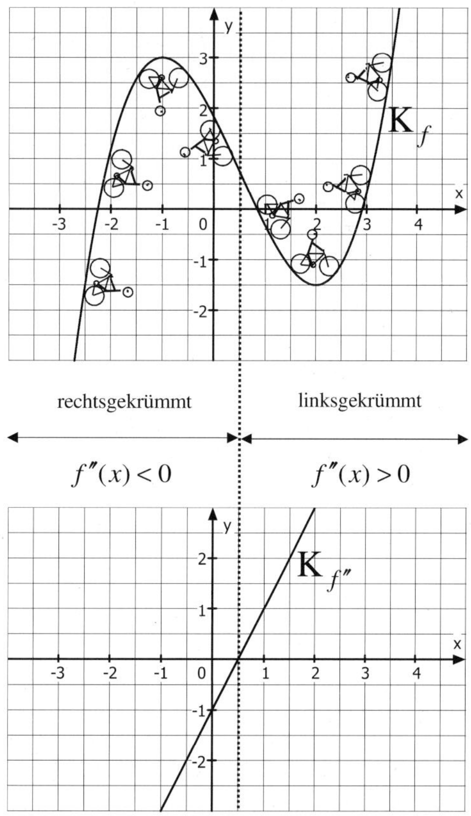

$f''(x)$ n**e**gativ $\Rightarrow$ r**e**chtsgekrümmt
($f''(x)$ pos**i**tiv $\Rightarrow$ l**i**nksgekrümmt)

3.5 Extrempunkte (Hochpunkte und Tiefpunkte)

Vorgehen zur Ermittlung von Hoch- und Tiefpunkten (am Beispiel)	
	$f(x)=\frac{1}{3}x^3-\frac{1}{2}x^2-2x+\frac{11}{6}$ (Beispiel) $f'(x)=x^2-x-2$ $f''(x)=2x-1$
$\mathbf{1. Schritt: \; f'(x)=0}$ Stellen mit waagrechter Tangente (Steigung von 0) ermitteln.	$\mathbf{f'(x)=0}$ $x^2-x-2=0$ $x_{1/2}=\frac{-(-1)\pm\sqrt{(-1)^2-4\cdot1\cdot(-2)}}{2\cdot1}$ $=\frac{1\pm\sqrt{1+8}}{2}=\frac{1\pm3}{2}$ $\Rightarrow \mathbf{x_1=-1;\; x_2=2}$
$\mathbf{2. Schritt: \; Einsetzen\ in\ f''(x)}$ Falls $\begin{cases} \mathbf{f''(x)<0} \\ \mathbf{f''(x)>0} \end{cases}$ liegt $\begin{cases} \textbf{Hochpunkt} \\ \textbf{Tiefpunkt} \end{cases}$ vor.	$\mathbf{f''(-1)}=2\cdot(-1)-1=-3 \quad \mathbf{<0} \quad \rightarrow \mathbf{H}$ $\mathbf{f''(2)}=2\cdot2-1=3 \quad \mathbf{>0} \quad \rightarrow \mathbf{T}$
$\mathbf{3. Schritt: \; Einsetzen\ in\ f(x)}$ y-Koordinaten der Hoch- bzw. Tiefpunkte bestimmen.	$\mathbf{f(-1)}=\frac{1}{3}\cdot(-1)^3-\frac{1}{2}\cdot(-1)^2-2\cdot(-1)+\frac{11}{6}$ $=\mathbf{3} \quad \rightarrow \quad \mathbf{H(-1\,\vert\,3)}$ $\mathbf{f(2)}=\frac{1}{3}\cdot2^3-\frac{1}{2}\cdot2^2-2\cdot2+\frac{11}{6}$ $=\mathbf{-1{,}5} \quad \rightarrow \quad \mathbf{T(2\,\vert\,-1{,}5)}$

Alternative zum 2. Schritt: Untersuchung auf Vorzeichenwechsel

Hat $f'(x)$ eine Nullstelle mit Vorzeichenwechsel, dann hat das Schaubild von $f(x)$ hier einen Extrempunkt.

Bei einem Vorzeichenwechsel von $\begin{cases} +\text{ nach } - \\ -\text{ nach } + \end{cases}$ liegt ein $\begin{cases} \text{Hochpunkt} \\ \text{Tiefpunkt} \end{cases}$ vor.

z.B. bei $x_2=2$:

$f'(1)=1^2-1-2=-2 \; <0$

$f'(3)=3^2-3-2=4 \; >0$

VZW von − nach +

$\Rightarrow$ somit Tiefpunkt

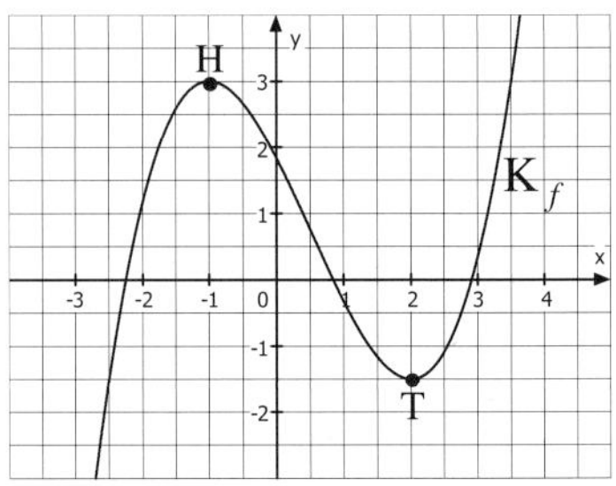

www.mvurl.de/3vs8

3.6 Wendepunkte

Vorgehen zur Ermittlung von Wendepunkten (am Beispiel)	
1. Schritt: $f''(x)=0$ Stellen „ohne Krümmung“ ermitteln.	$f(x)=\frac{1}{3}x^3-\frac{1}{2}x^2-2x+\frac{11}{6}$ (Beispiel) $f'(x)=x^2-x-2$ $f''(x)=2x-1$ $f'''(x)=2$ $\boldsymbol{f''(x)=0}$ $2x-1=0 \quad \vert +1$ $2x=1 \quad \vert :2$ $\boldsymbol{x=0{,}5}$
2. Schritt: Einsetzen in $f'''(x)$ Wendepunkt, falls $\boldsymbol{f'''(x)\neq 0}$.	$\boldsymbol{f'''(0{,}5)}=2 \quad \boldsymbol{\neq 0} \quad \rightarrow \ \mathbf{W}$
3. Schritt: Einsetzen in $f(x)$ y-Koordinaten der Wendepunkte bestimmen.	$\boldsymbol{f(0{,}5)}=\frac{1}{3}\cdot 0{,}5^3-\frac{1}{2}\cdot 0{,}5^2-2\cdot 0{,}5+\frac{11}{6}$ $=\boldsymbol{0{,}75} \rightarrow \mathbf{W(0{,}5 \mid 0{,}75)}$

Alternative zum 2. Schritt: Untersuchung auf Vorzeichenwechsel

Hat $f''(x)$ eine Nullstelle mit Vorzeichenwechsel, dann hat das Schaubild von $f(x)$ hier einen Wendepunkt.

am Beispiel: $x=0{,}5$:

$f''(0)=2\cdot 0-1=-1 \ <0$

$f''(1)=2\cdot 1-1=1 \quad >0$

$\Rightarrow$ Vorzeichenwechsel

$\Rightarrow$ somit Wendepunkt

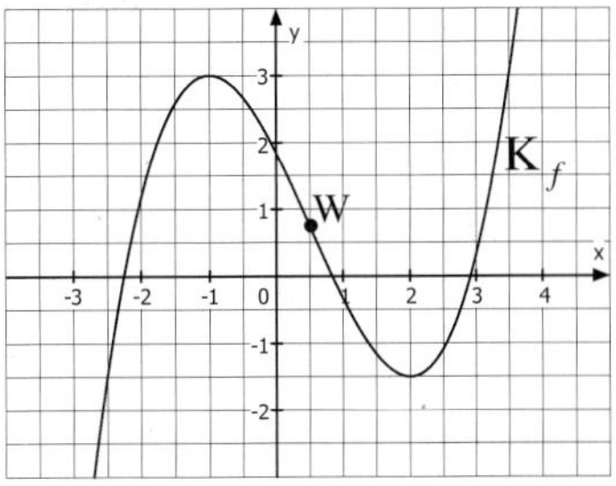

Bemerkungen

- Als **Wendetangente** wird eine Tangente bezeichnet, welche das Schaubild im Wendepunkt berührt. Die **Wendenormale** steht senkrecht zur Wendetangente und verläuft ebenfalls durch den Wendepunkt.
- An einer **Wendestelle** hat das Schaubild entweder die **größte** oder die **kleinste Steigung**. Das Schaubild von $f'(x)$ hat hier deshalb entweder einen Hochpunkt oder einen Tiefpunkt.

www.mvurl.de/bc2k

3.7 Sattelpunkte

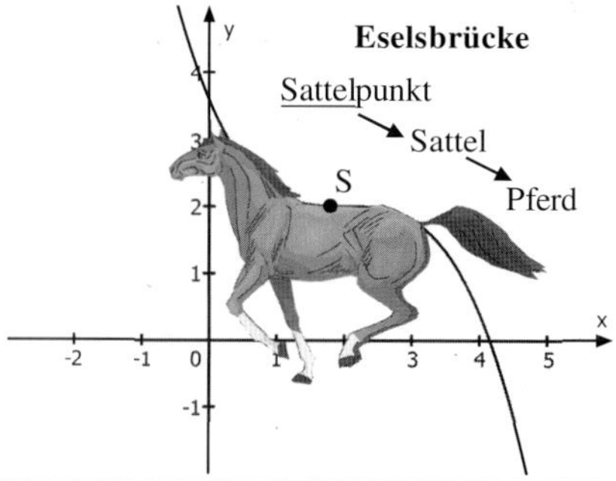

Ein Sattelpunkt ist ein **Wendepunkt mit waagrechter Tangente**, also mit einer Steigung von 0.
Somit hat ein Sattelpunkt neben den Eigenschaften eines Wendepunktes $\left(f''(x)=0 \text{ und } f'''(x)\neq 0\right)$ noch die **zusätzliche Eigenschaft $\boldsymbol{f'(x)=0}$.**

Vorgehen zur Ermittlung von Sattelpunkten (am Beispiel)

(1. bis 3. Schritt: Ebenso wie bei der Ermittlung von Wendepunkten)

1. Schritt: $\boldsymbol{f''(x)=0}$ Stellen „ohne Krümmung" ermitteln.	$f(x)=\frac{1}{4}x^4-\frac{2}{3}x^3+2$ (Beispiel) $f'(x)=x^3-2x^2$ $f''(x)=3x^2-4x$ $f'''(x)=6x-4$ $\boldsymbol{f''(x)=0}$ $3x^2-4x=0$ $x\cdot(3x-4)=0$ **S. v. Nullpr.** $\boldsymbol{x_1=0}$ $3x-4=0$ $3x=4$ $\boldsymbol{x_2=\frac{4}{3}}$
2. Schritt: Einsetzen in $\boldsymbol{f'''(x)}$ Wendepunkt, falls $\boldsymbol{f'''(x)\neq 0}$.	$\boldsymbol{f'''(0)}=6\cdot 0-4=-4$ $\boldsymbol{\neq 0}$ $\rightarrow$ **W** $\boldsymbol{f'''\left(\frac{4}{3}\right)}=6\cdot\frac{4}{3}-4=4$ $\boldsymbol{\neq 0}$ $\rightarrow$ **W**
3. Schritt: Einsetzen in $\boldsymbol{f(x)}$ y-Koordinaten der Wendepunkte bestimmen.	$\boldsymbol{f(0)}=\frac{1}{4}\cdot 0^4-\frac{2}{3}\cdot 0^3+2=\boldsymbol{2}$ $\rightarrow \boldsymbol{W(0\,\vert\,2)}$ $\boldsymbol{f\left(\frac{4}{3}\right)}=\frac{1}{4}\cdot\left(\frac{4}{3}\right)^4-\frac{2}{3}\cdot\left(\frac{4}{3}\right)^3+2=\boldsymbol{\frac{98}{81}}$ $\rightarrow \boldsymbol{W\left(\frac{4}{3}\,\vert\,\frac{98}{81}\right)}$

www.mvurl.de/adoh

Im Koordinatensystem finden Sie das Schaubild der Funktion f mit $f(x) = \frac{1}{4}x^4 - \frac{2}{3}x^3 + 2$ und den berechneten Sattelpunkt.

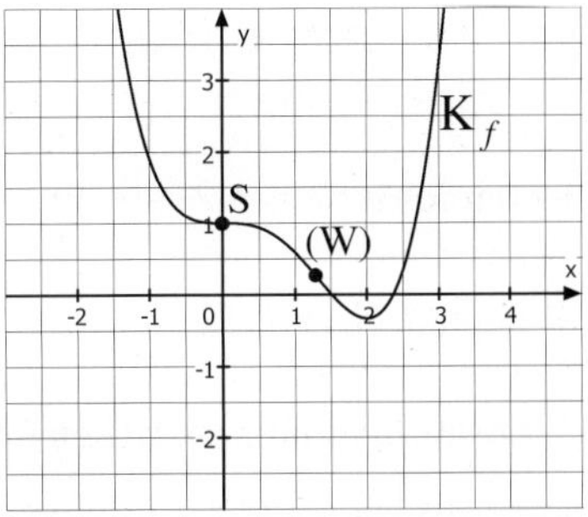

Jeder Sattelpunkt ist auch ein Wendepunkt, aber nicht jeder Wendepunkt ist auch ein Sattelpunkt!

3.8 Zusammenhang zwischen den Schaubildern von Funktion und Ableitung

1. Grundsätzlicher Zusammenhang

Der y-Wert des Schaubildes von $f'(x)$ entspricht an jedem x-Wert der Steigung des Schaubildes von $f(x)$.

2. Zusammenhang zwischen den besonderen Punkten

Kurzversion (Merkregel: In jeder Zeile steht das englische Wort für „neu"; 3-stufig)

$f(x)$	**N**	**E**	**W**		
$f'(x)$		**N**	**E**	**W**	
$f''(x)$			**N**	**E**	**W**

Ausführliche Version (nur 2-stufig dargestellt)

$f(x)$ bzw. $f'(x)$	**N**	**H**	**T**	**W** (von **Lk** zu **Rk**)	**W** (von **Rk** zu **Lk**)	**S**
$f'(x)$ bzw. $f''(x)$		**N** „von + nach –"	**N** „von – nach +"	**H**	**T**	**N** ohne **VZW** (z.B. doppelte N) bzw. **H** oder **T** auf der x-Achse

Abkürzungen

Nullstelle
Extrempunkt (**H**och- oder **T**iefpunkt)
Links**k**rümmung / **R**echts**k**rümmung
Wendepunkt
Sattelpunkt
Vor**Z**eichen**W**echsel

Bemerkungen

- Die obigen Zusammenhänge gelten natürlich auch zwischen der Stammfunktion $F(x)$ und der zugehörigen Funktion $f(x)$.
- Die Symmetrieart eines Schaubildes „pendelt" beim Ableiten.

Beispiel: K_f ist symmetrisch zur y-Achse $\Rightarrow K_{f'}$ ist symmetrisch zum Ursprung $\Rightarrow K_{f''}$ ist symmetrisch zur y-Achse $\Rightarrow \ldots$

www.mvurl.de/g45w

Beispiel

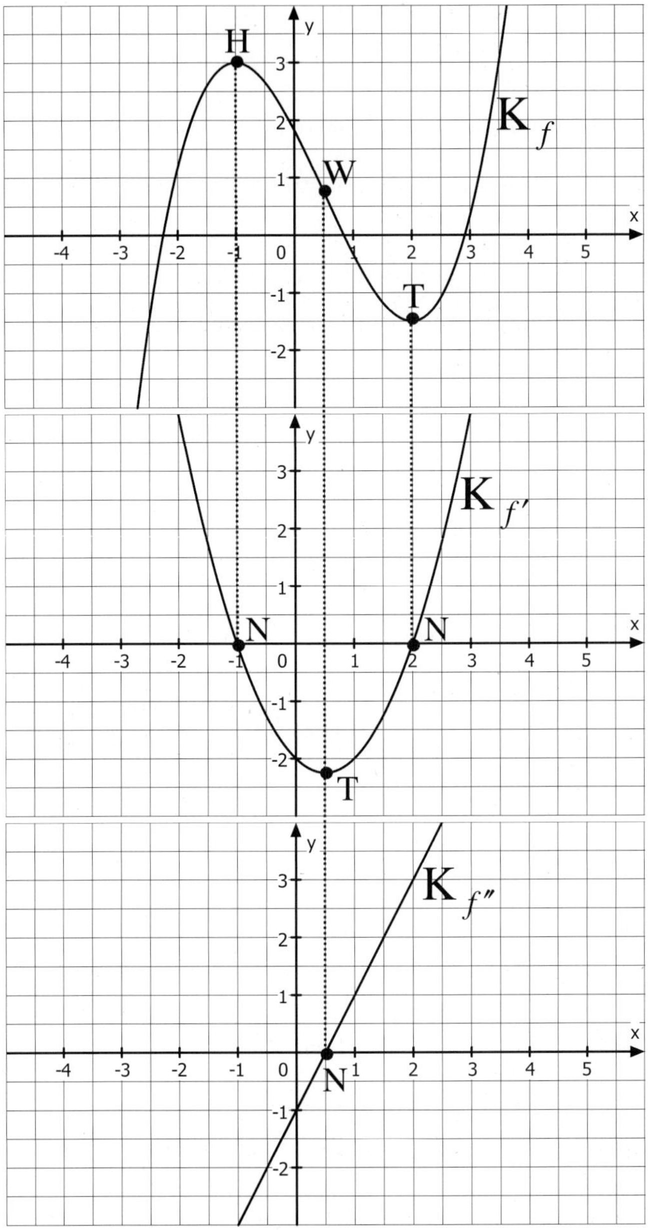

3.9 Ermittlung von Funktionsgleichungen

1. Möglichkeit: Differenzialrechnung („Steckbriefaufgaben")

Beispiel

Gesucht ist die Gleichung einer Funktion 4. Grades, deren Schaubild symmetrisch zur y-Achse ist. Das Schaubild hat den Tiefpunkt T(2 | 1) und besitzt an der Stelle 1 die Steigung $-2{,}4$.

Lösung

Allgemeiner Ansatz: $f(x) = ax^4 + bx^3 + cx^2 + dx + e$

Da symm. zur y-Achse: $f(x) = ax^4 + cx^2 + e$ (*nur gerade Hochzahlen*)

$f'(x) = 4ax^3 + 2cx$

Bedingungen

T(2 | 1) (*Punktprobe*): $f(2) = 1 \Rightarrow a \cdot 2^4 + c \cdot 2^2 + e = 1 \quad \Rightarrow \quad 16a + 4c + e = 1$

T(2 | 1) (*Bed.* $f'(x) = 0$): $f'(2) = 4a \cdot 2^3 + 2c \cdot 2 = 0 \quad \Rightarrow \quad 32a + 4c = 0$

In $x = 1$ Steigung $-2{,}4$: $f'(1) = 4a \cdot 1^3 + 2c \cdot 1 = -2{,}4 \quad \Rightarrow \quad 4a + 2c = -2{,}4$

Lösen des LGS

$$\left(\begin{array}{ccc|c} 16 & 4 & 1 & 1 \\ 32 & 4 & 0 & 0 \\ 4 & 2 & 0 & -2{,}4 \end{array}\right) \sim \left(\begin{array}{ccc|c} 16 & 4 & 1 & 1 \\ 0 & 2 & 1 & 1 \\ 0 & -4 & 1 & 10{,}6 \end{array}\right) \sim \left(\begin{array}{ccc|c} 16 & 4 & 1 & 1 \\ 0 & 2 & 1 & 1 \\ 0 & 0 & 3 & 12{,}6 \end{array}\right)$$

(Hinweis: Schnelleres Lösen des LGS durch Tausch der 1. mit der 3. Spalte möglich.)

III: $3e = 12{,}6$

$e = 4{,}2$

in II: $2c + 1 \cdot 4{,}2 = 1$

$c = -1{,}6$

in I: $16a + 4 \cdot (-1{,}6) + 1 \cdot 4{,}2 = 1$

$a = 0{,}2$

Man erhält: $f(x) = 0{,}2x^4 - 1{,}6x^2 + 4{,}2$

Notwendig

Mindestens so viele Bedingungen bzw. Gleichungen wie unbekannte Koeffizienten im Ansatz vorhanden (im Beispiel: 3 Bedingungen bzw. Koeffizienten).

www.mvurl.de/q42e

Typische Beschreibungen von Schaubildern und zugehörige math. Bedingungen

Beschreibungen des Schaubildes	Mathematische Bedingungen
Schaubild ist punktsymmetrisch zum Ursprung	*$f(x)$ enthält nur ungerade Hochzahlen* *z.B.* $f(x)=ax^3+cx$ *bei Grad 3*
Schaubild ist achsensymmetrisch zur y-Achse	*$f(x)$ enthält nur gerade Hochzahlen* *z.B.* $f(x)=ax^4+cx^2+\mathrm{e}$ *bei Grad 4*
Schaubild verläuft durch P(3 | 8)	$f(3)=8$
Schaubild besitzt an der Stelle 2 die Steigung 5 (oder: besitzt am x-Wert 2 eine Tangente mit Steigung 5)	$f'(2)=5$
Schaubild berührt an der Stelle 3 die x-Achse	$\begin{cases} f(3)=0 & (\textit{verläuft durch } \mathrm{P}(3\mid 0)) \\ f'(3)=0 & (\textit{hier Steigung } 0) \end{cases}$
Schaubild besitzt den Hochpunkt H(−2 | 3)	$\begin{cases} f(-2)=3 & (\textit{verläuft durch } \mathrm{P}(-2\mid 3)) \\ f'(-2)=0 & (\textit{hier Steigung } 0) \end{cases}$
Schaubild besitzt den Tiefpunkt T(−2 | 3)	*gleiche Bedingungen wie bei* H(−2 | 3)
Schaubild besitzt den Wendepunkt W(5 | 7)	$\begin{cases} f(5)=7 & (\textit{verläuft durch } \mathrm{P}(5\mid 7)) \\ f''(5)=0 & (\textit{hier „keine Krümmung“}) \end{cases}$
Schaubild besitzt den Sattelpunkt S(1 | 4)	$\begin{cases} f(1)=4 & (\textit{verläuft durch } \mathrm{P}(1\mid 4)) \\ f'(1)=0 & (\textit{hier Steigung } 0) \\ f''(1)=0 & (\textit{hier „keine Krümmung“}) \end{cases}$
Schaubild schneidet das Schaubild der bekannten Funktion $g(x)$ an der Stelle 2	$f(2)=g(2)$ $(\textit{hier gleicher } y\textit{-Wert})$
Schaubild berührt das Schaubild der bekannten Funktion $g(x)$ an der Stelle 4	$\begin{cases} f(4)=g(4) & (\textit{hier gleicher } y\textit{-Wert}) \\ f'(4)=g'(4) & (\textit{hier gleiche Steigung}) \end{cases}$

2. Möglichkeit: Regression

Beispiel:
Gesucht ist die Gleichung einer Parabel (2. Grades), deren Schaubild **näherungsweise** durch die dargestellten Punkte verläuft.

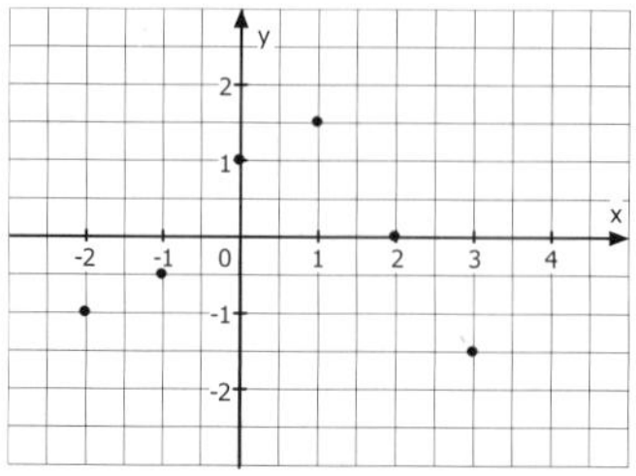

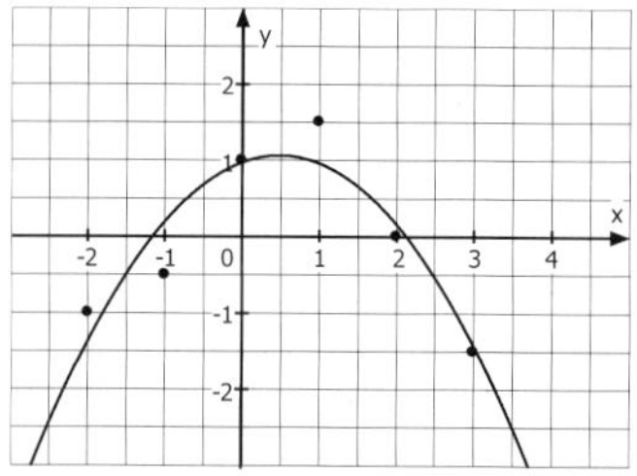

CASIO fx-87DE X	TI-30X Plus MultiView
[MENU] [3] 	[data] 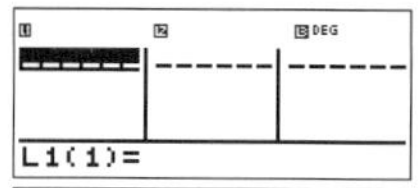
[3] 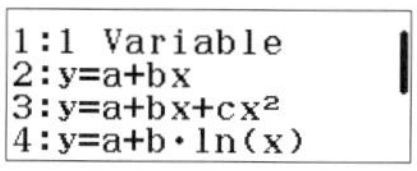	Koordinaten aller Punkte eintragen; 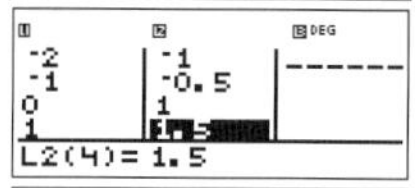
Koordinaten aller Punkte eintragen; 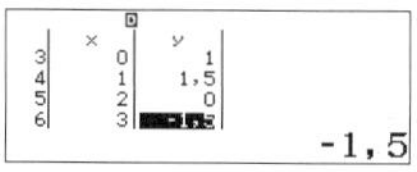	[2nd]; [mode] 
[AC] 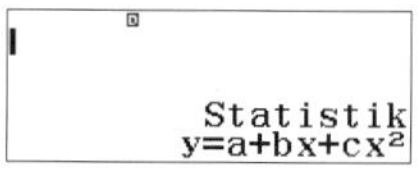	[2nd]; [data] 
[OPTN]; [3] 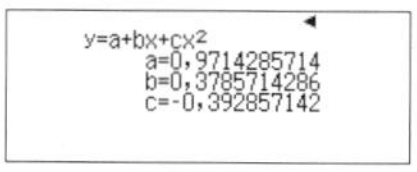	[↓]; [↓]; [↓]; [↓] 
Achtung: Der CASIO-WTR geht von $y = a + bx + cx^2$ aus!	[enter] 
	[↓]; [↓]; [↓]; [→]; [↓]; [enter] 

Gleichung der Regressionsfunktion: $f(x) = -0,393x^2 + 0,379x + 0,971$

Notwendig: Mindestens so viele Punkte wie unbekannte Koeffizienten im Ansatz.

Das Bestimmtheitsmaß r^2

- Gibt die **Güte einer Regression** an, beurteilt also, wie „genau" die Kurve durch die Punkte verläuft.
- r^2 kann hierbei Werte zwischen 0 (Kurve „passt nicht" zur Punktwolke) und 1 (Kurve verläuft durch alle Punkte) annehmen.
Im Beispiel gilt $r^2 \approx 0,86$, was auf eine „recht hohe" Anpassung der Kurve an die Punkte hindeutet.

www.mvurl.de/88xx

3. Möglichkeit: Nullstellenansatz bei ganzrationalen Funktionen

Beispiel

Gesucht ist die Funktionsgleichung zum nebenstehenden Schaubild.

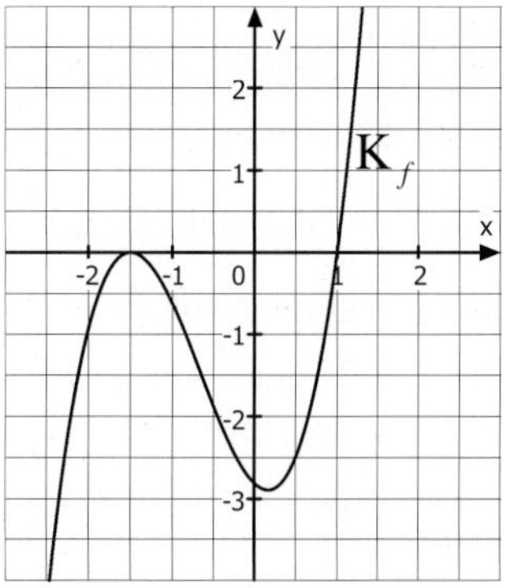

Lösung

Da die Nullstellen $\left(x_{1/2} = -1,5;\ x_3 = 1\right)$ des Schaubildes ablesbar sind, kann der Nullstellenansatz der Funktion (S. 14) weitgehend aufgestellt werden:

$f(x) = a \cdot (x+1,5)^2 \cdot (x-1)$

Dann werden die Koordinaten eines weiteren Punktes, der kein Schnittpunkt mit der x-Achse ist, eingesetzt:

P(0,5 | −2,5):

$$\begin{aligned} f(x) &= a \cdot (x+1,5)^2 \cdot (x-1) \\ -2,5 &= a \cdot (0,5+1,5)^2 \cdot (0,5-1) \\ -2,5 &= -2a \\ \frac{5}{4} &= a \end{aligned}$$

$$\Rightarrow f(x) = \frac{5}{4} \cdot (x+1,5)^2 \cdot (x-1)$$

Notwendig

$\begin{cases} 2 \\ 3 \\ 4 \end{cases}$ Nullstellen bei einer ganzrationalen Funktion $\begin{cases} 2. \\ 3. \\ 4. \end{cases}$ Grades und mind. ein weiterer Punkt.

3.10 Extremwertaufgaben

Beispiel

Aus einer parabelförmigen Holzplatte soll ein möglichst großes Dreieck (s. Skizze, mit rechtem Winkel rechts unten) herausgesägt werden.
Der Rand der Holzplatte wird durch das Schaubild der Funktion f mit $f(x)=-\frac{7}{72}x^2+\frac{7}{2}$ beschrieben.
Welchen Flächeninhalt kann ein solches Dreieck höchstens haben?

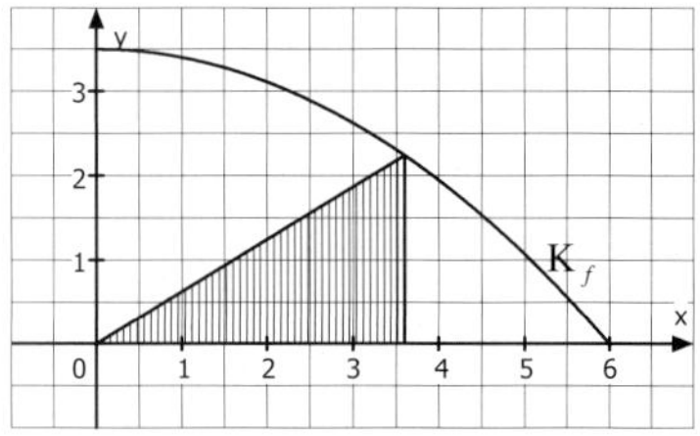

Das Rezept	
Zutaten 	
1. Skizze machen: Alles einzeichnen was in der Aufgabenstellung beschrieben wird.	(hier gegeben)
2. Koordinaten möglichst vieler relevanter Punkte (eventuell in Abhängigkeit von u) angeben. Hierbei beachten: Ein Punkt, der „irgendwo auf dem Schaubild“ liegt, besitzt die Koordinaten $(u \mid f(u))$.	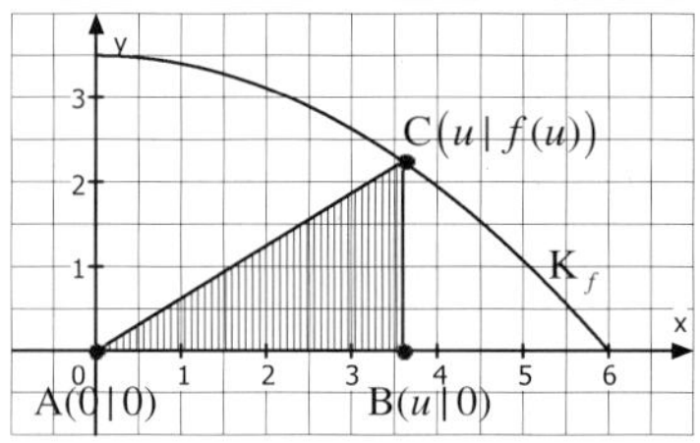
Kochen 	
3. Allgemeine Zielfunktion bestimmen. Formel für die Größe suchen, die maximal (bzw. minimal) werden soll. (z.B. $A=\frac{1}{2}\cdot a\cdot b$; $A=\frac{1}{2}\cdot c\cdot h_c$; $A=a\cdot b$; $U=2\cdot a+2\cdot b$; ...)	Flächeninhalt rechtwinkliges Dreieck: $A=\frac{1}{2}\cdot a\cdot b$ (Allgemeine Zielfunktion)
4. Benötigte Strecken (a, b, c, h_c, ...) für Allgemeine Zielfunktion in **Skizze einzeichnen**.	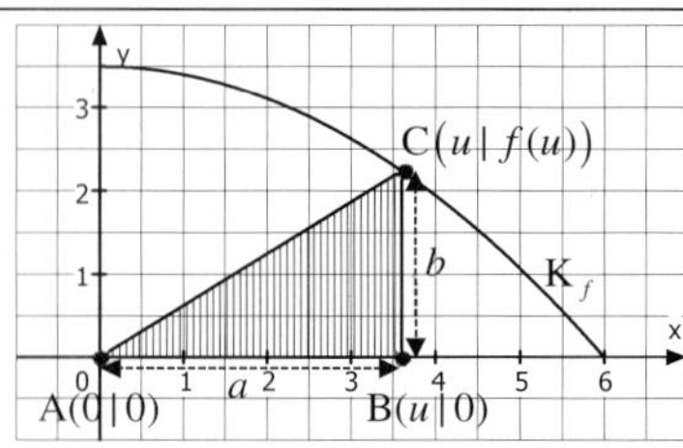

www.mvurl.de/q5ks

5. Konkrete Zielfunktion bestimmen. **Streckenlängen** durch die Koordinaten der Punkte aus 2. **ausdrücken**. Hierbei beachten: - waagr. Streckenlänge: $x_{\text{rechts}} - x_{\text{links}}$ - senkr. Streckenlänge: $y_{\text{oben}} - y_{\text{unten}}$ **Funktionsterm** aus Aufgabenstellung **einsetzen**.	$\mathrm{A}(u) = \frac{1}{2} \cdot \quad a \quad \cdot \quad b$ $\mathrm{A}(u) = \frac{1}{2} \cdot (u - 0) \cdot (f(u) - 0)$ $\mathrm{A}(u) = \frac{1}{2} \cdot \quad u \quad \cdot \left(-\frac{7}{72}u^2 + \frac{7}{2} - 0\right)$ (Konkrete Zielfunktion)
6. Schaubild der **Konkreten Zielfunktion** auf **Hochpunkt** (bzw. Tiefpunkt) **untersuchen**.	$\mathrm{A}(u) = \frac{1}{2} \cdot u \cdot \left(-\frac{7}{72}u^2 + \frac{7}{2}\right) = -\frac{7}{144}u^3 + \frac{7}{4}u;$ $\mathrm{A}'(u) = -\frac{7}{48}u^2 + \frac{7}{4};\ \mathrm{A}''(u) = -\frac{7}{24}u$ 1. $\mathrm{A}'(u) = 0:\ -\frac{7}{48}u^2 + \frac{7}{4} = 0$ Lösung: $u_1 \approx 3{,}46 \quad (u_2 \approx -3{,}46$ nicht in D) 2. $\mathrm{A}''(3{,}46) \approx -\frac{7}{24} \cdot 3{,}46 < 0 \quad \rightarrow \mathrm{H}$ 3. $\mathrm{A}(3{,}46) \approx -\frac{7}{144} \cdot 3{,}46^3 + \frac{7}{4} \cdot 3{,}46 \approx 4{,}04$ $\rightarrow \mathrm{H}(3{,}46 \mid 4{,}04)$
7. Randwertuntersuchung **Grenzen des Definitionsbereiches** für *u* in Konkrete Zielfunktion **einsetzen**. Erhaltene *y*-Werte mit dem *y*-Wert des Hochpunktes (bzw. Tiefpunktes) **vergleichen**.	Definitionsbereich: $\mathrm{D} = [0;\ 6]$ (s. Skizze) $\mathrm{A}(0) = 0 \ < 4{,}04$ $\mathrm{A}(6) = 0 \ < 4{,}04$
Servieren	
8. Antwortsatz Für $u = ...$ (*x*-Wert Extrempunkt) wird ... (gesuchte Größe) maximal (bzw. minimal). Diese beträgt dann ... (*y*-Wert Extrempunkt).	**Antwortsatz** Für $u \approx 3{,}46$ wird der Flächeninhalt des Dreiecks maximal. Dieser beträgt dann ungefähr 4,04 Flächeneinheiten.

Integralrechnung

„Aufleitungsregeln“
$f(x) =$
$\mathrm{F}(x) =$

(S. 62)

Fläche zwischen Schaubild und x-Achse

(S. 64)

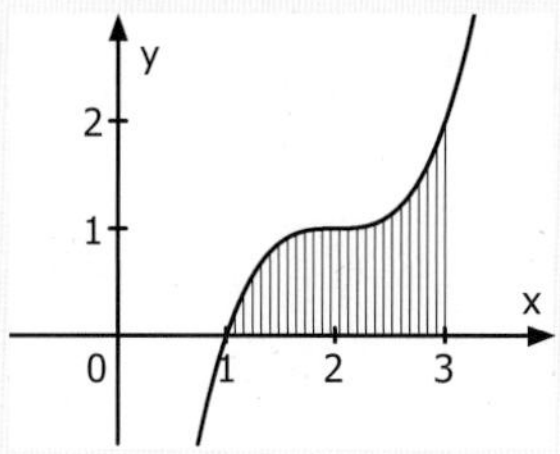

Anwendungen

(S. 68)

Fläche zwischen 2 Kurven

(S. 66)

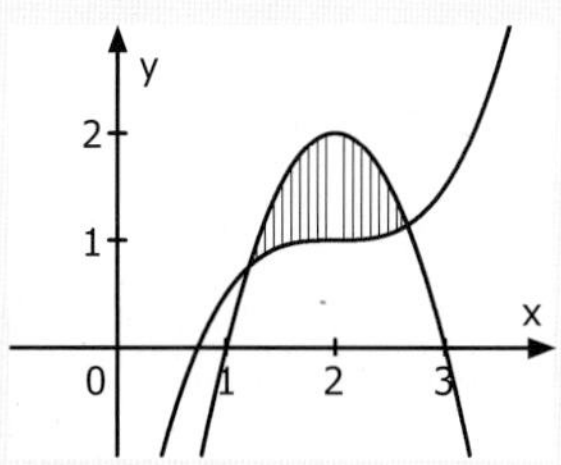

4 Integralrechnung

4.1 Integrationsregeln („Aufleitungsregeln")

Nr.	Beispiel	Vorgehen
	Elementarregeln	
1	$f(x) = x^5$ $F(x) = \frac{1}{6}x^6$ $f(x) = x^2$ $F(x) = \frac{1}{3}x^3$	$f(x) = x^{Exponent}$ $F(x) = \frac{1}{Exponent+1} \cdot x^{Exponent+1}$ (Potenzregel)
2	$f(x) = e^x$ $F(x) = e^x$	*Abschreiben*
3	$f(x) = \sin(x)$ $F(x) = -\cos(x)$	$\sin \rightarrow -\cos \rightarrow -\sin \rightarrow \cos \rightarrow \sin$ *(Gegen den Uhrzeigersinn!)*
4	$f(x) = \cos(x)$ $F(x) = \sin(x)$	
	Vorgehensregeln	
5	$f(x) = \mathbf{2} \cdot x^2$ $F(x) = \mathbf{2} \cdot \frac{1}{3}x^3 = \frac{2}{3}x^3$	*„Zahlen" mit · oder : „bleiben"* (Faktorregel)
6	$f(x) = x^2 + \mathbf{2}$ $F(x) = \frac{1}{3}x^3 + \mathbf{2x}$	*„Zahlen" mit + oder − „erhalten ein x"*
7	$f(x) = x^2 - 4x$ $F(x) = \frac{1}{3}x^3 - 2x^2$	*+ und − Zeichen unterteilen die Funktion in Teilfunktionen, welche einzeln aufgeleitet werden* (Summenregel)

http://mvurl.de/xtxi

Nr.	Beispiel	Vorgehen
		Produktregel
8	$f(x)=x^2\cdot e^x$ $F(x)=?$	Die Produktregel zum Aufleiten (partielle Integration) wird im Abitur nicht verlangt.

Anwendungen der Kettenregel		
9	$f(x)=e^{2x+3}$ $F(x)=e^{2x+3}\cdot\frac{1}{2}$	$f(x)=e^{Exponent}$ $F(x)=e^{Exponent}\cdot\frac{1}{Exponent\ abgeleitet}$
10	$f(x)=\sin(2x+3)$ $F(x)=-\cos(2x+3)\cdot\frac{1}{2}$	$f(x)=\sin(Klammerinhalt)$ $F(x)=-\cos(Klammerinhalt)\cdot\frac{1}{Klammerinhalt\ abgeleitet}$
11	$f(x)=\cos(2x+3)$ $F(x)=\sin(2x+3)\cdot\frac{1}{2}$	$f(x)=\cos(Klammerinhalt)$ $F(x)=\sin(Klammerinhalt)\cdot\frac{1}{Klammerinhalt\ abgeleitet}$
12	$f(x)=(2x+3)^5$ $F(x)=\frac{1}{6}\cdot(2x+3)^6\cdot\frac{1}{2}$ $=\frac{1}{12}\cdot(2x+3)^6$	$f(x)=(Klammerinhalt)^{Exponent}$ $F(x)=\frac{1}{Exponent+1}\cdot(Klammerinhalt)^{Exponent+1}\cdot\frac{1}{Klammerinhalt\ abgeleitet}$

Annahme: *Klammerinhalt* bzw. *Exponent* ist linear („enthält nur x, also kein x^2, e^x, …“)

Hinweis: Integrationskonstante

Eine Funktion hat nur eine Ableitungsfunktion, aber **unendlich viele Stammfunktionen**, da der hintere Summand c (Integrationskonstante) beim Ableiten verschwindet.

Allg.: $F(x)=\frac{1}{3}x^3+c$

$F(x)=\frac{1}{3}x^3$ $\quad$ $F(x)=\frac{1}{3}x^3+2$ $\quad$ $F(x)=\frac{1}{3}x^3-3$

↖ ↑ ↗

$f(x)=x^2$

↓

$f'(x)=2x$

4.2 Flächeninhaltsberechnung zwischen Schaubild und *x*-Achse

1. Fläche oberhalb der *x*-Achse

Beispiel

Gegeben ist die Funktion f mit $f(x) = -x^2 + 1$.
Welchen Inhalt besitzt die schraffierte Fläche?

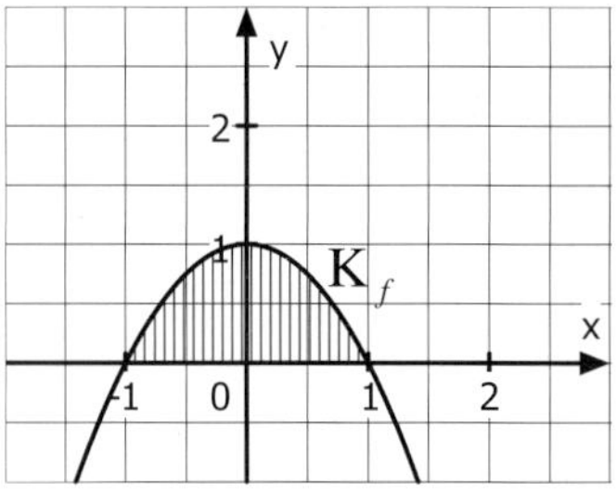

Ansatz

$$\mathbf{A} = \int_a^b f(x)\,dx = [\mathbf{F}(x)]_a^b = \mathbf{F}(b) - \mathbf{F}(a)$$

Lösung

$$A = \int_{-1}^{1} \left(-x^2 + 1\right) dx = \left[-\frac{1}{3}x^3 + x\right]_{-1}^{1} = -\frac{1}{3}\cdot 1^3 + 1 - \left(-\frac{1}{3}\cdot(-1)^3 + (-1)\right) \approx 1{,}333 \text{ FE}$$

Rechte Grenze nach oben, linke nach unten — *aufleiten* — *Rechte und linke Grenze in Stammfunktion einsetzen, voneinander subtrahieren*

Merkregel

$$\mathbf{A} = \int_{\text{linke Grenze}}^{\text{rechte Grenze}} (\textbf{Funktionsterm})\, dx$$

2. Fläche unterhalb der *x*-Achse

Unterschied

$$A = \int_{-1}^{1} -f(x)\,dx$$

Minuszeichen beachten!
Sonst: negatives Ergebnis

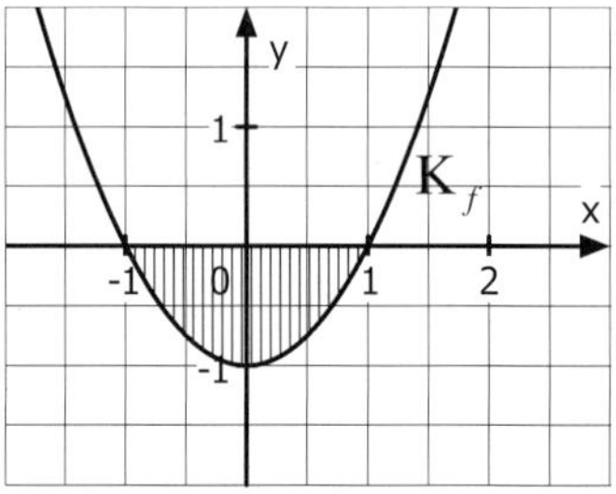

Hinweis: Falls Sie versehentlich ein negatives Ergebnis erhalten, können Sie dies korrigieren, indem Sie **Betragsstriche** setzen.

www.mvurl.de/gign

3. Zusammengesetzte Fläche

Beispiel : Gegeben ist die Funktion f mit $f(x)=\frac{1}{3}x^3-\frac{1}{6}x^2-\frac{5}{3}x$. Welchen Inhalt besitzt die schraffierte Fläche?

Vorgehen (am Beispiel)

1. Nullstellen bestimmen

$f(x)=0 \rightarrow x_1=-2;\ x_2=0;\ x_3=2{,}5$

2. Teilflächeninhalte bestimmen

$A_1=\int_{-2}^{0} f(x)dx \approx 1{,}56;$

$A_2=\int_{0}^{2{,}5} -f(x)\ dx \approx 2{,}82;$

$A_3=\int_{2{,}5}^{3} f(x)\ dx \approx 0{,}57$

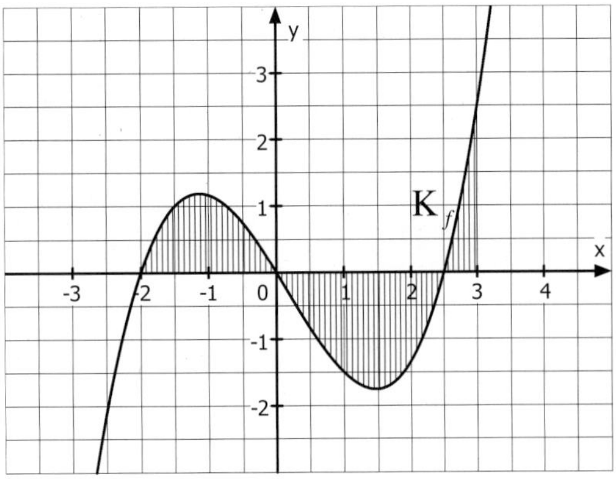

3. Gesamtflächeninhalt bestimmen

$A=A_1+A_2+A_3\approx 1{,}56+2{,}82+0{,}57=4{,}95$ FE

Von Nullstelle zu Nullstelle integrieren!
Ansonsten werden positive und negative Flächeninhaltswerte zu einer **„Flächenbilanz"** verrechnet.

4. Interpretation von Flächeninhalten

Der Inhalt der markierten Fläche gibt an …

Beispiel 1

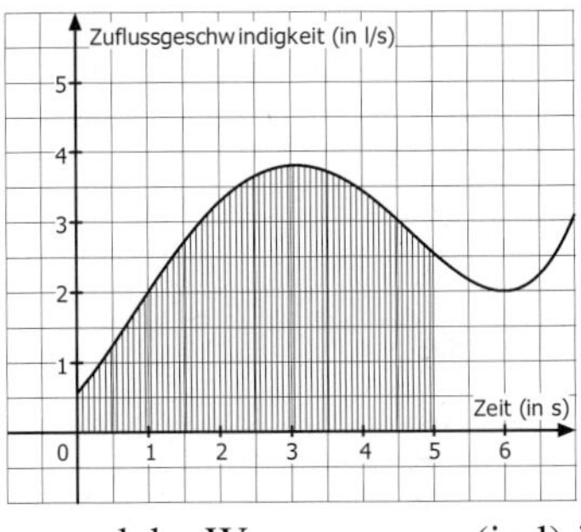

… welche Wassermenge (in l) innerhalb von 5 s zugeflossen ist.

Beispiel 2

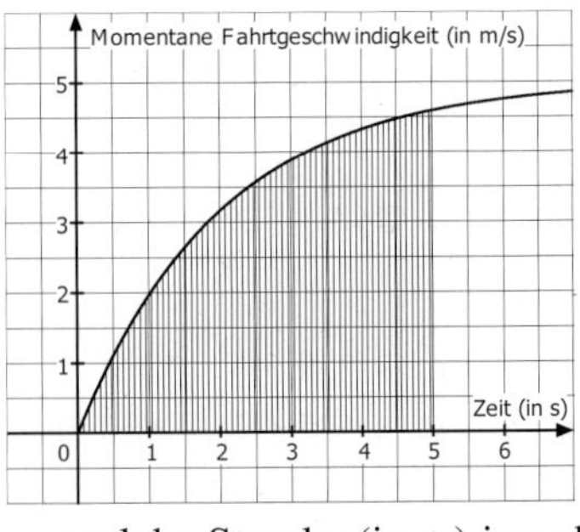

… welche Strecke (in m) innerhalb von 5 s zurückgelegt wurde.

Tipp : Einheit Integral („Fläche") = Einheit Funktion · Einheit Variable (z.B. $\frac{l}{s}\cdot s=l$)

4.3 Flächeninhaltsberechnung zwischen zwei Schaubildern

1. Einzelfläche

Beispiel

Gegeben sind die Funktionen f mit $f(x) = -x^2 + 1$ und g mit $g(x) = x - 1$.
Welchen Inhalt besitzt die schraffierte Fläche?

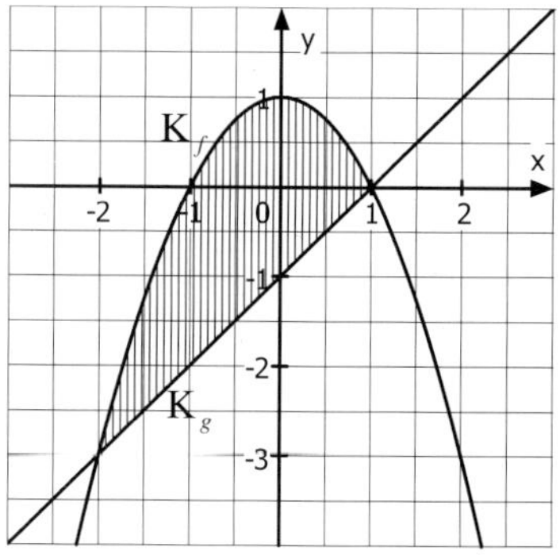

Ansatz

$$\mathbf{A} = \int_a^b \left(f(x) - g(x) \right) dx$$

Lösung

Rechte Grenze nach oben, linke nach unten ↘ — *Oberer Funktionsterm minus unterer Funktionsterm* ↙ — *eventuell vereinfachen* ⟶ — *aufleiten* ⟶

$$\mathrm{A} = \int_{-2}^{1} \left((-x^2 + 1) \; - \; (x-1) \right) dx \; = \; \int_{-2}^{1} \left(-x^2 - x + 2 \right) dx \; = \; \left[-\frac{1}{3} x^3 - \frac{1}{2} x^2 + 2x \right]_{-2}^{1}$$

$$= -\frac{1}{3} \cdot 1^3 - \frac{1}{2} \cdot 1^2 + 2 \cdot 1 \; - \; \left(-\frac{1}{3} \cdot (-2)^3 - \frac{1}{2} \cdot (-2)^2 + 2 \cdot (-2) \right) \; = \; 4{,}5 \text{ FE}$$

⟶ *Rechte und linke Grenze in Stammfunktion einsetzen, voneinander subtrahieren*

Merkregel

$$\mathbf{A} = \int_{\text{linke Grenze}}^{\text{rechte Grenze}} \textbf{(oberer Funktionsterm} - \textbf{unterer Funktionsterm)}\, dx$$

Bemerkung (Lage zur x - Achse)

Bei einer Fläche, die zwischen zwei Schaubildern liegt, ist es hingegen völlig unerheblich, ob sich diese oberhalb oder unterhalb der x-Achse befindet.

www.mvurl.de/315d

2. Zusammengesetzte Fläche

Beispiel : Gegeben sind die Funktionen f mit $f(x)=\frac{1}{4}x^3+\frac{1}{4}x^2-\frac{3}{4}x-\frac{3}{4}$ und g mit $g(x)=\frac{3}{4}x-\frac{3}{4}$. Welchen Inhalt besitzt die schraffierte Fläche?

Vorgehen (am Beispiel)

1. Schnittstellen bestimmen

$f(x)=g(x)\ \rightarrow x_1=-3;\ x_2=0;\ x_3=2$

2. Teilflächeninhalte bestimmen

$A_1=\int_{-3}^{0}\left(f(x)-g(x)\right)dx\approx 3{,}94;$

$A_2=\int_{0}^{2}\left(g(x)-f(x)\right)dx\approx 1{,}33$

3. Gesamtflächeninhalt bestimmen

$A=A_1+A_2\approx 3{,}94+1{,}33=5{,}27$ FE

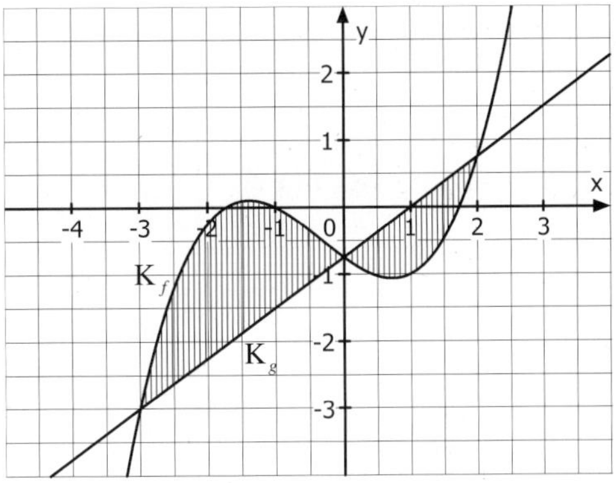

Von Schnittstelle zu Schnittstelle integrieren!
Ansonsten werden positive und negative Flächeninhaltswerte zu einer **„Flächenbilanz“** verrechnet.

5 Anwendungsorientierte Aufgaben

5.1 Bedeutungsmäßiger Zusammenhang von Funktion und Ableitungsfunktion

Anwendungsorientierte Aufgaben thematisieren oftmals (zumindest sinngemäß) eine der nachfolgenden Problemstellungen.
Hierbei liegt der Aufgabenschwerpunkt oftmals auf dem bedeutungsmäßigen Zusammenhang zwischen Funktion und Ableitungsfunktion.

Bedeutung von $f(x)$	**Bedeutung von $f'(x)$**	**Bedeutung von $\int_a^b (f'(x))\,dx$**
Pflanzenhöhe (z.B. in m) in Abhängigkeit von der Zeit (z.B. in s)	Momentane Wachstumsgeschwindigkeit einer Pflanze (z.B. in m/s) in Abh. von der Zeit	Zunahme der Pflanzenhöhe zwischen zwei Zeitpunkten
Vorhandene Wassermenge (z.B. in l) in Abh. von der Zeit (z.B. in s)	Momentane Zu- bzw. Abflussgeschwindigkeit von Wasser (z.B. in l/s) in Abh. von der Zeit	Änderung der vorhandenen Wassermenge zwischen zwei Zeitpunkten
Zurückgelegte Wegstrecke (z.B. in m) in Abh. von der Zeit (z.B. in s)	Momentane Fahrtgeschwindigkeit eines Autos (z.B. in m/s) in Abh. von der Zeit	Zurückgelegte Wegstrecke zwischen zwei Zeitpunkten
Vorhandene Alkoholmenge im Blut (z.B. in g) in Abh. von der Zeit (z.B. in min)	Momentane Abbaugeschwindigkeit von Alkohol im Blut (z.B. in g/min) in Abh. von der Zeit	Änderung der vorhandenen Alkoholmenge im Blut zwischen zwei Zeitpunkten
Beschreibt die: **Aktuellen Werte der „interessierenden Größe“** in Abh. von einer anderen Größe	Beschreibt die: **Momentane Änderung der „interessierenden Größe“** in Abh. von einer anderen Größe	
Häufiges Merkmal: **„Einheit ohne Bruch“ (z.B. m)**	Häufiges Merkmal: **„Einheit mit Bruch“ (z.B. m/s)**	

Hinweis: Die obigen Zusammenhänge gelten natürlich auch zwischen Stammfunktion F(x) und der zugehörigen Funktion $f(x)$.

www.mvurl.de/bg5r

5.2 Von der Aufgabe zum Rechenansatz (Schlüsselwörter)

Oftmals ist es schwierig, von der Aufgabenformulierung zum zugehörigen Rechenansatz zu gelangen. Die nachfolgende Zusammenstellung soll Ihnen dabei helfen.

Aufgabenformulierung	Rechenansatz
Bestand zum Beobachtungsbeginn; Anfangsbestand; Startwert; …	$f(0)$
Bestand bzw. Wert zu einem bestimmten Zeitpunkt; …	gegebenen Zeitpunkt einsetzen: $f(x_0)$
Ab welchem bzw. bis zu welchem Zeitpunkt liegt mehr bzw. weniger als ein bestimmter Bestand vor; ein bestimmter Wert wird über- bzw. unterschritten; höher bzw. geringer als; …	$f(x) = \text{Wert}$ (gleichsetzen um zum Anfangs- bzw. Endzeitpunkt zu gelangen)
Mittlere Änderungsrate; durchschnittliche Steigung; Differenzenquotient; …	$m = \frac{f(x_2) - f(x_1)}{x_2 - x_1}$
Momentane Änderungsrate; Änderung im Zeitpunkt; steil bzw. flach; Steigung; Differenzialquotient; …	$f'(x)$
kleinster (geringster) bzw. größter (höchster) Wert; …	Hoch- oder Tiefpunkt von K_f
größte Änderung; stärkster Zuwachs bzw. stärkste Abnahme; steilste Stelle; …	Wendepunkt von K_f bzw. Hoch oder Tiefpunkt von $K_{f'}$
Winkel; Steigungswinkel; …	$\tan(\alpha) = m$
Größter bzw. kleinster Flächeninhalt, Volumen, Abstand, Länge, ...	Extremwertaufgabe
Langfristig, über sehr langen Zeitraum; Grenzwert; … (bei *e*-Funktion)	Asymptote

www.mvurl.de/awwu

5.3 Exponentielles Wachstum und exponentieller Zerfall

Exponentielles Wachstum	Exponentieller Zerfall

Beispiel

Ein Geldbetrag von 500 EUR wird bei einer Bank zu einem Zinssatz von 5 % angelegt.	Von dem radioaktiven Jod 131 sind zu Beginn 7 mg vorhanden. Täglich zerfallen 8 % der vorhandenen Menge.

Funktionsterm $f(t) = a_0 \cdot q^t$ (ohne Basis e)

(a_0: Anfangsbestand ($= f(0)$); q: Wachstums- bzw. Zerfallsfaktor)

$f(t) = 500 \cdot (1 + \frac{5}{100})^t = 500 \cdot 1{,}05^t \quad (q > 1)$	$f(t) = 7 \cdot (1 - \frac{8}{100})^t = 7 \cdot 0{,}92^t \quad (q < 1)$

Funktionsterm $f(t) = a_0 \cdot e^{k \cdot t}$ (mit Basis e)

$f(t) = 500 \cdot e^{\ln(1+\frac{5}{100}) \cdot t} = 500 \cdot e^{0{,}0488 \cdot t}$ $(k > 0)$	$f(t) = 7 \cdot e^{\ln(1-\frac{8}{100}) \cdot t} = 7 \cdot e^{-0{,}0834 \cdot t}$ $(k < 0)$

Schaubild

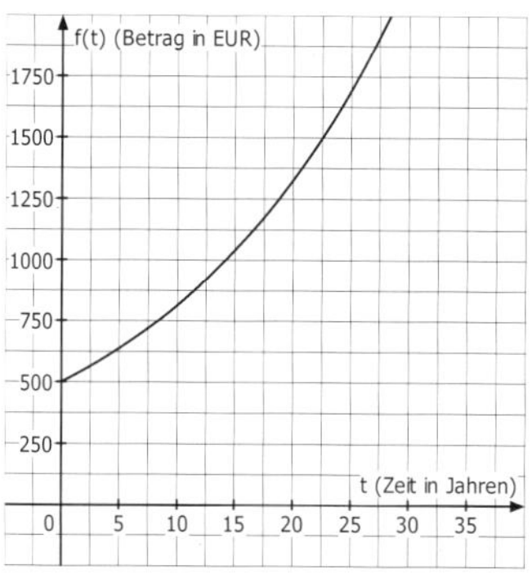

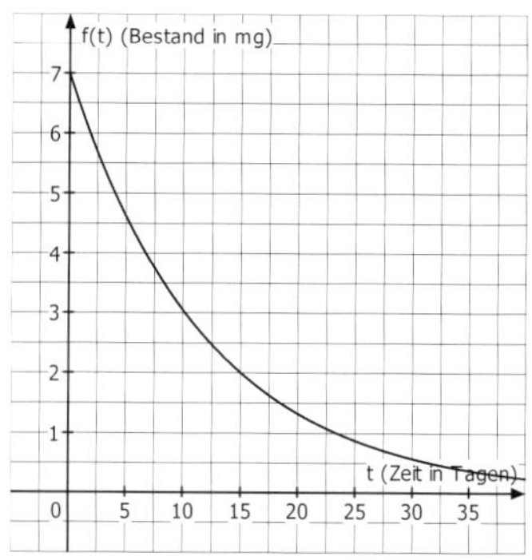

Verdopplungszeit	**Halbwertszeit**
$t_V = \frac{\ln(2)}{k} = \frac{\ln(2)}{0{,}0488} = 14{,}2$ (Jahre)	$t_H = \frac{\ln(0,5)}{k} = \frac{\ln(0,5)}{-0{,}0834} = 8{,}31$ (Tage)

Merkmal

Bestand ändert sich von Zeitschritt zu Zeitschritt stets um den gleichen Wachstums- bzw. Zerfallsfaktor $\frac{f(t+1)}{f(t)} = q$.

Asymptote

	x-Achse ist waagrechte Asymptote

www.mvurl.de/s97a

5.4 Kostentheorie

Beispiel : Bei der Produktion von x Mengeneinheiten (ME) hat ein Betrieb variable Kosten von $K_V(x) = 0{,}08x^3 - 2{,}4x^2 + 40x$. Unabhängig von der produzierten Menge fallen fixe Kosten in Höhe von $K_{fix} = 240$ € an. Jede ME des Produktes wird für $p = 48$ € verkauft.

Beteiligte Funktionen

- Gesamtkostenfunktion: $K(x) = 0{,}08x^3 - 2{,}4x^2 + 40x + 240$ $\quad (K(x) = K_V(x) + K_{fix})$
- Erlösfunktion: $E(x) = 48 \cdot x$ $\quad (E(x) = p \cdot x)$

$\Rightarrow$ Gewinnfunktion: $G(x) = E(x) - K(x)$

$$= 48x - (0{,}08x^3 - 2{,}4x^2 + 40x + 240) = -0{,}08x^3 + 2{,}4x^2 + 8x - 240$$

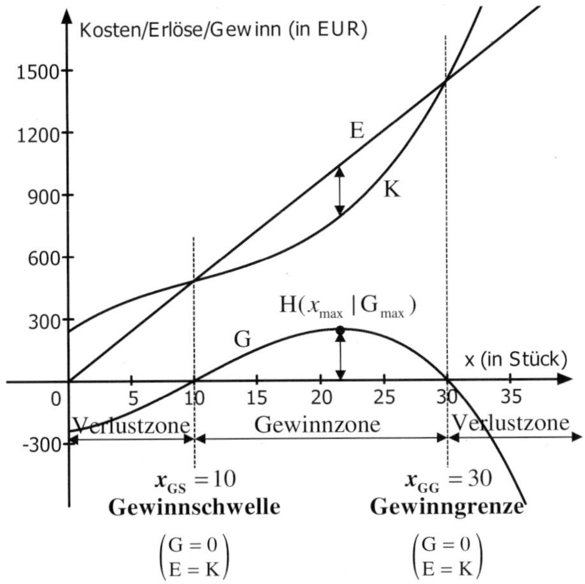

Beschreibung

- Die Schnittstellen der Schaubilder von Erlös- und Kostenfunktion (bzw. die Nullstellen der Gewinnfunktion) heißen Gewinnschwelle (x_{GS}) und Gewinngrenze (x_{GG}).
Sie begrenzen die Gewinnzone des Betriebs.
- Am Hochpunkt des Schaubildes der Gewinnfunktion liegen die gewinnmaximale Verkaufsmenge (x_{max}) und der maximale Gesamtgewinn (G_{max}) vor.

Zusatz : Weitere Funktionen

- Grenzkostenfunktion: $K'(x) = 0{,}24x^2 - 4{,}8x + 40$ (gibt momentanen Kostenzuwachs an)
- Stückkostenfunktion: $k(x) = \dfrac{K(x)}{x} = 0{,}08x^2 - 2{,}4x + 40 + \dfrac{240}{x}$

www.mvurl.de/5is3

Vektorgeometrie

Grundlagen

- Längen (Betrag) (S. 77)
- Addition und Subtraktion (S. 77)
- Punkte und Vektoren (S. 76)
- Skalarprodukt (S. 79)

Geraden

- Parameterform (S. 80)
- Aufstellen einer Geradengleichung (S. 81)
- Spurpunkte (S. 81)
- Gegenseitige Lage zweier Geraden (S. 82)

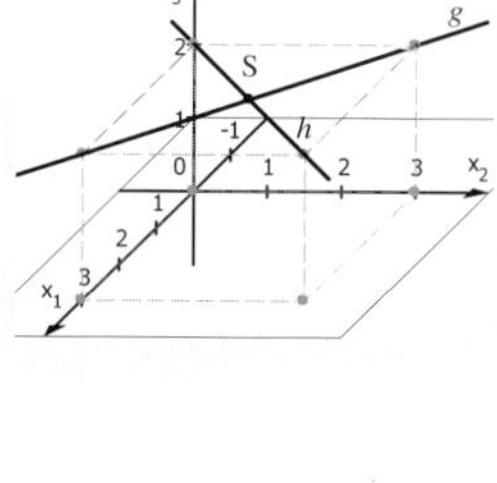

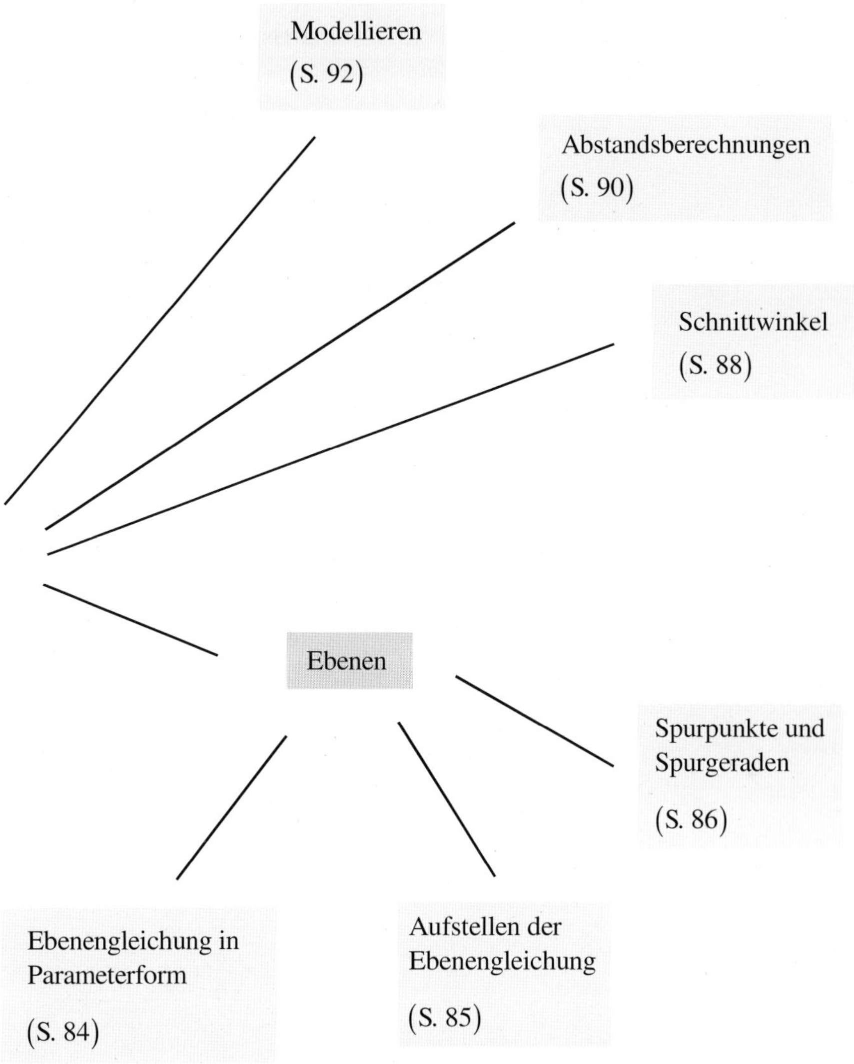
Modellieren
(S. 92)
Abstandsberechnungen
(S. 90)
Schnittwinkel
(S. 88)
Ebenen
Spurpunkte und
Spurgeraden
(S. 86)
Ebenengleichung in
Parameterform
(S. 84)
Aufstellen der
Ebenengleichung
(S. 85)

1 Lineare Gleichungssysteme

Lösungsvorgehen (an Beispielen)

Beispiel 1

$$\begin{aligned} 2x_1 + x_2 + x_3 &= 5 \\ -2x_1 + 3x_3 &= -1 \\ 2x_1 + 2x_2 - 2x_3 &= 2 \end{aligned}$$

$$\left(\begin{array}{ccc|c} 2 & 1 & 1 & 5 \\ -2 & 0 & 3 & -1 \\ 2 & 2 & -2 & 2 \end{array}\right) \begin{array}{l} \\ \mathrm{I}+\mathrm{II} \\ \mathrm{II}+\mathrm{III} \end{array}$$

$$\left(\begin{array}{ccc|c} 2 & 1 & 1 & 5 \\ 0 & 1 & 4 & 4 \\ 0 & 2 & 1 & 1 \end{array}\right) \begin{array}{l} \\ \\ 2\cdot\mathrm{II}-\mathrm{III} \end{array}$$

$$\left(\begin{array}{ccc|c} 2 & 1 & 1 & 5 \\ 0 & 1 & 4 & 4 \\ \mathbf{0} & \mathbf{0} & \mathbf{7} & \mathbf{7} \end{array}\right)$$

LGS hat
eindeutige Lösung

$\mathrm{III}: 7x_3 = 7$

$x_3 = 1$

in II: $x_2 + 4 \cdot 1 = 4$

$x_2 = 0$

in I: $2x_1 + 0 + 1 = 5$

$x_1 = 2$

Lösungsvektor: $\vec{x} = \begin{pmatrix} 2 \\ 0 \\ 1 \end{pmatrix}$

Beispiel 2

$$\begin{aligned} 2x_1 - 2x_2 + x_3 &= -2 \\ x_1 - x_3 &= 1 \\ -x_1 - 2x_2 + 4x_3 &= 0 \end{aligned}$$

$$\left(\begin{array}{ccc|c} 2 & -2 & 1 & -2 \\ 1 & 0 & -1 & 1 \\ -1 & -2 & 4 & 0 \end{array}\right) \begin{array}{l} \\ \mathrm{I}-2\cdot\mathrm{II} \\ \mathrm{II}+\mathrm{III} \end{array}$$

$$\left(\begin{array}{ccc|c} 2 & -2 & 1 & -2 \\ 0 & -2 & 3 & -4 \\ 0 & -2 & 3 & 1 \end{array}\right) \begin{array}{l} \\ \\ \mathrm{II}-\mathrm{III} \end{array}$$

$$\left(\begin{array}{ccc|c} 2 & -2 & 1 & -2 \\ 0 & -2 & 3 & -4 \\ \mathbf{0} & \mathbf{0} & \mathbf{0} & \mathbf{-5} \end{array}\right)$$

LGS hat
keine Lösung

da $\mathrm{III}: 0 = -5$
(Widerspruch)

Beispiel 3

$$\begin{aligned} 2x_1 - 3x_2 + 4x_3 &= 1 \\ -2x_1 + 2x_2 - 2x_3 &= 2 \\ x_1 - x_2 + x_3 &= -1 \end{aligned}$$

$$\left(\begin{array}{ccc|c} 2 & -3 & 4 & 1 \\ -2 & 2 & -2 & 2 \\ 1 & -1 & 1 & -1 \end{array}\right) \begin{array}{l} \\ \mathrm{I}+\mathrm{II} \\ \mathrm{I}-2\cdot\mathrm{III} \end{array}$$

$$\left(\begin{array}{ccc|c} 2 & -3 & 4 & 1 \\ 0 & -1 & 2 & 3 \\ 0 & -1 & 2 & 3 \end{array}\right) \begin{array}{l} \\ \\ \mathrm{II}-\mathrm{III} \end{array}$$

$$\left(\begin{array}{ccc|c} 2 & -3 & 4 & 1 \\ 0 & -1 & 2 & 3 \\ \mathbf{0} & \mathbf{0} & \mathbf{0} & \mathbf{0} \end{array}\right)$$

LGS hat
unendlich viele Lösungen

Setzen von $x_3 = t \quad (t \in \mathbb{R})$

in II:

$-x_2 + 2t = 3$

$-x_2 = -2t + 3$

$x_2 = 2t - 3$

in I:

$2x_1 - 3 \cdot (2t - 3) + 4t = 1$

$2x_1 - 6t + 9 + 4t = 1$

$2x_1 = 2t - 8$

$x_1 = t - 4$

Lösungsvektor:

$\vec{x} = \begin{pmatrix} t-4 \\ 2t-3 \\ t \end{pmatrix}; \ t \in \mathbb{R}$

Hinweis: Sobald bei zwei Gleichungen in der ersten Spalte eine Null steht, sollte nur noch mit diesen beiden Gleichungen gerechnet werden. Grund: Wenn die andere Gleichung mit einbezogen wird, verschwindet eine Null aus der ersten Spalte wieder.

www.mvurl.de/jyy5

Übersicht (vereinfacht)

Gegebenes LGS: $\left(\begin{array}{ccc|c} \bullet & \bullet & \bullet & \bullet \\ \bullet & \bullet & \bullet & \bullet \\ \bullet & \bullet & \bullet & \bullet \end{array}\right)$

↓

Umformungen :

- Zeile mit Zahl multiplizieren bzw. durch Zahl dividieren (außer 0)
- Vielfache von Zeilen addieren oder subtrahieren
- Zeilentausch
- Spaltentausch

LGS in Dreiecksform: $\left(\begin{array}{ccc|c} \bullet & \bullet & \bullet & \bullet \\ 0 & \bullet & \bullet & \bullet \\ 0 & 0 & \bullet & \bullet \end{array}\right)$

Letzte Zeile entscheidet über Lösbarkeit

$\left(\begin{array}{ccc|c} \bullet & \bullet & \bullet & \bullet \\ 0 & \bullet & \bullet & \bullet \\ \mathbf{0} & \mathbf{0} & \neq \mathbf{0} & \bullet \end{array}\right)$

LGS hat **eindeutige Lösung**

$\left(\begin{array}{ccc|c} \bullet & \bullet & \bullet & \bullet \\ 0 & \bullet & \bullet & \bullet \\ \mathbf{0} & \mathbf{0} & \mathbf{0} & \neq \mathbf{0} \end{array}\right)$

LGS hat **keine Lösung**

$\left(\begin{array}{ccc|c} \bullet & \bullet & \bullet & \bullet \\ 0 & \bullet & \bullet & \bullet \\ \mathbf{0} & \mathbf{0} & \mathbf{0} & \mathbf{0} \end{array}\right)$

LGS hat **unendlich viele Lösungen**

2 Vorwissen (Punkte, Vektoren, Rechenoperationen)

2.1 Punkte (im $\mathbb{R}^3$)

Beispiel: $A(4|3|5)$

Vom **Ursprung** geht man
4 Einheiten nach vorne, 3 nach rechts und 5 Einheiten nach oben.

$B(-3|2|-0{,}5)$; $C(0|-2|0)$

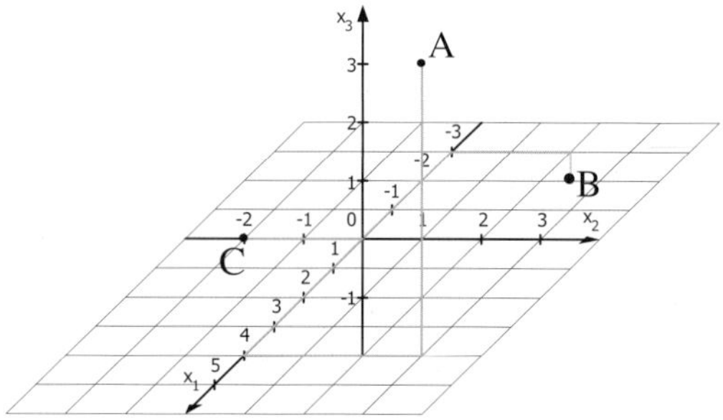

2.2 Vektoren (im $\mathbb{R}^3$)

Beispiel: $\vec{u} = \begin{pmatrix} 3 \\ 0 \\ -3 \end{pmatrix}$

Von einem beliebigen **Anfangspunkt** geht man
3 Einheiten nach vorne und
3 Einheiten nach unten.

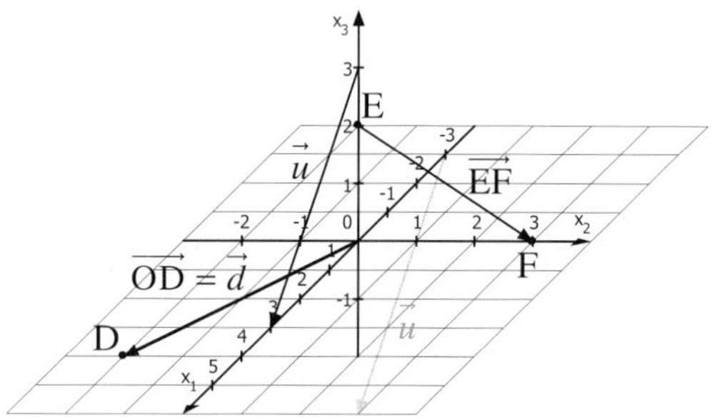

Bemerkungen

- **Ortsvektor** eines Punktes: Zeigt vom Ursprung auf den Punkt (also auf einen „Ort“).

Beispiel: $D(4|-2|0)$ und $\overrightarrow{OD} = \vec{d} = \begin{pmatrix} 4 \\ -2 \\ 0 \end{pmatrix}$.

- **Verbindungsvektor** zwischen 2 Punkten:

Beispiel: $E(0|0|2)$ und $F(0|3|0) \rightarrow \overrightarrow{EF} = \vec{f} - \vec{e} = \begin{pmatrix} 0-0 \\ 3-0 \\ 0-2 \end{pmatrix} = \begin{pmatrix} 0 \\ 3 \\ -2 \end{pmatrix}$

„Verbindungsvektor = Endpunkt – Startpunkt“

- **Spezielle Vektoren**

Nullvektor $\vec{O} = \begin{pmatrix} 0 \\ 0 \\ 0 \end{pmatrix}$; Einheitsvektoren: $\vec{e_1} = \begin{pmatrix} 1 \\ 0 \\ 0 \end{pmatrix}$; $\vec{e_2} = \begin{pmatrix} 0 \\ 1 \\ 0 \end{pmatrix}$; $\vec{e_3} = \begin{pmatrix} 0 \\ 0 \\ 1 \end{pmatrix}$

www.mvurl.de/d7o3

2.3 Rechnen mit Vektoren

1. Addition und Subtraktion von Vektoren

$$\vec{a}+\vec{b}=\begin{pmatrix}a_1\\a_2\\a_3\end{pmatrix}+\begin{pmatrix}b_1\\b_2\\b_3\end{pmatrix}=\begin{pmatrix}a_1+b_1\\a_2+b_2\\a_3+b_3\end{pmatrix}$$

$$\begin{pmatrix}1\\0\\-2\end{pmatrix}+\begin{pmatrix}3\\-1\\2\end{pmatrix}=\begin{pmatrix}4\\-1\\0\end{pmatrix}\quad \text{(Beispiel)}$$

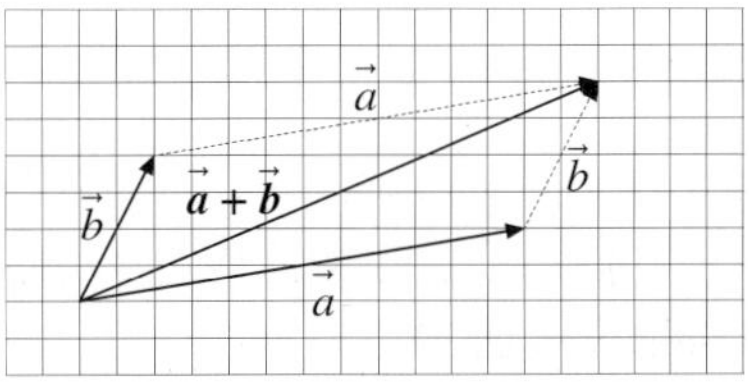

$$\vec{a}-\vec{b}=\begin{pmatrix}a_1\\a_2\\a_3\end{pmatrix}-\begin{pmatrix}b_1\\b_2\\b_3\end{pmatrix}=\begin{pmatrix}a_1-b_1\\a_2-b_2\\a_3-b_3\end{pmatrix}$$

$$\begin{pmatrix}1\\0\\-2\end{pmatrix}-\begin{pmatrix}3\\-1\\2\end{pmatrix}=\begin{pmatrix}-2\\1\\-4\end{pmatrix}\quad \text{(Beispiel)}$$

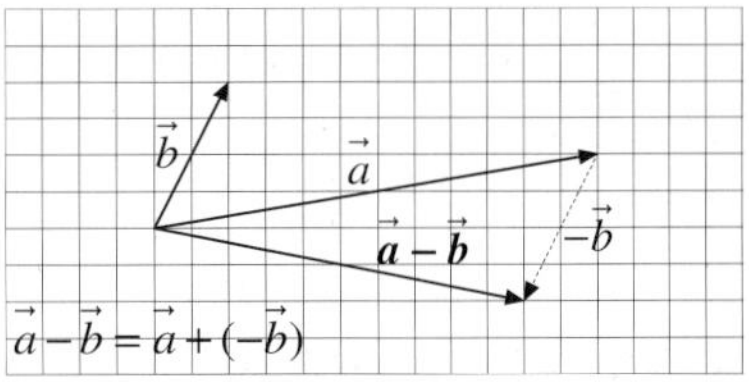

Hinweis: Grafisch wird bei der Subtraktion der Gegenvektor $-\vec{b}$ addiert.

2. Länge (Betrag) eines Vektors

$$\vec{a}=\begin{pmatrix}a_1\\a_2\\a_3\end{pmatrix}\rightarrow|\vec{a}|=\sqrt{a_1^{\,2}+a_2^{\,2}+a_3^{\,2}};\ \text{Beispiel: } \vec{a}=\begin{pmatrix}3\\0\\-4\end{pmatrix}\rightarrow|\vec{a}|=\sqrt{3^2+0^2+(-4)^2}=\sqrt{25}=5\text{ LE}$$

3. S(kalare) – Multiplikation (Zahl · Vektor)

$$k\cdot\vec{a}=\begin{pmatrix}k\cdot a_1\\k\cdot a_2\\k\cdot a_3\end{pmatrix}\ (k\in\mathbb{R})\quad \text{Beispiel: } 2\cdot\begin{pmatrix}3\\0\\-4\end{pmatrix}=\begin{pmatrix}6\\0\\-8\end{pmatrix}$$

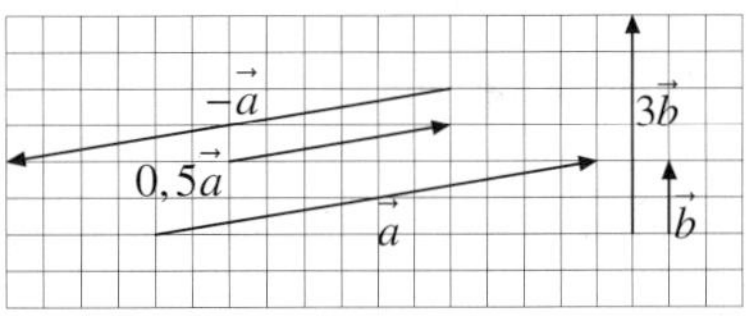

Bemerkungen

- Der Vektor $k\cdot\vec{a}$ hat die $|k|$-fache Länge von $\vec{a}$ und ist parallel zu $\vec{a}$.
- Der **Gegenvektor** $-\vec{a}$ ist parallel und besitzt die gleiche Länge wie $\vec{a}$, ist jedoch entgegengesetzt gerichtet.

Beispiel: $\vec{a}=\begin{pmatrix}-2\\1\\3\end{pmatrix};\ -\vec{a}=\begin{pmatrix}2\\-1\\-3\end{pmatrix}$

- Ein **Einheitsvektor** ist ein Vektor, dessen **Länge 1** ist. Teilt man einen gegebenen Vektor durch seine Länge (Betrag), erhält man den zugehörigen Einheitsvektor.

Beispiel: $\vec{a}=\begin{pmatrix}3\\0\\-4\end{pmatrix}$ hat die Länge $|\vec{a}|=5$; Einheitsvektor: $\vec{a_0}=\frac{1}{|\vec{a}|}\cdot\vec{a}=\frac{1}{5}\cdot\begin{pmatrix}3\\0\\-4\end{pmatrix}=\begin{pmatrix}0{,}6\\0\\-0{,}8\end{pmatrix}$

www.mvurl.de/23it

4. Linearkombination von Vektoren

$\boldsymbol{k \cdot \vec{a} + l \cdot \vec{b}}$ (mit $k, l \in \mathbb{R}$)

ist eine Summe von Vielfachen von Vektoren. Man bildet auf diese Art „neue“ Vektoren.

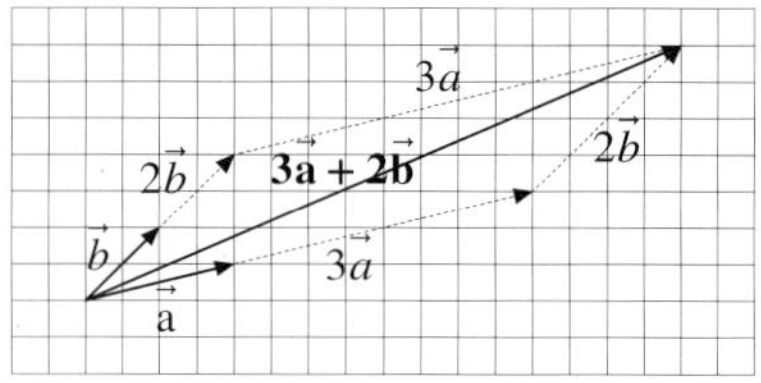

5. Lineare Abhängigkeit und Unabhängigkeit

2 Vektoren im $\mathbb{R}^2$

$\vec{a}$ und $\vec{b}$ sind linear abhängig

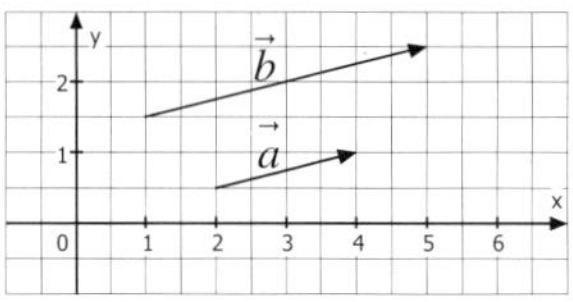

Beispiel: $\begin{pmatrix} 4 \\ 1 \end{pmatrix} = 2 \cdot \begin{pmatrix} 2 \\ 0,5 \end{pmatrix}$

Es gilt: $\boldsymbol{\vec{b} = k \cdot \vec{a}}$ (mit $k \in \mathbb{R}$)

Der Vektor $\vec{b}$ ist ein (skalares) **Vielfaches** des Vektors $\vec{a}$. $\vec{a}$ und $\vec{b}$ sind **parallel**.

$\vec{a}$ und $\vec{b}$ sind linear unabhängig

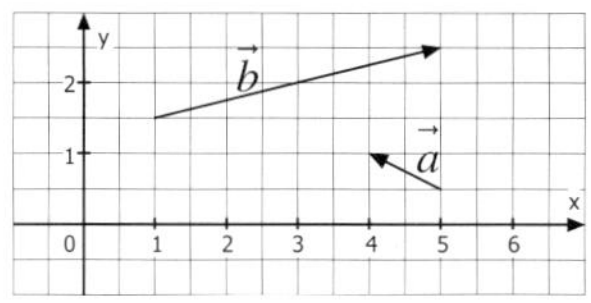

Beispiel: $\begin{pmatrix} 4 \\ 1 \end{pmatrix} \neq k \cdot \begin{pmatrix} -1 \\ 0,5 \end{pmatrix}$

Es gilt: $\boldsymbol{\vec{b} \neq k \cdot \vec{a}}$ (mit $k \in \mathbb{R}$)

$\vec{a}$ und $\vec{b}$ sind **nicht parallel**.

3 Vektoren im $\mathbb{R}^3$

$\vec{a}$, $\vec{b}$ und $\vec{c}$ sind linear abhängig

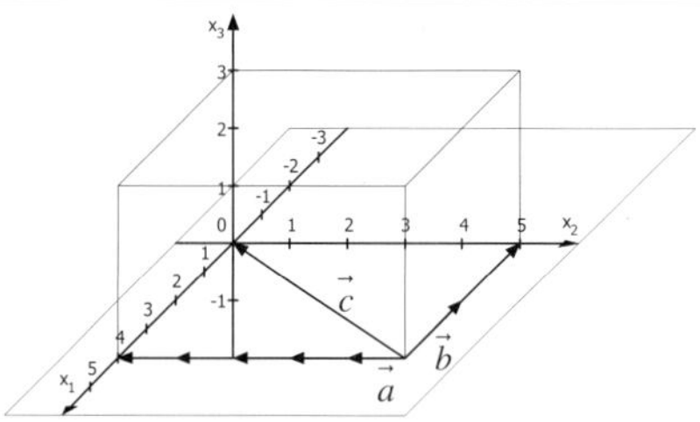

Beispiel: $\vec{c} = 5\vec{a} + 2\vec{b}$

Es gilt: $\vec{c} = k \cdot \vec{a} + l \cdot \vec{b}$ (mit $k, l \in \mathbb{R}$)

Der Vektor $\vec{c}$ lässt sich als **Linear - kombination** aus $\vec{a}$ und $\vec{b}$ darstellen.

$\vec{a}$, $\vec{b}$ und $\vec{c}$ **liegen in einer Ebene**.

$\vec{a}$, $\vec{b}$ und $\vec{c}$ sind linear unabhängig

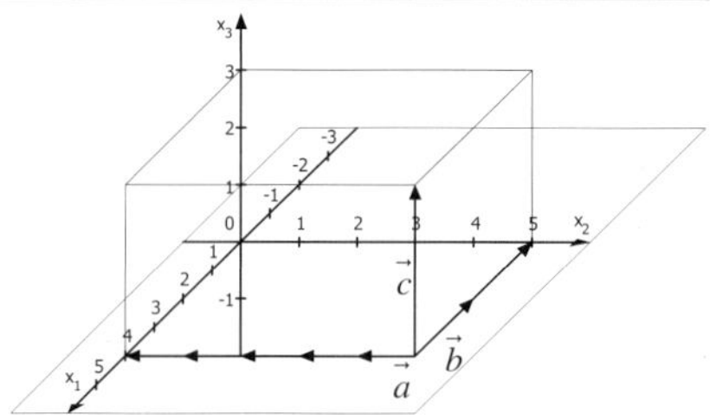

Kein Vektor lässt sich als **Linear-kombination** aus den beiden anderen Vektoren darstellen.

$\vec{a}$, $\vec{b}$ und $\vec{c}$ **spannen einen Raum auf**.

Bedeutung der linearen Unabhängigkeit

- Durch eine Linearkombination aus 3 linear unabhängigen Vektoren kann jeder beliebige Vektor im $\mathbb{R}^3$ dargestellt werden.
- 2 linear unabhängige Vektoren spannen im $\mathbb{R}^3$ eine Ebene auf.

www.mvurl.de/76b2

6. Skalarprodukt (Vektor · Vektor)

Das Skalarprodukt zweier Vektoren **ergibt eine reelle Zahl**.

$\begin{pmatrix} a_1 \\ a_2 \\ a_3 \end{pmatrix} \cdot \begin{pmatrix} b_1 \\ b_2 \\ b_3 \end{pmatrix} = a_1 \cdot b_1 + a_2 \cdot b_2 + a_3 \cdot b_3$ Beispiel: $\begin{pmatrix} 2 \\ 0 \\ -1 \end{pmatrix} \cdot \begin{pmatrix} 4 \\ -2 \\ 3 \end{pmatrix} = 2 \cdot 4 + 0 \cdot (-2) + (-1) \cdot 3 = 5$

Das Skalarprodukt wird vor allem dazu verwendet, um zu untersuchen, ob zwei Vektoren **senkrecht (orthogonal)** aufeinander stehen. In diesem Fall ergibt ihr **Skalarprodukt 0**.

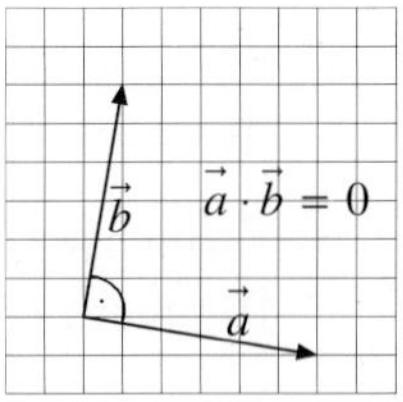

Beispiel: $\vec{a} \cdot \vec{b} = \begin{pmatrix} 1 \\ 1 \\ -4 \end{pmatrix} \cdot \begin{pmatrix} -1 \\ 9 \\ 2 \end{pmatrix} = 1 \cdot (-1) + 1 \cdot 9 + (-4) \cdot 2 = 0$

Somit stehen $\vec{a}$ und $\vec{b}$ senkrecht aufeinander.

3 Geraden

3.1 Geradengleichungen in Parameterform

Die Punkt-Richtungs-Form:

$g: \vec{x} = \vec{p} + r \cdot \vec{u}$ (mit $r \in \mathbb{R}$)

- $\vec{p}$: Stützvektor (Ortsvektor des Stützpunktes P)
- $\vec{u}$: Richtungsvektor
- r: Parameter (mit $r \in \mathbb{R}$)

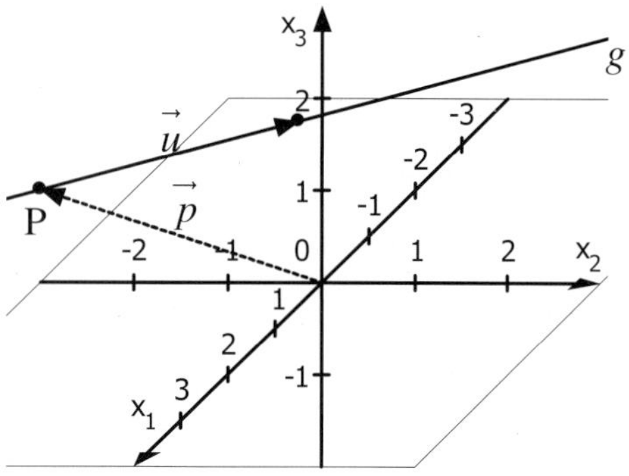

Beispiel: $g: \vec{x} = \begin{pmatrix} 2 \\ -2 \\ 2 \end{pmatrix} + r \cdot \begin{pmatrix} -0,5 \\ 2,5 \\ 0,5 \end{pmatrix}$ (mit $r \in \mathbb{R}$)

Spezielle Geraden: z.B. x_1-Achse: $\vec{x} = \begin{pmatrix} 0 \\ 0 \\ 0 \end{pmatrix} + r \cdot \begin{pmatrix} 1 \\ 0 \\ 0 \end{pmatrix}$; x_3-Achse: $\vec{x} = \begin{pmatrix} 0 \\ 0 \\ 0 \end{pmatrix} + r \cdot \begin{pmatrix} 0 \\ 0 \\ 1 \end{pmatrix}$

Elementare Aufgabenstellungen

- **Geradenpunkte ermitteln**

Beispiel: Bestimmung eines Punktes auf $g: \vec{x} = \begin{pmatrix} 2 \\ -2 \\ 2 \end{pmatrix} + r \cdot \begin{pmatrix} -0,5 \\ 2,5 \\ 0,5 \end{pmatrix}$ (mit $r \in \mathbb{R}$).

Einsetzen eines beliebigen Wertes für r (z.B. $r = 2$):

$$\overrightarrow{OD} = \begin{pmatrix} 2 \\ -2 \\ 2 \end{pmatrix} + 2 \cdot \begin{pmatrix} -0,5 \\ 2,5 \\ 0,5 \end{pmatrix} = \begin{pmatrix} 1 \\ 3 \\ 3 \end{pmatrix} \rightarrow D(1|3|3).$$

- **Überprüfen, ob ein Punkt auf einer Geraden liegt (Punktprobe)**

Beispiel: Liegt $Q(0|8|4)$ auf der Geraden $g: \vec{x} = \begin{pmatrix} 2 \\ -2 \\ 2 \end{pmatrix} + r \cdot \begin{pmatrix} -0,5 \\ 2,5 \\ 0,5 \end{pmatrix}$ (mit $r \in \mathbb{R}$)?

Der Ortsvektor von Q wird für $\vec{x}$ eingesetzt, man erhält ein LGS.

$$\begin{pmatrix} 0 \\ 8 \\ 4 \end{pmatrix} = \begin{pmatrix} 2 \\ -2 \\ 2 \end{pmatrix} + r \cdot \begin{pmatrix} -0,5 \\ 2,5 \\ 0,5 \end{pmatrix} \Leftrightarrow \begin{matrix} 0 = 2 - 0,5r \Leftrightarrow r = 4 \\ 8 = -2 + 2,5r \Leftrightarrow r = 4 \\ 4 = 2 + 0,5r \Leftrightarrow r = 4 \end{matrix}$$

LGS ist eindeutig lösbar, somit liegt Q auf der Geraden.
(Bei verschiedenen Ergebnissen für r (Widerspruch) liegt der Punkt nicht auf der Geraden.)

www.mvurl.de/pd8q

• Aufstellen einer Geradengleichung aus zwei Punkten

Zwei-Punkte-Form:

$g: \vec{x} = \overrightarrow{OA} + r \cdot \overrightarrow{AB}$ (mit $r \in \mathbb{R}$)

- $\overrightarrow{OA} = \vec{a}$, der Ortsvektor des Punktes A, wird als Stützvektor verwendet
- $\overrightarrow{AB} = \vec{b} - \vec{a}$, der Verbindungsvektor der Punkte A und B, bildet den Richtungsvektor
- r: Parameter (mit $r \in \mathbb{R}$)

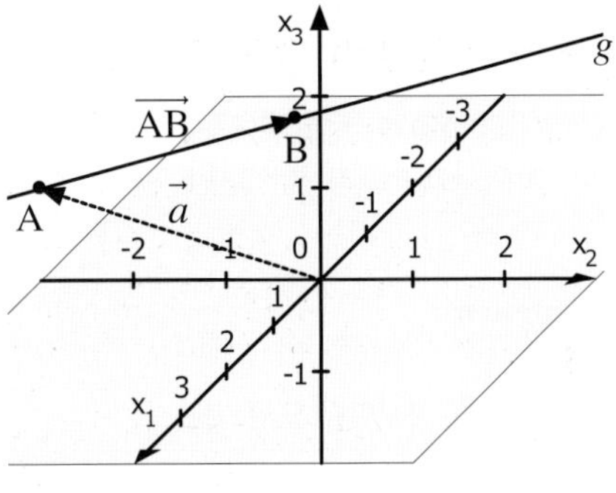

Beispiel: Gerade durch $A(2|-2|2)$ und $B(1{,}5|0{,}5|2{,}5)$.

$$g: \vec{x} = \begin{pmatrix} 2 \\ -2 \\ 2 \end{pmatrix} + r \cdot \begin{pmatrix} 1{,}5-2 \\ 0{,}5-(-2) \\ 2{,}5-2 \end{pmatrix} \Leftrightarrow g: \vec{x} = \begin{pmatrix} 2 \\ -2 \\ 2 \end{pmatrix} + r \cdot \begin{pmatrix} -0{,}5 \\ 2{,}5 \\ 0{,}5 \end{pmatrix} \text{ (mit } r \in \mathbb{R})$$

Hinweis: Die Gleichung einer Geraden ist nicht eindeutig. Durch „Vertauschen“ der Punkte erhält man eine „zahlenmäßig andere“ Gleichung (derselben Geraden):

$$g: \vec{x} = \begin{pmatrix} 1{,}5 \\ 0{,}5 \\ 2{,}5 \end{pmatrix} + r \cdot \begin{pmatrix} 0{,}5 \\ -2{,}5 \\ -0{,}5 \end{pmatrix} \text{ (mit } r \in \mathbb{R})$$

• Spurpunkte ermitteln (Schnittpunkte einer Geraden mit den Koordinatenebenen)

Beispiel: Berechnen des Schnittpunktes von $g: \vec{x} = \begin{pmatrix} 3 \\ -2 \\ 0 \end{pmatrix} + r \cdot \begin{pmatrix} -3 \\ 4 \\ 3 \end{pmatrix}$ mit der x_2x_3-Ebene.

Da der gesuchte Schnittpunkt in der x_2x_3-Ebene liegt, hat seine x_1-Koordinate den Wert 0
$S_{x_2x_3}(0|...|...)$.
Dies wird in die Geradengleichung für x_1 eingesetzt: $0 = 3 - 3r \rightarrow r = 1$.
Nun wird $r = 1$ eingesetzt:

$$\vec{x} = \begin{pmatrix} 3 \\ -2 \\ 0 \end{pmatrix} + 1 \cdot \begin{pmatrix} -3 \\ 4 \\ 3 \end{pmatrix} = \begin{pmatrix} 0 \\ 2 \\ 3 \end{pmatrix} \Rightarrow S_{23}(0|2|3)$$

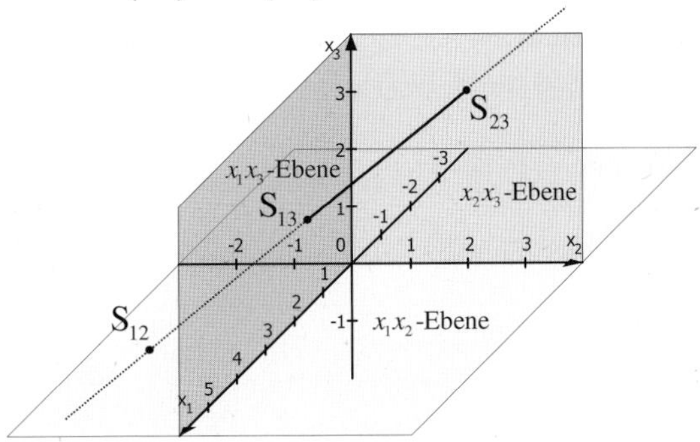

Beachten Sie: Für den Schnittpunkt mit der $\left\{\begin{matrix} \boldsymbol{x_1x_2}\textbf{-Ebene} \\ \boldsymbol{x_1x_3}\textbf{-Ebene} \\ \boldsymbol{x_2x_3}\textbf{-Ebene} \end{matrix}\right\}$ wird $\left\{\begin{matrix} \boldsymbol{x_3 = 0} \\ \boldsymbol{x_2 = 0} \\ \boldsymbol{x_1 = 0} \end{matrix}\right\}$ gesetzt.

6 Merkur-Nr. 0381

3.2 Gegenseitige Lage von Geraden

Beispiel 1

$g: \vec{x} = \begin{pmatrix} 1 \\ -5 \\ 5 \end{pmatrix} + r \cdot \begin{pmatrix} 2 \\ 1 \\ 1 \end{pmatrix}$ und $h: \vec{x} = \begin{pmatrix} 3 \\ 1 \\ 9 \end{pmatrix} + s \cdot \begin{pmatrix} 1 \\ 3 \\ 2 \end{pmatrix}$

Beispiel 2

$g: \vec{x} = \begin{pmatrix} 1 \\ 2 \\ 0 \end{pmatrix} + r \cdot \begin{pmatrix} 1 \\ 2 \\ 1 \end{pmatrix}$ und $h: \vec{x} = \begin{pmatrix} 2 \\ 2 \\ 2 \end{pmatrix} + s \cdot \begin{pmatrix} 4 \\ 8 \\ 4 \end{pmatrix}$

Vorgehen

Schritt 1: Gleichsetzen.	
$\begin{pmatrix} 1 \\ -5 \\ 5 \end{pmatrix} + r \cdot \begin{pmatrix} 2 \\ 1 \\ 1 \end{pmatrix} = \begin{pmatrix} 3 \\ 1 \\ 9 \end{pmatrix} + s \cdot \begin{pmatrix} 1 \\ 3 \\ 2 \end{pmatrix}$	$\begin{pmatrix} 1 \\ 2 \\ 0 \end{pmatrix} + r \cdot \begin{pmatrix} 1 \\ 2 \\ 1 \end{pmatrix} = \begin{pmatrix} 2 \\ 2 \\ 2 \end{pmatrix} + s \cdot \begin{pmatrix} 4 \\ 8 \\ 4 \end{pmatrix}$
Schritt 2: LGS in r und s **ordnen.**	
$\begin{array}{l} 1 + 2r = 3 + s \\ -5 + r = 1 + 3s \\ 5 + r = 9 + 2s \end{array} \Leftrightarrow \begin{array}{ll} 2r - s = 2 & (1) \\ r - 3s = 6 & (2) \\ r - 2s = 4 & (3) \end{array}$	$\begin{array}{l} 1 + r = 2 + 4s \\ 2 + 2r = 2 + 8s \\ 0 + r = 2 + 4s \end{array} \Leftrightarrow \begin{array}{ll} r - 4s = 1 & (1) \\ 2r - 8s = 0 & (2) \\ r - 4s = 2 & (3) \end{array}$
Schritt 3: LGS aus zwei (beliebig) ausgewählten Gleichungen mit dem Gauß-Verfahren **lösen**. Mit der Lösung dann eine Probe in der verbliebenen Gleichung durchführen.	
LGS aus den Gleichungen (2) und (3): $\left(\begin{array}{cc\|c} 1 & -3 & 6 \\ 1 & -2 & 4 \end{array}\right) \lrcorner -$ $\left(\begin{array}{cc\|c} 1 & -3 & 6 \\ 0 & -1 & 2 \end{array}\right)$ Man erhält $\boldsymbol{s = -2}$. Einsetzen: $r - 3 \cdot (-2) = 6 \Leftrightarrow \boldsymbol{r = 0}$. Probe in (1): $2 \cdot 0 - (-2) = 2 \Leftrightarrow 2 = 2$ Das LGS hat also eine **eindeutige Lösung**.	LGS aus den Gleichungen (1) und (3): $\left(\begin{array}{cc\|c} 1 & -4 & 1 \\ 1 & -4 & 2 \end{array}\right) \lrcorner -$ $\left(\begin{array}{cc\|c} 1 & -3 & 6 \\ 0 & 0 & -1 \end{array}\right)$ ($0 = -1$ Widerspruch) Das LGS hat also **keine Lösung**.

www.mvurl.de/bq5l

Schritt 4: Interpretation anhand der nachfolgenden **Übersicht**.

LGS hat **eindeutige Lösung**.
Geraden **schneiden sich** in einem Punkt.

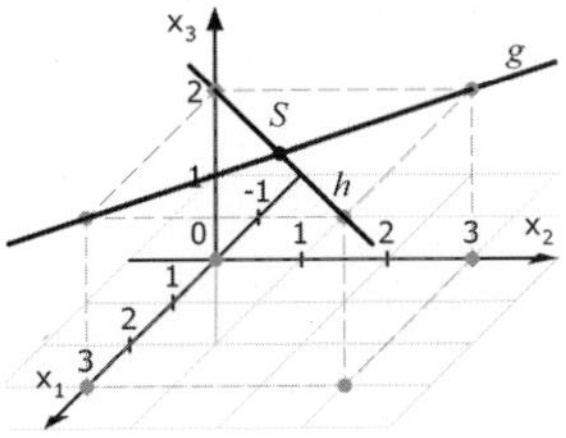

LGS hat **keine Lösung**.

↓

Sind die Richtungsvektoren Vielfache voneinander?

ja → Geraden sind **parallel**.

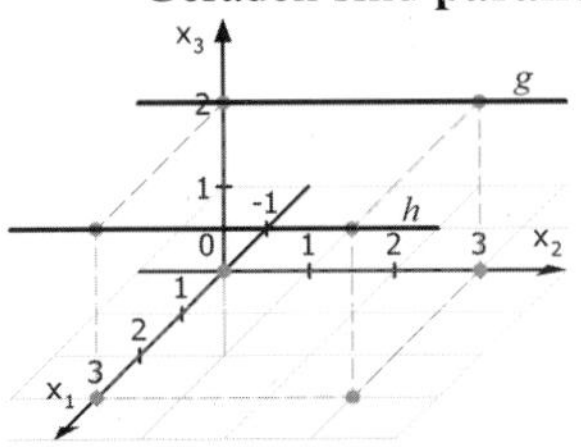

nein → Geraden sind **windschief**.

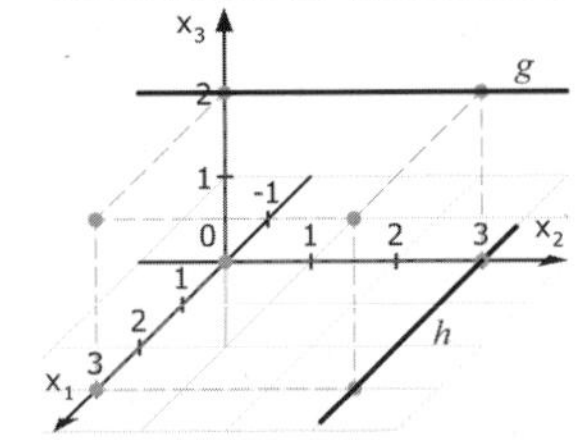

LGS hat **unendlich viele Lösungen**.
Geraden sind **identisch**.

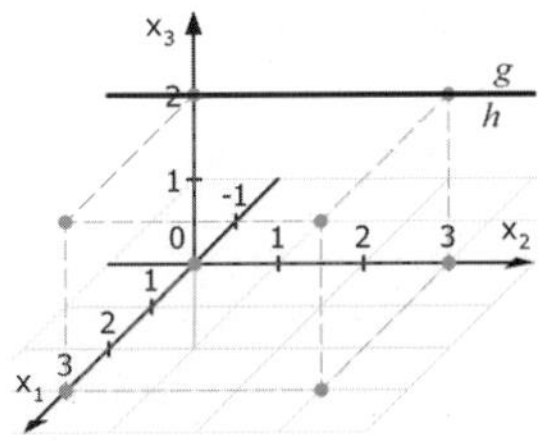

zurück zu Beispiel 1: Die beiden Geraden **schneiden** sich also in einem Punkt.	zurück zu Beispiel 2: Die beiden Geraden sind also **parallel oder windschief**.

Eventuell Schritt 5: Ergebnisabhängige weitere Berechnungen.

Berechnung der Koordinaten des **Schnittpunktes** durch Einsetzen von $r = 0$ in g (oder $s = -2$ in h):

$$\overrightarrow{OS} = \begin{pmatrix} 1 \\ -5 \\ 5 \end{pmatrix} + 0 \cdot \begin{pmatrix} 2 \\ 1 \\ 1 \end{pmatrix} = \begin{pmatrix} 1 \\ -5 \\ 5 \end{pmatrix} \rightarrow S(1\,|-5\,|\,5)$$

Es gilt: $\begin{pmatrix} 4 \\ 8 \\ 4 \end{pmatrix} = 4 \cdot \begin{pmatrix} 1 \\ 2 \\ 1 \end{pmatrix}$

Die beiden Richtungsvektoren sind (skalare) **Vielfache** voneinander. Somit liegen die Geraden **parallel** zueinander.

„Abkürzung"

Wird gleich zu Beginn erkannt, dass die **Richtungsvektoren Vielfache** voneinander sind (Beispiel 2), so sind die Geraden entweder **parallel** oder **identisch**.
Befindet sich der Stützpunkt der einen Geraden auf der anderen Geraden (**Punktprobe** mit Stützvektor), so sind die Geraden identisch. Ansonsten sind sie parallel.

4 Ebenen

4.1 Ebenengleichungen in Parameterform

Die Punkt-Richtungs-Form:

$\mathbf{E}: \vec{x} = \vec{p} + r \cdot \vec{u} + s \cdot \vec{v}$ (mit $r, s \in \mathbb{R}$)

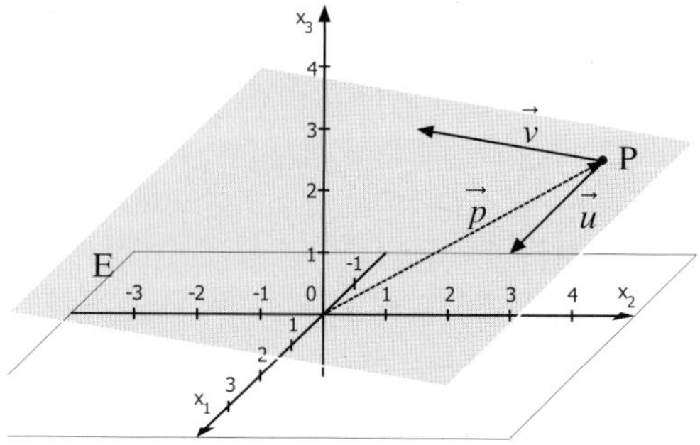

- $\vec{p}$: Stützvektor (Ortsvektor des Stützpunktes P)
- $\vec{u}$, $\vec{v}$: Spannvektoren (keine Vielfachen voneinander)
- r, s: Parameter (mit $r, s \in \mathbb{R}$)

Beispiel: $\mathrm{E}: \vec{x} = \begin{pmatrix} -3 \\ 3 \\ 1 \end{pmatrix} + \mathrm{r} \cdot \begin{pmatrix} 3 \\ 0 \\ 0 \end{pmatrix} + \mathrm{s} \cdot \begin{pmatrix} 0 \\ -3 \\ 0,5 \end{pmatrix}$

Die Koordinatenebenen in der Parameterform

x_1x_2-Ebene: $\vec{x} = \begin{pmatrix} 0 \\ 0 \\ \mathbf{0} \end{pmatrix} + r \cdot \begin{pmatrix} 1 \\ 0 \\ \mathbf{0} \end{pmatrix} + s \cdot \begin{pmatrix} 0 \\ 1 \\ \mathbf{0} \end{pmatrix}$

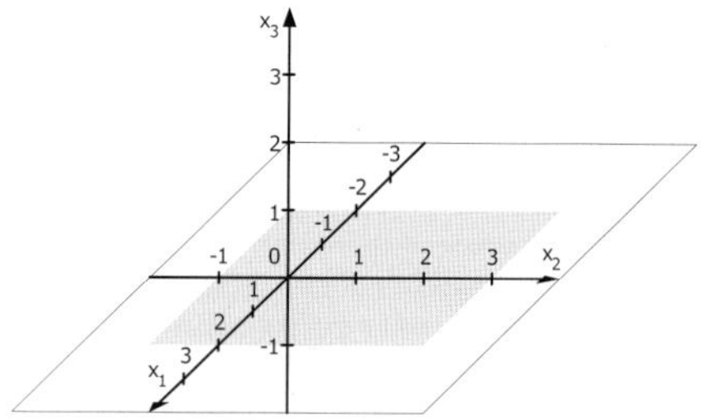

x_2x_3-Ebene: $\vec{x} = \begin{pmatrix} \mathbf{0} \\ 0 \\ 0 \end{pmatrix} + r \cdot \begin{pmatrix} \mathbf{0} \\ 1 \\ 0 \end{pmatrix} + s \cdot \begin{pmatrix} \mathbf{0} \\ 0 \\ 1 \end{pmatrix}$

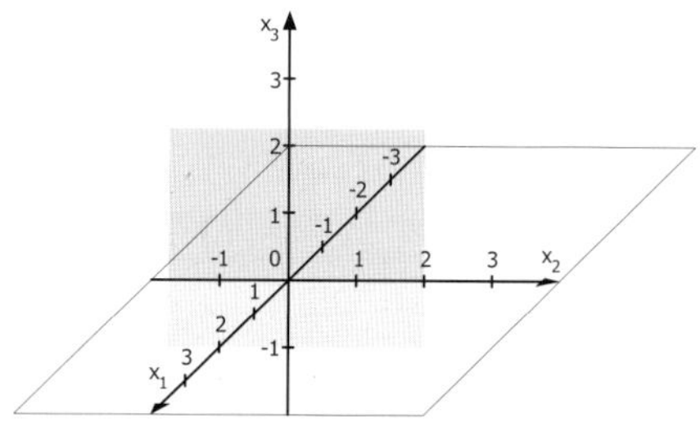

x_1x_3-Ebene: $\vec{x} = \begin{pmatrix} 0 \\ \mathbf{0} \\ 0 \end{pmatrix} + r \cdot \begin{pmatrix} 1 \\ \mathbf{0} \\ 0 \end{pmatrix} + s \cdot \begin{pmatrix} 0 \\ \mathbf{0} \\ 1 \end{pmatrix}$

www.mvurl.de/jrh3

Elementare Aufgabenstellungen in der Parameterform

• Überprüfen, ob ein Punkt in einer Ebene liegt (Punktprobe)

Beispiel: Liegt $Q(1{,}5\,|-3\,|\,2)$ in der Ebene

$$E:\ \vec{x}=\begin{pmatrix}-3\\3\\1\end{pmatrix}+r\cdot\begin{pmatrix}3\\0\\0\end{pmatrix}+s\cdot\begin{pmatrix}0\\-3\\0{,}5\end{pmatrix}\ (\text{mit } r,s\in\mathbb{R})?$$

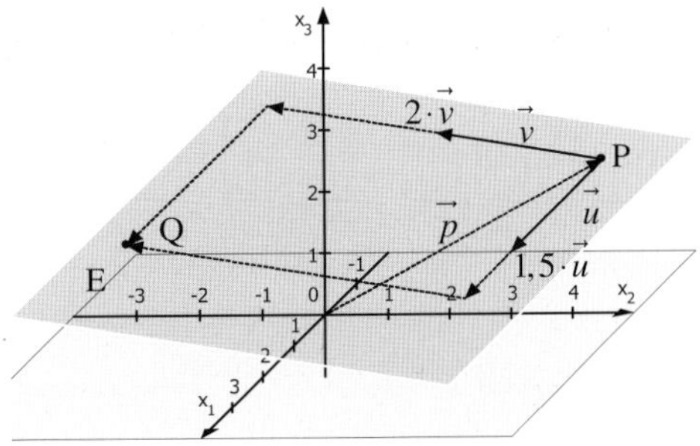

Durch Einsetzen erhält man ein LGS:

$$\begin{pmatrix}1{,}5\\-3\\2\end{pmatrix}=\begin{pmatrix}-3\\3\\1\end{pmatrix}+r\cdot\begin{pmatrix}3\\0\\0\end{pmatrix}+s\cdot\begin{pmatrix}0\\-3\\0{,}5\end{pmatrix}\ \Leftrightarrow$$

$$\begin{aligned}1{,}5&=-3+3r\\-3&=3-3s\\2&=1+0{,}5s\end{aligned}\quad\Leftrightarrow\quad\begin{aligned}r&=1{,}5\quad(1)\\s&=2\quad(2)\\s&=2\quad(3)\end{aligned}$$

Das LGS hat eine Lösung. Somit liegt Q in der Ebene.

• Ebenengleichung aufstellen aus 3 Punkten

$$\mathbf{E:}\ \vec{x}=\overrightarrow{\mathbf{OA}}+r\cdot\overrightarrow{\mathbf{AB}}+s\cdot\overrightarrow{\mathbf{AC}}\ (\text{mit } r,s\in\mathbb{R})$$

Beispiel: Ebene durch $A(0\,|\,1\,|\,2)$, $B(3\,|\,2\,|\,2)$ und $C(-1\,|\,1\,|\,0)$.

$$E:\ \vec{x}=\begin{pmatrix}0\\1\\2\end{pmatrix}+r\cdot\begin{pmatrix}3-0\\2-1\\2-2\end{pmatrix}+s\cdot\begin{pmatrix}-1-0\\1-1\\0-2\end{pmatrix}$$

$$\Leftrightarrow E:\ \vec{x}=\begin{pmatrix}0\\1\\2\end{pmatrix}+r\cdot\begin{pmatrix}3\\1\\0\end{pmatrix}+s\cdot\begin{pmatrix}-1\\0\\-2\end{pmatrix}$$

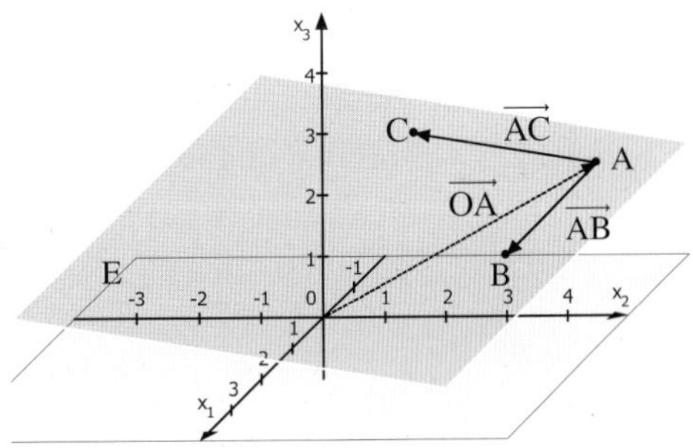

• Ebenengleichung aufstellen aus ...

... dem **Punkt Q**, welcher **nicht auf der Geraden** liegt.
Vorgehen: $E:\ \vec{x}=\overrightarrow{OP}+r\cdot\vec{u}+s\cdot\overrightarrow{PQ}$ (mit $r,s\in\mathbb{R}$).

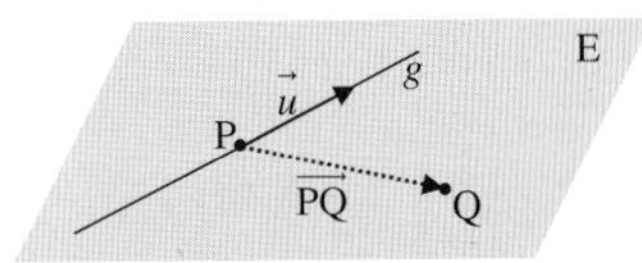

... der **Geraden** $h:\ \vec{x}=\overrightarrow{OQ}+s\cdot\vec{v}$, welche g **schneidet**.
Vorgehen: $E:\ \vec{x}=\overrightarrow{OP}+r\cdot\vec{u}+s\cdot\vec{v}$ (mit $r,s\in\mathbb{R}$).

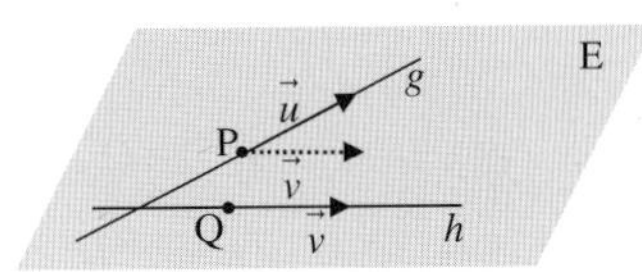

... der **Geraden** $i:\ \vec{x}=\overrightarrow{OQ}+s\cdot\vec{u}$, welche **parallel** zu g verläuft.
Vorgehen: $E:\ \vec{x}=\overrightarrow{OP}+r\cdot\vec{u}+s\cdot\overrightarrow{PQ}$ (mit $r,s\in\mathbb{R}$).

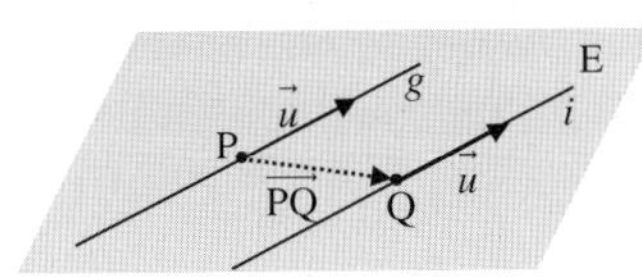

4.2 Spurpunkte und Spurgeraden einer Ebene

Auch beim Einzeichnen einer Ebene in das Koordinatensystem orientiert man sich an den:
Spurpunkten (Schnittpunkte mit den Koordinatenachsen) und den
Spurgeraden (Schnittgeraden mit den Koordinatenebenen).

Am Beispiel: $\text{E}: \vec{x} = \begin{pmatrix} 0 \\ -4 \\ 0 \end{pmatrix} + r \cdot \begin{pmatrix} 3 \\ 4 \\ 0 \end{pmatrix} + s \cdot \begin{pmatrix} 0 \\ 4 \\ 2 \end{pmatrix}$ (mit $r, s \in \mathbb{R}$).

Vorgehen: Berechnung des Spurpunktes mit der ...		
... x_1 - Achse	**... x_2 - Achse**	**... x_3 - Achse**
Schritt 1: Bedingungen anhand der Ebenengleichung notieren.		
$\boldsymbol{x_2 = 0}$ $\boldsymbol{x_3 = 0}$	$\boldsymbol{x_1 = 0}$ $\boldsymbol{x_3 = 0}$	$\boldsymbol{x_1 = 0}$ $\boldsymbol{x_2 = 0}$
$-4 + 4r + 4s = 0 \quad (1)$ $2s = 0 \quad (2)$	$3r = 0 \quad (1)$ $2s = 0 \quad (2)$	$3r = 0 \quad (1)$ $-4 + 4r + 4s = 0 \quad (2)$
Schritt 2: LGS ordnen und **lösen.**		
$4r + 4s = 4 \quad (1)$ $2s = 0 \quad (2)$ Lösungen: $r = 1;\ s = 0$	$3r = 0 \quad (1)$ $2s = 0 \quad (2)$ Lösungen: $r = 0;\ s = 0$	$3r = 0 \quad (1)$ $4r + 4s = 4 \quad (2)$ Lösungen: $r = 0;\ s = 1$
Schritt 3: Einsetzen in die Geradengleichung.		
$\vec{x} = \begin{pmatrix} 0 \\ -4 \\ 0 \end{pmatrix} + 1 \cdot \begin{pmatrix} 3 \\ 4 \\ 0 \end{pmatrix} + 0 \cdot \begin{pmatrix} 0 \\ 4 \\ 2 \end{pmatrix}$ $= \begin{pmatrix} 3 \\ 0 \\ 0 \end{pmatrix} \Rightarrow \text{S}_1(3 \mid 0 \mid 0)$	$\vec{x} = \begin{pmatrix} 0 \\ -4 \\ 0 \end{pmatrix} + 0 \cdot \begin{pmatrix} 3 \\ 4 \\ 0 \end{pmatrix} + 0 \cdot \begin{pmatrix} 0 \\ 4 \\ 2 \end{pmatrix}$ $= \begin{pmatrix} 0 \\ -4 \\ 0 \end{pmatrix} \Rightarrow \text{S}_2(0 \mid -4 \mid 0)$	$\vec{x} = \begin{pmatrix} 0 \\ -4 \\ 0 \end{pmatrix} + 0 \cdot \begin{pmatrix} 3 \\ 4 \\ 0 \end{pmatrix} + 1 \cdot \begin{pmatrix} 0 \\ 4 \\ 2 \end{pmatrix}$ $= \begin{pmatrix} 0 \\ 0 \\ 2 \end{pmatrix} \Rightarrow \text{S}_3(0 \mid 0 \mid 2)$

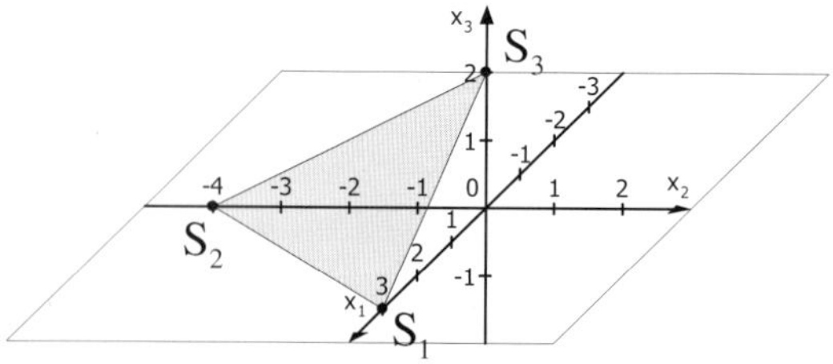

http://mvurl.de/l7kf

Vorgehen: Berechnung der Spurgerade mit der …		
… x_1x_2 - Ebene	**… x_1x_3 - Ebene**	**… x_2x_3 - Ebene**
Schritt 1: Benötigte **Spurpunkte** notieren.		
$S_1(3\,|\,0\,|\,0)$ und $S_2(0\,|\,-4\,|\,0)$	$S_1(3\,|\,0\,|\,0)$ und $S_3(0\,|\,0\,|\,2)$	$S_2(0\,|\,-4\,|\,0)$ und $S_3(0\,|\,0\,|\,2)$
Schritt 2: Gerade durch Spurpunkte **aufstellen.**		
$s_{12}: \vec{x} = \begin{pmatrix} 3 \\ 0 \\ 0 \end{pmatrix} + r \cdot \begin{pmatrix} 0-3 \\ -4-0 \\ 0-0 \end{pmatrix}$ $\Leftrightarrow\ s_{12}:\ \vec{x} = \begin{pmatrix} 3 \\ 0 \\ 0 \end{pmatrix} + r \cdot \begin{pmatrix} -3 \\ -4 \\ 0 \end{pmatrix}$ (mit $r \in \mathbb{R}$)	$s_{13}: \vec{x} = \begin{pmatrix} 3 \\ 0 \\ 0 \end{pmatrix} + r \cdot \begin{pmatrix} 0-3 \\ 0-0 \\ 2-0 \end{pmatrix}$ $\Leftrightarrow\ s_{13}:\ \vec{x} = \begin{pmatrix} 3 \\ 0 \\ 0 \end{pmatrix} + r \cdot \begin{pmatrix} -3 \\ 0 \\ 2 \end{pmatrix}$ (mit $r \in \mathbb{R}$)	$s_{23}: \vec{x} = \begin{pmatrix} 0 \\ -4 \\ 0 \end{pmatrix} + r \cdot \begin{pmatrix} 0-0 \\ 0-(-4) \\ 2-0 \end{pmatrix}$ $\Leftrightarrow\ s_{23}:\ \vec{x} = \begin{pmatrix} 0 \\ -4 \\ 0 \end{pmatrix} + r \cdot \begin{pmatrix} 0 \\ 4 \\ 2 \end{pmatrix}$ (mit $r \in \mathbb{R}$)

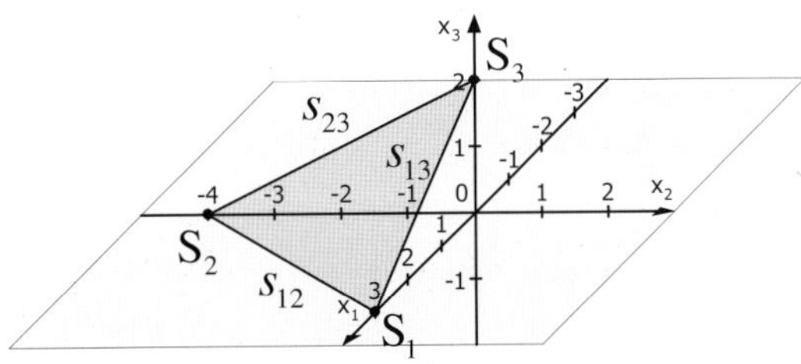

5 Schnittwinkel

Schnittwinkel: Gerade – Gerade

Gerade g mit Richtungsvektor $\overrightarrow{u_1}$ und **Gerade** h mit Richtungsvektor $\overrightarrow{u_2}$	**Formel**	**senkrecht** ($\alpha = 90°$)
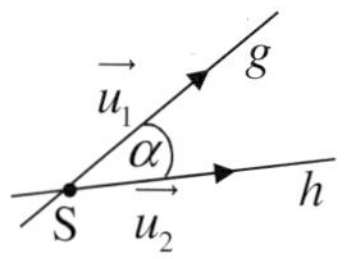	$\cos(\alpha) = \dfrac{\lvert \overrightarrow{u_1} \cdot \overrightarrow{u_2} \rvert}{\lvert \overrightarrow{u_1} \rvert \cdot \lvert \overrightarrow{u_2} \rvert}$	falls $\overrightarrow{u_1} \cdot \overrightarrow{u_2} = 0$

Beispiel: Schnittwinkel zwischen $g:\ \vec{x} = \begin{pmatrix} 0{,}5 \\ 0 \\ 2 \end{pmatrix} + r \cdot \begin{pmatrix} -2 \\ 0 \\ 2 \end{pmatrix}$ (mit $r \in \mathbb{R}$) und $h:\ \vec{x} = \begin{pmatrix} 2 \\ -1 \\ 3 \end{pmatrix} + s \cdot \begin{pmatrix} 1 \\ 2 \\ -3 \end{pmatrix}$ (mit $s \in \mathbb{R}$).

Lösung

$$\cos(\alpha) = \frac{\left| \begin{pmatrix} -2 \\ 0 \\ 2 \end{pmatrix} \cdot \begin{pmatrix} 1 \\ 2 \\ -3 \end{pmatrix} \right|}{\left| \begin{pmatrix} -2 \\ 0 \\ 2 \end{pmatrix} \right| \cdot \left| \begin{pmatrix} 1 \\ 2 \\ -3 \end{pmatrix} \right|} = \frac{\lvert (-2) \cdot 1 + 0 \cdot 2 + 2 \cdot (-3) \rvert}{\sqrt{(-2)^2 + 0^2 + 2^2} \cdot \sqrt{1^2 + 2^2 + (-3)^2}} = \frac{\lvert -8 \rvert}{\sqrt{8} \cdot \sqrt{14}} = \frac{8}{\sqrt{8} \cdot \sqrt{14}}$$

WTR (Einstellung: *deg*): $\cos^{-1}\left(\dfrac{8}{\sqrt{8} \cdot \sqrt{14}} \right) \Rightarrow \alpha \approx 40{,}89°$

http://mvurl.de/n2ej

Schnittwinkel: Gerade – Koordinatenebene

Gerade g mit Richtungsvektor $\vec{u}$ und **Koordinatenebene** mit senkrechtem Vektor $\vec{n}$	**Formel**	**senkrecht** ($\alpha = 90°$)
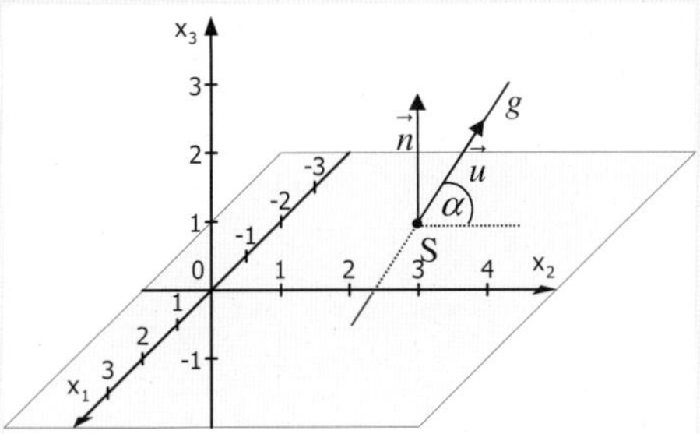	$\sin(\alpha) = \dfrac{\lvert \vec{u} \cdot \vec{n} \rvert}{\lvert \vec{u} \rvert \cdot \lvert \vec{n} \rvert}$	falls $\vec{u} = k \cdot \vec{n}$ (mit $k \in \mathbb{R}$) (Vielfache)

Beispiel : Schnittwinkel zwischen $g:\ \vec{x} = \begin{pmatrix} 0{,}5 \\ 0 \\ 2 \end{pmatrix} + r \cdot \begin{pmatrix} 4 \\ -2 \\ 1 \end{pmatrix}$ (mit $r \in \mathbb{R}$) und der x_1x_2-Ebene.

Lösung

Der Vektor $\vec{n} = \begin{pmatrix} 0 \\ 0 \\ 1 \end{pmatrix}$ steht senkrecht auf die x_1x_2-Ebene.

$$\sin(\alpha) = \frac{\left| \begin{pmatrix} 4 \\ -2 \\ 1 \end{pmatrix} \cdot \begin{pmatrix} 0 \\ 0 \\ 1 \end{pmatrix} \right|}{\left| \begin{pmatrix} 4 \\ -2 \\ 1 \end{pmatrix} \right| \cdot \left| \begin{pmatrix} 0 \\ 0 \\ 1 \end{pmatrix} \right|} = \frac{|4 \cdot 0 + (-2) \cdot 0 + 1 \cdot 1|}{\sqrt{4^2 + (-2)^2 + 1^2} \cdot \sqrt{0^2 + 0^2 + 1^2}} = \frac{1}{\sqrt{21}}$$

WTR: $\sin^{-1}\left(\dfrac{1}{\sqrt{21}} \right) \quad \Rightarrow \quad \alpha \approx 12{,}60°$

6 Abstandsberechnungen

Abstand: Punkt – Koordinatenebene

Beispiel: Abstand $P(3|-2|1)$ von den Koordinatenebenen?

Die Abstände können direkt aus den Koordinaten entnommen werden.

Von x_1x_2-Ebene: 1 LE (da $x_3 = 1$)

Von x_1x_3-Ebene: 2 LE (da $x_2 = -2$)

Von x_2x_3-Ebene: 3 LE (da $x_1 = 3$)

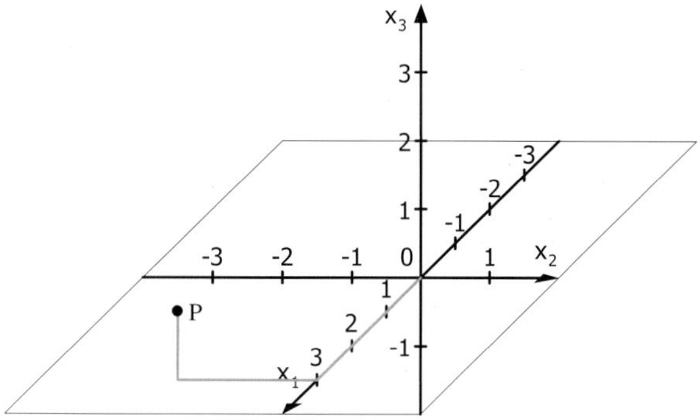

Abstand: Punkt – Punkt

Beispiel: Abstand von $A(1|0|2)$ und $B(2|-3|1)$?

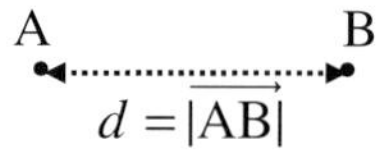

Verbindungsvektor: $\overrightarrow{AB} = \begin{pmatrix} 2 \\ -3 \\ 1 \end{pmatrix} - \begin{pmatrix} 1 \\ 0 \\ 2 \end{pmatrix} = \begin{pmatrix} 1 \\ -3 \\ -1 \end{pmatrix}$;

Länge: $|\overrightarrow{AB}| = \sqrt{1^2 + (-3)^2 + (-1)^2} = \sqrt{11}$ LE

http://mvurl.de/2n5z

Abstand: Punkt – Gerade

Beispiel: Abstand von $A(6|-6|9)$ zu

$$g: \vec{x}=\begin{pmatrix}4\\5\\6\end{pmatrix}+r\cdot\begin{pmatrix}-2\\1\\1\end{pmatrix}?$$

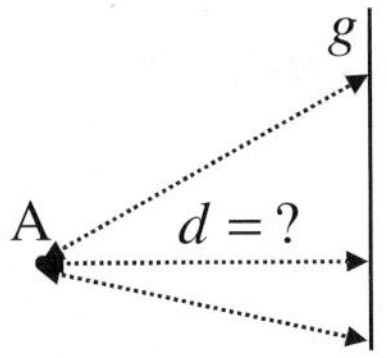

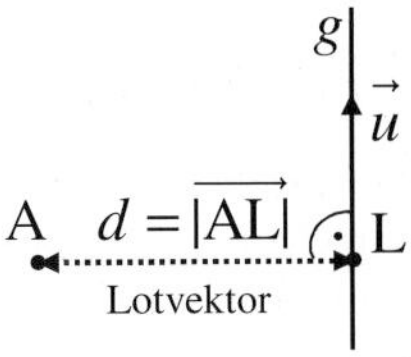

Schritt 1: Verbindungsvektor zwischen dem **Punkt A** und einem **allgemeinen Geradenpunkt** $P_r(4-2r\,|\,5+r\,|\,6+r)$ aufstellen (allgemeiner Abstandsvektor).
$\overrightarrow{AP_r}=\begin{pmatrix}4-2r\\5+r\\6+r\end{pmatrix}-\begin{pmatrix}6\\-6\\9\end{pmatrix}=\begin{pmatrix}-2r-2\\r+11\\r-3\end{pmatrix}$
Schritt 2: Skalarprodukt aus dem **Verbindungsvektor** und dem **Richtungsvektor** $\vec{u}$ der Geraden bilden und **gleich 0** setzen. (Grund: Der Verbindungsvektor wird zum Lotvektor wenn er senkrecht zur Geraden steht). Parameterwert r ermitteln.
$\overrightarrow{AP_r}\cdot\vec{u}=\begin{pmatrix}-2r-2\\r+11\\r-3\end{pmatrix}\cdot\begin{pmatrix}-2\\1\\1\end{pmatrix}=0 \Leftrightarrow (-2r-2)\cdot(-2)+(r+11)\cdot 1+(r-3)\cdot 1=0 \Rightarrow r=-2$
Schritt 3: Lotfußpunkt L erhalten, indem der **Parameterwert** in die Geradengleichung **eingesetzt** wird.
$r=-2$ einsetzen: $\overrightarrow{OL}=\begin{pmatrix}4\\5\\6\end{pmatrix}-2\cdot\begin{pmatrix}-2\\1\\1\end{pmatrix}=\begin{pmatrix}8\\3\\4\end{pmatrix}\rightarrow L(8\,|\,3\,|\,4)$
Schritt 4: Länge (Betrag) des Lotvektors $\|\overrightarrow{AL}\|$ berechnen.
Lotvektor: $\overrightarrow{AL}=\begin{pmatrix}8\\3\\4\end{pmatrix}-\begin{pmatrix}6\\-6\\9\end{pmatrix}=\begin{pmatrix}2\\9\\-5\end{pmatrix}$; Länge: $\|\overrightarrow{AL}\|=\sqrt{2^2+9^2+(-5)^2}=\sqrt{110}$ LE

7 Modellieren mit Vektoren

7.1 Bewegungsabläufe

U-Boote, Flugzeuge,... bewegen sich meist geradlinig mit konstanter Geschwindigkeit. Ihre **Bahngleichungen** können somit durch **Geradengleichungen** beschrieben werden.

Beispiel: $\vec{x} = \begin{pmatrix} 20 \\ 30 \\ 10 \end{pmatrix} + t \cdot \begin{pmatrix} 60 \\ -40 \\ 25 \end{pmatrix}$ (t in Stunden ($t \in \mathbb{R}$), sonstige Angaben in km)

„Bausteine" der Bahngleichung	Interpretation
$\begin{pmatrix} 20 \\ 30 \\ 10 \end{pmatrix}$ (Stützvektor)	Koordinaten des Startpunktes der Bewegung
t (Parameter)	vergangene Zeit nach (Beobachtungs-)Beginn der Bewegung
$\begin{pmatrix} 60 \\ -40 \\ 25 \end{pmatrix} = \vec{v}$ (Richtungsvektor)	gibt an, wie sich die Koordinaten des Objektes innerhalb von einer Stunde ändern.
$\lvert\vec{v}\rvert$ (Länge Richtungsvektor)	Geschwindigkeit des Objektes (in km/h)
$\vec{x}$	Ort des Objektes nach t Stunden

Beispiel 1

Ein Modellflugzeug befindet sich zu Beginn der Beobachtung im Punkt $A(100|100|100)$. Nach 3 Stunden befindet es sich im Punkt $B(10|250|85)$.

a) Geben Sie die Bahngleichung an.

$\overrightarrow{AB} = \begin{pmatrix} 10 \\ 250 \\ 85 \end{pmatrix} - \begin{pmatrix} 100 \\ 100 \\ 100 \end{pmatrix} = \begin{pmatrix} -90 \\ 150 \\ -15 \end{pmatrix}$ in 3 Stunden, somit $\frac{1}{3} \cdot \begin{pmatrix} -90 \\ 150 \\ -15 \end{pmatrix} = \begin{pmatrix} -30 \\ 50 \\ -5 \end{pmatrix} = \vec{v}$ pro Stunde.

Bahngleichung: $\vec{x} = \begin{pmatrix} 100 \\ 100 \\ 100 \end{pmatrix} + t \cdot \begin{pmatrix} -30 \\ 50 \\ -5 \end{pmatrix} \quad (t \in \mathbb{R})$

b) Wo befindet sich das Flugzeug 1,2 Stunden nach Beginn der Beobachtung?

$\vec{x} = \begin{pmatrix} 100 \\ 100 \\ 100 \end{pmatrix} + 1{,}2 \cdot \begin{pmatrix} -30 \\ 50 \\ -5 \end{pmatrix} = \begin{pmatrix} 64 \\ 160 \\ 94 \end{pmatrix} \rightarrow$ Im Punkt $P(64|160|94)$.

c) Mit welcher Geschwindigkeit fliegt es?

$\vec{v} = \begin{pmatrix} -30 \\ 50 \\ -5 \end{pmatrix}$; $|\vec{v}| = \sqrt{(-30)^2 + 50^2 + (-5)^2} = 58{,}52$ (km/h)

http://mvurl.de/ba3z

7.2 Projektion auf eine Koordinatenebene

Beispiel: Die Spitze S(1,5 | 1,5 | 3) einer Pyramide wird mit einem Lichtstrahl in Richtung $\begin{pmatrix}-0,5\\3\\-3\end{pmatrix}$ beleuchtet und wirft einen Schatten auf die x_1x_2-Ebene.

Berechnen Sie die Koordinaten des Schattenpunkte S_{12}.

Der gesuchte Punkte ist der Spurpunkt der Geraden g mit $g: \vec{x} = \begin{pmatrix}1,5\\1,5\\3\end{pmatrix} + r \cdot \begin{pmatrix}-0,5\\3\\-3\end{pmatrix}$ mit der x_1x_2-Ebene.

$x_3 = 0$ führt auf $3 - 3r = 0 \Rightarrow r = 1$

Einsetzen führt auf: $\vec{x} = \begin{pmatrix}1,5\\1,5\\3\end{pmatrix} + 1 \cdot \begin{pmatrix}-0,5\\3\\-3\end{pmatrix} = \begin{pmatrix}1\\4,5\\0\end{pmatrix}$

Der Schattenpunkt S_{12} hat somit die Koordinaten (1 | 4,5 | 0).

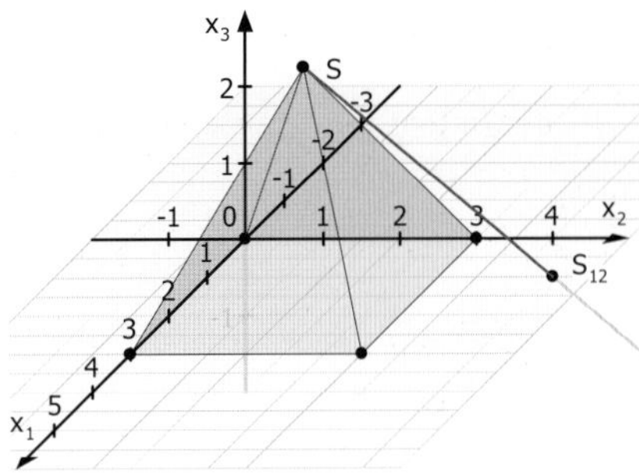

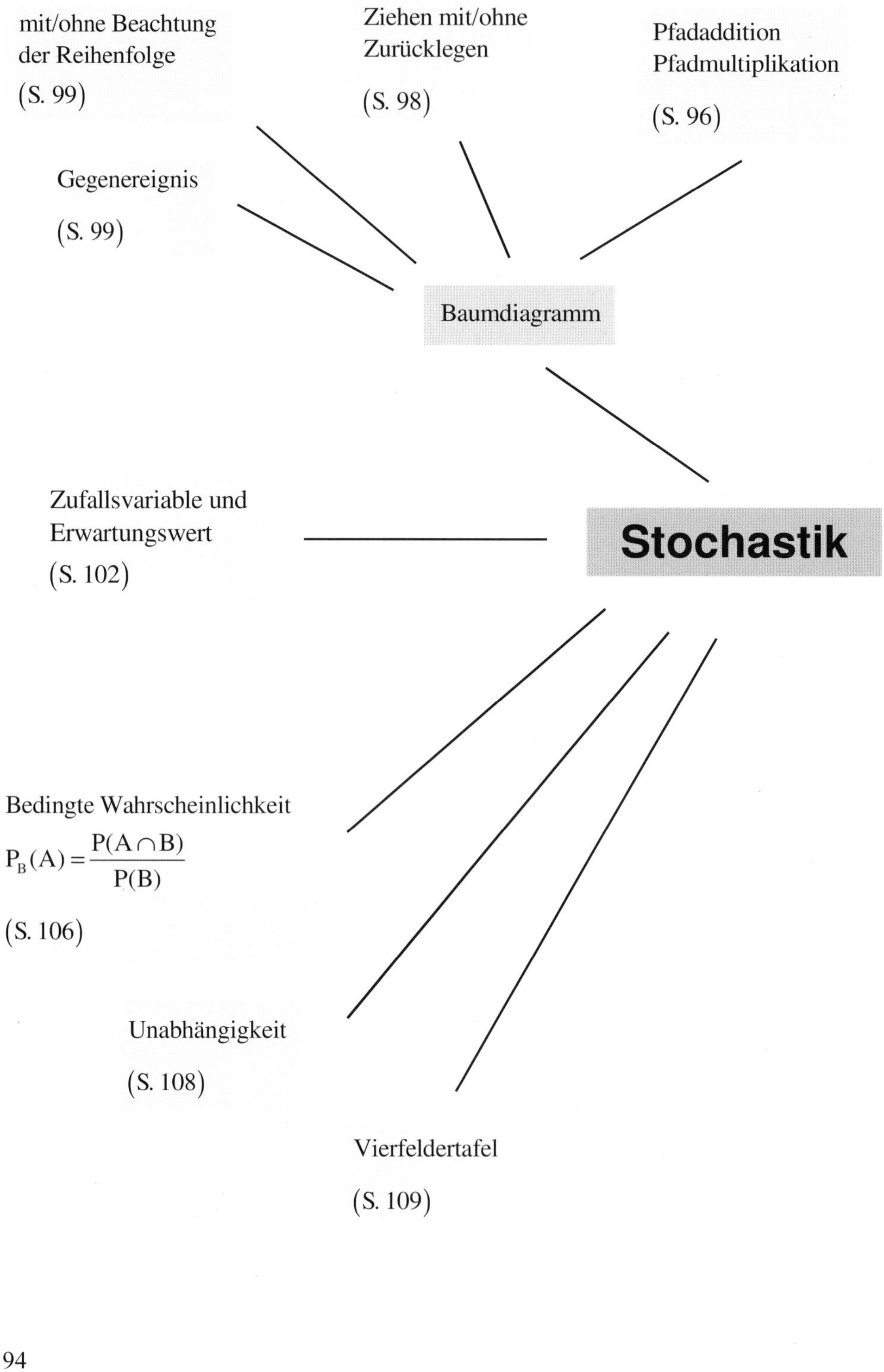
mit/ohne Beachtung der Reihenfolge
(S. 99)
Ziehen mit/ohne Zurücklegen
(S. 98)
Pfadaddition
Pfadmultiplikation
(S. 96)
Gegenereignis
(S. 99)
Baumdiagramm
Zufallsvariable und Erwartungswert
(S. 102)
Stochastik
Bedingte Wahrscheinlichkeit
$P_B(A) = \frac{P(A \cap B)}{P(B)}$
(S. 106)
Unabhängigkeit
(S. 108)
Vierfeldertafel
(S. 109)

Binomialverteilung

- Erwartungswert und Standardabweichung (S. 124)
- Aufgabentypen (S. 120 – 123)
- Binomialverteilung und kumulierte Binomialverteilung (S. 118)
- Bernoulliformel (S. 116)

  $$P(X = k) = \binom{n}{k} \cdot p^k \cdot (1-p)^{n-k}$$

1 Baumdiagramme und Pfadregeln

1.1 Einführung

Beispiel 1: In einer Urne befinden sich 4 rote, 3 blaue und 2 grüne Kugeln. Es werden nacheinander 2 Kugeln entnommen. Mit welcher Wahrscheinlichkeit wird 2-mal die gleiche Farbe gezogen? Entnommene Kugeln werden hierbei …

a) … wieder zurückgelegt.
(Ziehen mit Zurücklegen)

b) … nicht wieder zurückgelegt.
(Ziehen ohne Zurücklegen)

1. Schritt: Baumdiagramm anlegen

a)

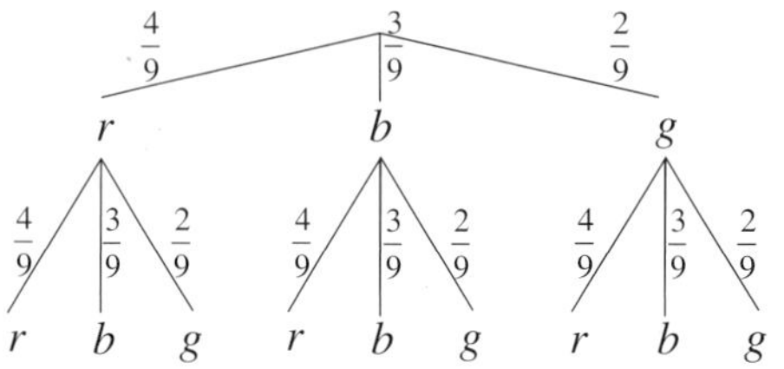

b)

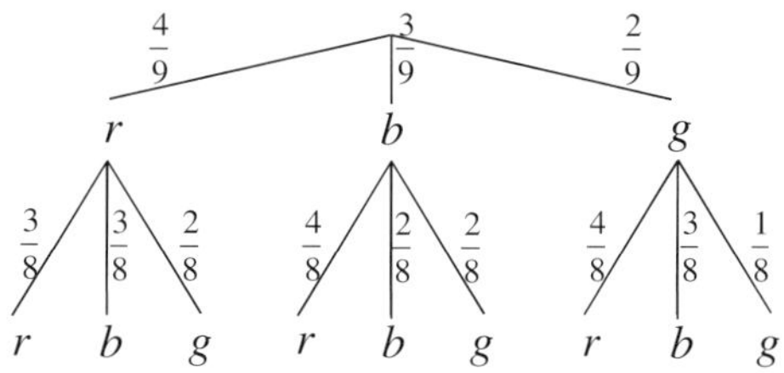

Hinweise

- Zu Beginn befinden sich 9 Kugeln in der Urne, von denen 4 rot sind. Dies führt zu einer Wahrscheinlichkeit von 4/9 für rot. (P = günstige/mögliche)
- Summe der Wahrscheinlichkeiten an jeder Verzweigung: 100 %
- **Ziehen ohne Zurücklegen:** Wahrscheinlichkeiten ändern sich hier von Stufe zu Stufe, abhängig davon: **Wie viele** Kugeln schon gezogen wurden (Änderung im **Nenner**) und **welche** Kugeln in den Vorstufen gezogen wurden (Änderung im **Zähler**).

2. Schritt: Ereignis definieren, welches alle gefragten Ergebnisse enthält

$\mathrm{E} = \{rr; bb; gg\}$

3. Schritt: Wahrscheinlichkeit des Ereignisses berechnen

$$\mathrm{P(E)} = \mathrm{P}(rr) + \mathrm{P}(bb) + \mathrm{P}(gg)$$
$$= \frac{4}{9}\cdot\frac{4}{9} + \frac{3}{9}\cdot\frac{3}{9} + \frac{2}{9}\cdot\frac{2}{9} = \frac{29}{81} \approx 0{,}358$$

$$\mathrm{P(E)} = \mathrm{P}(rr) + \mathrm{P}(bb) + \mathrm{P}(gg)$$
$$= \frac{4}{9}\cdot\frac{3}{8} + \frac{3}{9}\cdot\frac{2}{8} + \frac{2}{9}\cdot\frac{1}{8} = \frac{5}{18} \approx 0{,}278$$

- **Pfadaddition:** Ergebniswahrscheinlichkeiten aller zugehörigen Ergebnisse addieren.
- **Pfadmultiplikation:** Ergebniswahrscheinlichkeiten durch Multiplikation „entlang ihres Ergebnispfades".

www.mvurl.de/lm2r

Beispiel 2: Beim Rundlauf (Mäxle) im Tischtennis stehen sich im Finale zwei Spieler gegenüber. Spieler 1 entscheidet mit einer Wahrscheinlichkeit von 60 % einen Ballwechsel für sich. Wer zuerst 2 Ballwechsel gewonnen hat, ist Sieger.
Mit welcher Wahrscheinlichkeit gewinnt Spieler 1 insgesamt?

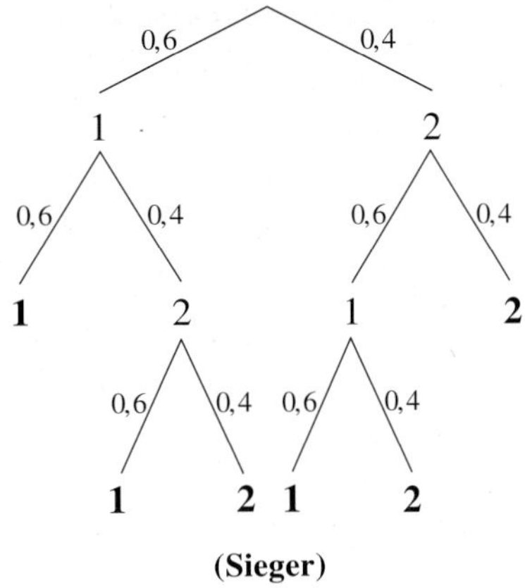

$$E = \{11; 121; 211\}$$

$$P(E) = P(11) + P(121) + P(211)$$
$$= 0{,}6 \cdot 0{,}6 + 0{,}6 \cdot 0{,}4 \cdot 0{,}6 + 0{,}4 \cdot 0{,}6 \cdot 0{,}6$$
$$= 0{,}648 = 64{,}8\ \%$$

Beispiel 3: In einem Paket befinden sich 11 Smartphones. 4 davon sind vom Hersteller Samsung (*s*). Für 70 % der Handys eines jeden Herstellers wird eine Flatrate (*f*) gebucht. Ein Smartphone wird blind entnommen. Mit welcher Wahrscheinlichkeit ist es nicht von Samsung und ohne Flatrate.

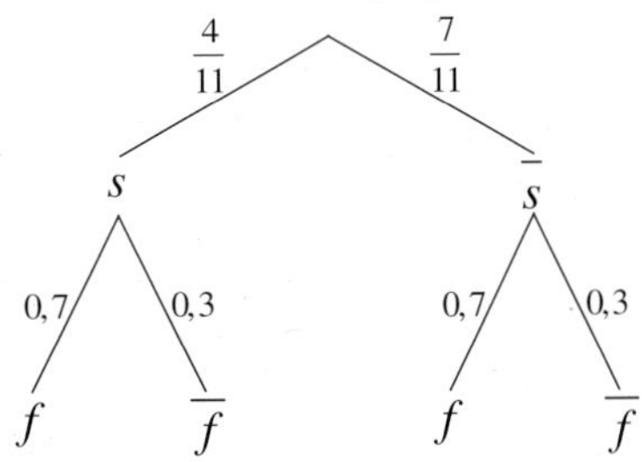

$$E = \{\overline{s}\overline{f}\}$$

$$P(E) = P(\overline{s}\overline{f}) = \frac{7}{11} \cdot 0{,}3 \approx 0{,}191 = 19{,}1\%$$

Beispiel 4: 30 % der 100 m-Läufer sind bei einem Wettkampf gedopt (*g*). Ein Dopingtest entlarvt gedopte Sportler mit einer Wahrscheinlichkeit von 99 %. Jedoch erhält auch ein nicht gedopter Sportler mit einer Wahrscheinlichkeit von 4 % ein positives Dopingtestergebnis (*p*). Mit welcher Wahrscheinlichkeit wird ein zufällig ausgewählter Läufer positiv getestet?

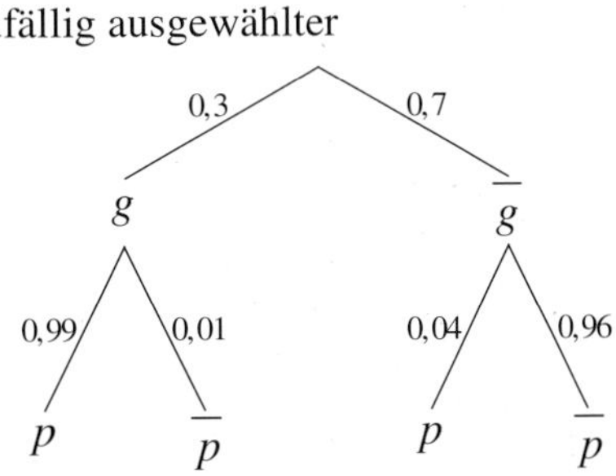

$$E = \{gp; \overline{g}p\}$$

$$P(E) = P(gp) + P(\overline{g}p)$$
$$= 0{,}3 \cdot 0{,}99 + 0{,}7 \cdot 0{,}04 = 0{,}325 = 32{,}5\%$$

7 Merkur-Nr. 0381

Weitere Beispiele und Aufbau der zugehörigen Baumdiagramme

Ziehen mit Zurücklegen

Beispiel 1: Es befinden sich immer 10 Teile in einem Karton, von denen 3 Teile stets defekt sind. Es werden 7 Kartons geöffnet.

Anzahl Stufen: 7

Wahrscheinlichkeiten: $d:\frac{3}{10};\ \bar{d}:\frac{7}{10}$

Beispiel 2: Ein Glücksrad mit 6 gleich großen Feldern (1 rotes Feld, 2 blaue Felder, 3 grüne Felder) wird 4-mal gedreht.

Anzahl Stufen: 4

Wahrscheinlichkeiten: $r:\frac{1}{6};\ b:\frac{2}{6};\ g:\frac{3}{6}$

Beispiel 3: Ein Würfel wird 3-mal geworfen. (Oder: 3 Würfel werden gleichzeitig geworfen.)

Anzahl Stufen: 3

Wahrscheinlichkeiten: $1:\frac{1}{6};\ 2:\frac{1}{6};\ldots;6:\frac{1}{6}$

Beispiel 4: Die Prüfung für den Autoführerschein besteht aus 18 Fragen. Bei jeder Frage gibt es 3 Antwortmöglichkeiten, von denen eine richtig ist. Der Prüfling rät.

Anzahl Stufen: 18

Wahrscheinlichkeiten: $r:\frac{1}{3};\ f:\frac{2}{3}$

Beispiel 5: Ein Schütze schießt 3-mal. Er trifft mit einer Wahrscheinlichkeit von 75 %.

Anzahl Stufen: 3

Wahrscheinlichkeiten: $t:0{,}75;\ \bar{t}:0{,}25$

Ziehen ohne Zurücklegen

Beispiel 1: Es befinden sich 10 Teile in einem Karton. 3 Teile davon sind defekt. Aus dem Karton werden 4 Teile entnommen.

Anzahl Stufen: 4

Wahrscheinlichkeiten: $d:\frac{3}{10};\ \bar{d}:\frac{7}{10}$
(nur 1. Stufe)

Beispiel 2: In einer Lostrommel befinden sich 5 Gewinnlose und 25 Nieten. Es werden 4 Lose gezogen.

Anzahl Stufen: 4

Wahrscheinlichkeiten: $\text{G}:\frac{5}{30};\ \text{N}:\frac{25}{30}$
(nur 1. Stufe)

Beispiel 3: Eine Rubbelkarte hat 16 Felder. Nur eines davon führt zu einem Gewinn. Ein Spieler rubbelt 3 Felder auf.

Anzahl Stufen: 3

Wahrscheinlichkeiten: $\text{G}:\frac{1}{16};\ \text{N}:\frac{15}{16}$
(nur 1. Stufe)

Beispiel 4: Aus einem Skatkartenspiel mit jeweils 8 Karten der Farben Kreuz, Pik, Herz und Karo werden 2 Karten entnommen.

Anzahl Stufen: 2

Wahrscheinlichkeiten (nur 1. Stufe):
$\text{Kr}:\frac{8}{32};\ \text{P}:\frac{8}{32};\ \text{H}:\frac{8}{32};\ \text{Ka}:\frac{8}{32}$

Tipp: Sind in der Aufgabenstellung Wahrscheinlichkeitsangaben **in Prozent** angegeben,

1.2 Aufgabentypen

Den nachfolgenden 4 Aufgabentypen liegt die gleiche Ausgangssituation und damit das gleiche Baumdiagramm zugrunde.

Ausgangssituation (zu den Aufgabentypen 1-4)
In einer Urne befinden sich 5 rote, 4 blaue und 3 grüne Kugeln. Es werden 3 Kugeln ohne Zurücklegen entnommen.

Baumdiagramm

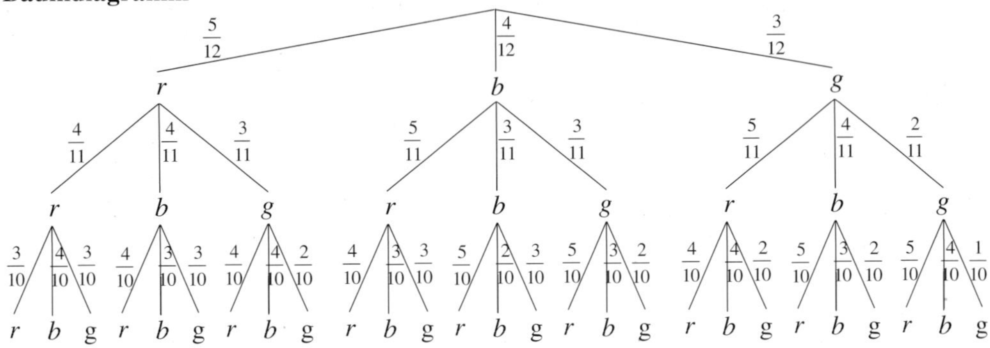

- **Aufgabentyp 1 (Vorgegebene Reihenfolge, also geordnet)**

Mit welcher Wahrscheinlichkeit werden <u>zunächst</u> eine rote Kugel <u>und dann</u> 2 blaue Kugeln gezogen?

$$\mathrm{E} = \{rbb\}$$

$$\mathrm{P}(\mathrm{E}) = \mathrm{P}(rbb) = \frac{5}{12} \cdot \frac{4}{11} \cdot \frac{3}{10} = \frac{1}{22} \approx 0{,}045 = 4{,}5\ \%$$

- **Aufgabentyp 2 (Ohne vorgegebene Reihenfolge, also ungeordnet)**

Mit welcher Wahrscheinlichkeit werden (mit einem Griff) eine rote und 2 blaue Kugeln gezogen?

$\mathrm{E} = \{rbb; brb; bbr\}$ (keine vorgegebene Reihenfolge, größere Ergebnismenge)

$$\begin{aligned}\mathrm{P}(\mathrm{E}) &= \mathrm{P}(rbb) + \mathrm{P}(brb) + \mathrm{P}(bbr) \\ &= \frac{5}{12} \cdot \frac{4}{11} \cdot \frac{3}{10} + \frac{4}{12} \cdot \frac{5}{11} \cdot \frac{3}{10} + \frac{4}{12} \cdot \frac{3}{11} \cdot \frac{5}{10} \\ &= \mathbf{3} \cdot \left(\frac{5}{12} \cdot \frac{4}{11} \cdot \frac{3}{10}\right) \\ &= \frac{3}{22} = 0{,}136 = 13{,}6\ \%\end{aligned}$$

(**3** mögliche Umordnungen, alle mit gleicher Wahrscheinlichkeit)

www.mvurl.de/v96o

• Aufgabentyp 3 (mit dem Gegenereignis arbeiten)

Mit welcher Wahrscheinlichkeit wird mindestens eine rote oder eine blaue Kugel gezogen? (Zur Ausgangssituation S. 99)

$\text{E} = \{rrr; rrb; rrg; rbr; \ldots(\textbf{viele} \text{ weitere})\}$

Idee : Nur wenige Ergebnisse aus der Ergebnismenge gehören nicht zum Ereignis E. Das **Gegenereignis** ($\overline{\text{E}}$: Nur grüne Kugeln) beinhaltet damit nur ein einziges Ergebnis, wodurch dessen Wahrscheinlichkeit schnell berechnet werden kann.

$\overline{\text{E}} = \{ggg\}$

$$\text{P}(\overline{\text{E}}) = \text{P}(ggg) = \frac{3}{12} \cdot \frac{2}{11} \cdot \frac{1}{10} = \frac{1}{220} \approx 0{,}0045 = 0{,}45\ \%$$

$$\mathbf{P(E)\ = 1 - P(\overline{E})} = 1 - \frac{1}{220} = \frac{219}{220} \approx 0{,}9955 = 99{,}55\ \%$$

Falls die Signalwörter **„mindestens“** oder **„höchstens“** in Aufgabenstellungen enthalten sind, können diese oftmals mit dem **Gegenereignis** bearbeitet werden.

• Aufgabentyp 4 (Baumdiagramm verkleinern)

Mit welcher Wahrscheinlichkeit wird genau eine rote Kugel gezogen? (Zur Ausgangssituation S. 99)

$\text{E} = \{rbb; rbg; rgb; rgg; brb; \ldots(\textbf{viele} \text{ weitere})\}$

Idee : Bei dieser Aufgabenstellung ist es nicht relevant, ob bei einem Zug eine blaue oder eine grüne Kugel gezogen wird. Es geht nur darum, ob die gezogene Kugel rot ist oder eben nicht. Deshalb können jene beiden Äste zu einem $\overline{r}$-Ast zusammengelegt werden. Hierdurch wird das Baumdiagramm kleiner.

$\text{E} = \{(r\overline{r}\overline{r}); (\overline{r}r\overline{r}); (\overline{r}\overline{r}r)\}$

$$\begin{aligned}\text{P(E)} &= \text{P}(r\overline{r}\overline{r}) + \text{P}(\overline{r}r\overline{r}) + \text{P}(\overline{r}\overline{r}r) \\ &= \frac{5}{12} \cdot \frac{7}{11} \cdot \frac{6}{10} + \frac{7}{12} \cdot \frac{5}{11} \cdot \frac{6}{10} + \frac{7}{12} \cdot \frac{6}{11} \cdot \frac{5}{10} \\ &= 3 \cdot \left(\frac{5}{12} \cdot \frac{7}{11} \cdot \frac{6}{10}\right) \\ &= \frac{21}{44} \approx 0{,}477 = 47{,}7\ \%\end{aligned}$$

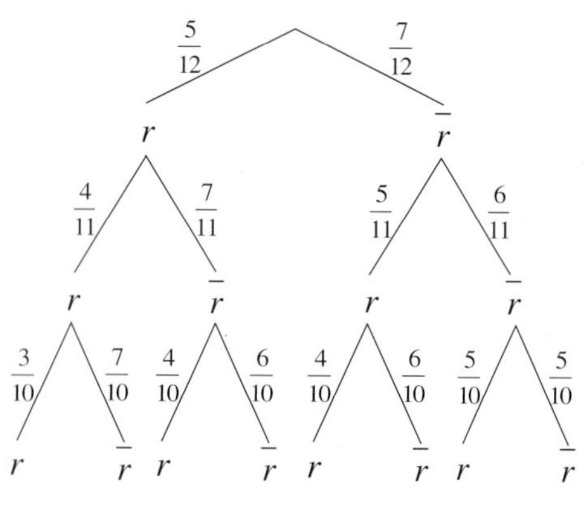

- **Aufgabentyp 5 („*Wie oft muss man mindestens …?*“)**

In einer Urne befinden sich 5 rote und 7 blaue Kugeln. Entnommene Kugeln werden stets wieder zurückgelegt.

Wie oft muss man mindestens ziehen, damit die Wahrscheinlichkeit, mindestens eine rote Kugel zu ziehen, größer als 90 % ist?

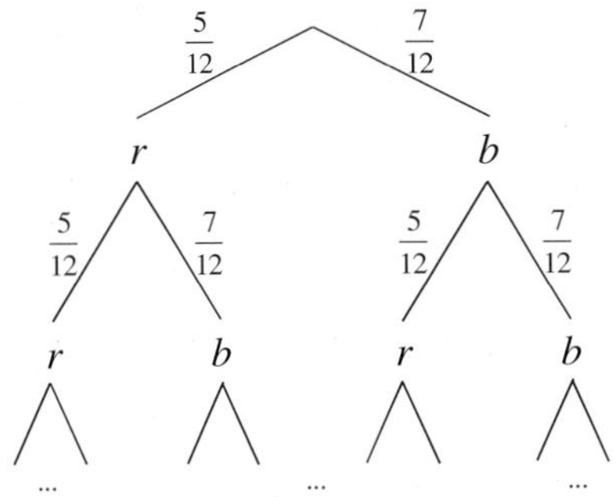

(unbekannte Anzahl an Stufen)

$E = \{(rr...r);(rr...b);(rb...r);...\textbf{(viele} \text{ weitere)}\}$

Idee: Nur ein Pfad am Baumdiagramm gehört nicht zum Ereignis. Das **Gegenereignis** ($\overline{E}$: *Gar keine rote Kugel*) beinhaltet damit nur ein einziges Ergebnis: $\overline{E} = \{(bb...b)\}$.

$$P(\text{mind. ein Mal } r) > 0{,}9 \qquad \text{(Aufgabenstellung abschreiben)}$$
$$1 - P(\text{kein Mal } r) > 0{,}9 \qquad \text{(Vorgehen über Gegenereignis)}$$
$$1 - P(bb...b) > 0{,}9$$
$$1 - \left(\frac{7}{12}\right)^n > 0{,}9 \qquad |-1$$
$$-\left(\frac{7}{12}\right)^n > -0{,}1 \qquad |\cdot(-1) \qquad \text{(Mult. mit neg. Zahl: } > \to < \text{ (S. 37))}$$
$$\left(\frac{7}{12}\right)^n < 0{,}1 \qquad |\ln \qquad \text{(ln( ), da Exponentialgleichung)}$$
$$\ln\left(\left(\frac{7}{12}\right)^n\right) < \ln(0{,}1)$$
$$n \cdot \ln\left(\left(\frac{7}{12}\right)\right) < \ln(0{,}1) \qquad \text{(Regel: } \ln(a^b) = b \cdot \ln(a)\text{)}$$
$$n \cdot (-0{,}539) < -2{,}303 \quad |:(-0{,}539) \qquad \text{(Division durch neg. Zahl: } < \to > \text{ (S. 33))}$$
$$n > 4{,}273$$

A: Mindestens 5-mal ziehen! (Immer Aufrunden!)

www.mvurl.de/8489

2 Zufallsvariable, Erwartungswert und Standardabweichung

Erklärende Beispiele

Beispiel 1

Ein Basketballspieler trifft erfahrungsgemäß einen Freiwurf mit einer Wahrscheinlichkeit von 80 %. Er wirft eine Folge aus 2 Würfen.

Die Zufallsgröße **X** gibt die **Anzahl der Treffer bei einer Folge** an.

a) Erstellen Sie für diese Zufallsvariable eine Wahrscheinlichkeitsverteilung.

b) Der Basketballspieler wirft viele Folgen nacheinander. Wie viele Treffer sind im Durchschnitt pro Folge zu erwarten?

c) Berechnen Sie die zugehörige Varianz und Standardabweichung.

Lösung

a) Baumdiagramm

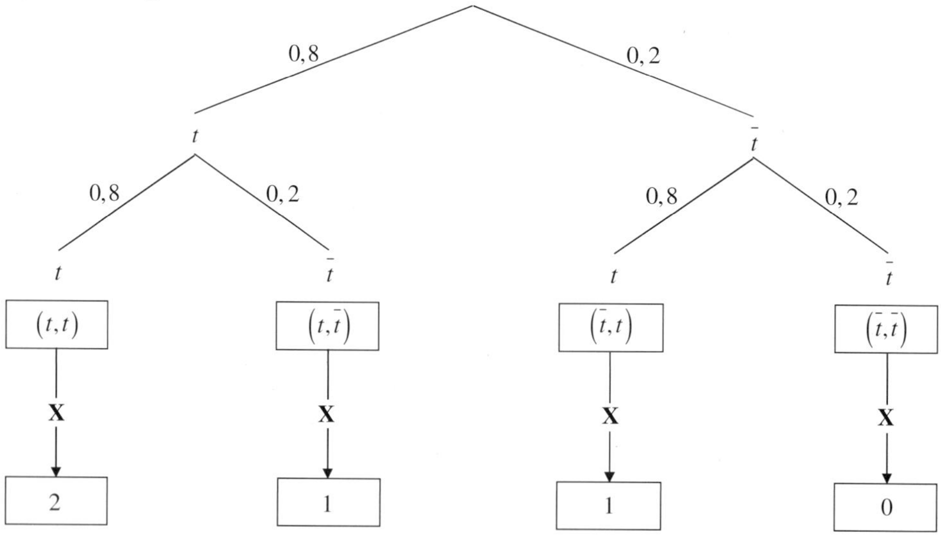

Hinweis

Die Zufallsvariable X ordnet jedem Ergebnis eine Zahl (hier: Anzahl der Treffer) zu.

Wahrscheinlichkeitsverteilung der Zufallsvariable

Zugehörige Ergebnisse	(t,t)	$(t,\bar{t});(\bar{t},t)$	$(\bar{t},\bar{t})$
x_i (Mögliche Werte der Zufallsvariable X)	**2**	**1**	**0**
$\mathbf{P(X = x_i)}$ (Wahrscheinlichkeiten zu den Werten der Zufallsvariable)	$0{,}8 \cdot 0{,}8 = \mathbf{0{,}64}$	$0{,}8 \cdot 0{,}2 + 0{,}2 \cdot 0{,}8 = \mathbf{0{,}32}$	$0{,}2 \cdot 0{,}2 = \mathbf{0{,}04}$ (oder: $1 - 0{,}64 - 0{,}32$)

b) Erwartungswert ($\mathbf{E(X)}$ bzw. μ)

Allgemein: $\mathbf{E(X) = x_1 \cdot P(X = x_1) + x_2 \cdot P(X = x_2) + \ldots + x_n \cdot P(X = x_n)}$

Im Beispiel: $E(X) = 2 \cdot 0{,}64 + 1 \cdot 0{,}32 (+ 0 \cdot 0{,}04) = 1{,}6$

Interpretation

Der Basketballspieler kann durchschnittlich 1,6 Treffer pro Folge erwarten.

c) Varianz $\mathbf{V(X)}$

Allgemein: $\mathbf{V(X) = (x_1 - E(X))^2 \cdot P(X = x_1) + \ldots + (x_n - E(X))^2 \cdot P(X = x_n)}$

Im Beispiel: $V(X) = (2 - 1{,}6)^2 \cdot 0{,}64 + (1 - 1{,}6)^2 \cdot 0{,}32 + (0 - 1{,}6)^2 \cdot 0{,}04 = 0{,}32$

Standardabweichung σ

Allgemein: $\sigma = \sqrt{\mathbf{V(X)}}$

Im Beispiel: $\sigma = \sqrt{0{,}32} \approx 0{,}57$

Interpretation

Varianz und Standardabweichung messen, wie sehr die Wahrscheinlichkeitsverteilung um den Erwartungswert „streut“.

Beispiel 2

Ein Spieler kann gegen einen Einsatz von 4 € an folgendem Spiel teilnehmen:
Er würfelt ein Mal. Bei einer geraden Zahl erhält er 3 €. Bei einer ungeraden Zahl erhält er den doppelten Betrag der gewürfelten Augenzahl.

Ist es günstig für den Spieler, bei diesem Spiel teilzunehmen?

1. Lösungsvariante: Die **Zufallsvariable X** gibt den **Auszahlungsbetrag an den Spieler** an.

Baumdiagramm

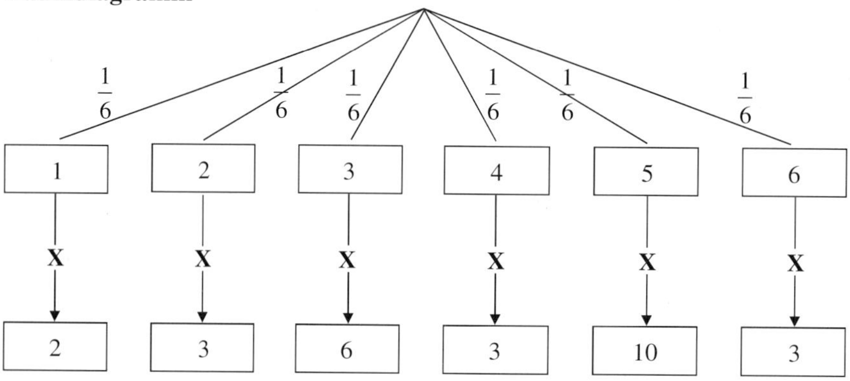

Wahrscheinlichkeitsverteilung der Zufallsvariable

Zugehörige Ergebnisse	$(2);(4);(6)$	(5)	(3)	(1)
x_i	**3**	**10**	**6**	**2**
$\mathbf{P(X=x_i)}$	$\frac{1}{6}+\frac{1}{6}+\frac{1}{6}=\frac{3}{6}$	$\frac{1}{6}$	$\frac{1}{6}$	$\frac{1}{6}$

Erwartungswert der Zufallsvariable

$$\mathbf{E(X)=3\cdot\frac{3}{6}+10\cdot\frac{1}{6}+6\cdot\frac{1}{6}+2\cdot\frac{1}{6}=4{,}5}$$

Interpretation und Ergebnis

X gibt den Auszahlungsbetrag an den Spieler pro Spiel an. Somit gibt **E(X)** den zu **erwartenden Auszahlungsbetrag** pro Spiel an, den der Spieler bei vielen Spielen durchschnittlich erhalten würde.

www.mvurl.de/kbgk

Der Spieler erreicht hier durch seine Teilnahme einen erwarteten Auszahlungsbetrag von 4,50 € pro Spieldurchgang. Da dieser **höher als sein Einsatz** ist, ist das Spiel **günstig für den Spieler** (und ungünstig für den Anbieter).

2. Lösungsvariante: Die **Zufallsvariable X** gibt den **Gewinn des Spielers** an.

Hinweis : Gewinn = Auszahlungsbetrag – Einsatz

Wahrscheinlichkeitsverteilung der Zufallsvariable

Zugehörige Ergebnisse	$(2);(4);(6)$	(5)	(3)	(1)
x_i	$\mathbf{-1}\ (=3-4)$	$\mathbf{6}\ (=10-4)$	$\mathbf{2}\ (=6-4)$	$\mathbf{-2}\ (=2-4)$
$\mathbf{P(X=x_i)}$	$\frac{1}{6}+\frac{1}{6}+\frac{1}{6}=\mathbf{\frac{3}{6}}$	$\mathbf{\frac{1}{6}}$	$\mathbf{\frac{1}{6}}$	$\mathbf{\frac{1}{6}}$

Erwartungswert der Zufallsvariable

$$E(X)=(-1)\cdot\frac{3}{6}+6\cdot\frac{1}{6}+2\cdot\frac{1}{6}+(-2)\cdot\frac{1}{6}=0,5$$

Interpretation und Ergebnis

X gibt den Gewinn des Spielers pro Spiel an. Somit gibt **E(X)** den zu **erwartenden Gewinn** pro Spiel an, den der Spieler bei vielen Spielen durchschnittlich erhalten würde. Der Spieler erreicht hier durch seine Teilnahme einen erwarteten Durchschnittsgewinn von 0,50 € pro Spieldurchgang. Da dieser **positiv** ist, ist das Spiel **günstig für den Spieler** (und ungünstig für den Anbieter).

Übersicht

X: **Auszahlungsbetrag** an Spieler	
E(X) > **Einsatz**	günstig für Spieler
E(X) = **Einsatz**	faires Spiel
E(X) < **Einsatz**	günstig für Anbieter

X: **Gewinn** des Spielers	
E(X) > **0**	günstig für Spieler
E(X) = **0**	faires Spiel
E(X) < **0**	günstig für Anbieter

3 Bedingte Wahrscheinlichkeit, Unabhängigkeit, Vierfeldertafel

3.1 Bedingte Wahrscheinlichkeit

Formel (allg.)

$$\mathbf{P_B(A) = \frac{P(A \cap B)}{P(B)}}$$

A: Gesuchtes Ereignis
B: Vorwissen bzw. Bedingung
$\cap$: „und“

Formel (in Worten)

$$P_{\text{Vorwissen}}(\text{gesucht}) = \frac{\text{P(entspricht Vorwissen und ist gesucht)}}{\text{P(möglich laut Vorwissen)}}$$

Beispiel 1: Eine Münze wird 2-mal geworfen.
Berechnen Sie die Wahrscheinlichkeit, dass genau ein Mal Zahl geworfen wird, wobei bekannt ist, dass im zweiten Wurf Wappen geworfen wird.

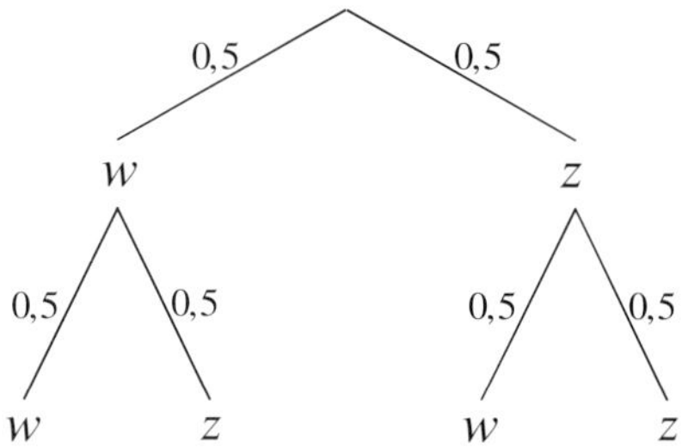

$$P_{\text{Wappen im 2. Wurf}}(\text{genau ein Mal Zahl}) = \frac{\text{P(Wappen im 2. Wurf und genau ein Mal Zahl)}}{\text{P(Wappen im 2. Wurf)}}$$

$$= \frac{P(zw)}{P(zw)+P(ww)} = \frac{0{,}5 \cdot 0{,}5}{0{,}5 \cdot 0{,}5 + 0{,}5 \cdot 0{,}5} = \frac{0{,}25}{0{,}5} = 0{,}5 = 50\,\%$$

Beispiel 2: An einer Schule werden Schüler nach der Marke ihres Smartphones befragt:

Marke	Samsung	Apple	Xiaomi	Huawei	sonst
Anteil	45 %	21 %	8%	6 %	20 %

Mit welcher Wahrscheinlichkeit hat ein Schüler, von welchem bekannt ist, dass er kein Smartphone von Samsung besitzt, ein Smartphone von HTC?

$$P_{\text{kein Samsung}}(\text{HTC}) = \frac{\text{P(kein Samsung und HTC)}}{\text{P(kein Samsung)}} = \frac{\text{P(HTC)}}{\text{P(kein Samsung)}}$$

$$= \frac{0{,}06}{1-0{,}45} = \frac{0{,}06}{0{,}55} \approx 0{,}109 = 10{,}9\,\%$$

Wichtige Hinweise

Erkennen, dass eine Aufgabe zur bedingten Wahrscheinlichkeit vorliegt

Die Schwierigkeit bei Aufgaben zur bedingten Wahrscheinlichkeit besteht oftmals darin, diese überhaupt als solche zu entlarven und nicht mit „üblichen Baumaufgaben" zu verwechseln. Hierbei muss das Merkmal solcher Aufgaben, nämlich die Existenz von Vorwissen, erkannt werden.
Es gibt mehrere **grammatikalische Formulierungen**, die den Aufgabenbearbeiter über vorhandenes Vorwissen informieren sollen.

Beispiel (siehe Vorseite)

Berechnen Sie die Wahrscheinlichkeit dafür, dass $\overbrace{\text{genau ein Mal Zahl geworfen wird}}^{\text{gesuchtes Ereignis}}$, $\underbrace{\textbf{wobei bekannt ist, dass}}_{\textbf{grammatikalische Formulierung}}$ $\underbrace{\text{im zweiten Wurf Wappen geworfen wird}}_{\text{Vorwissen (Bedingung)}}$.

Weitere grammatikalische Formulierungen für die bedingte Wahrscheinlichkeit

Berechnen Sie die Wahrscheinlichkeit dafür, dass genau ein Mal Zahl geworfen wird, **wenn man weiß, dass** im zweiten Wurf Wappen geworfen wird.

Berechnen Sie die Wahrscheinlichkeit dafür, dass genau ein Mal Zahl geworfen wird, **falls** im zweiten Wurf Wappen geworfen wird.

Berechnen Sie die Wahrscheinlichkeit dafür, dass genau ein Mal Zahl geworfen wird, **wenn** im zweiten Wurf Wappen geworfen wird.

Im zweiten Wurf wird Wappen geworfen. **(Vorwissen in eigenem Satz.)**
Berechnen Sie die Wahrscheinlichkeit dafür, dass genau ein Mal Zahl geworfen wird.

Achtung: Keine bedingte Wahrscheinlichkeit bei Formulierungen mit „und"

Formulierungen mit **„und"** deuten auf eine Aufgabenstellung ohne eine bedingte Wahrscheinlichkeit hin.

Beispiel: Eine Münze wird 2-mal geworfen. Berechnen Sie die Wahrscheinlichkeit dafür, dass genau ein Mal Zahl **und** im zweiten Wurf Wappen geworfen wird.

$P(zw) = 0{,}5 \cdot 0{,}5 = 0{,}25$

3.2 Unabhängigkeit (Testgleichung: $\mathbf{P(A \cap B) = P(A) \cdot P(B)}$)

Abhängige Ereignisse	Unabhängige Ereignisse
Beispiel Eine Münze wird 2-mal geworfen. A: *Im ersten Wurf erscheint Wappen* B: *In beiden Würfen erscheint Wappen* Sind die beiden Ereignisse abhängig oder unabhängig?	**Beispiel** Eine Münze wird 2-mal geworfen. A: *Im ersten Wurf erscheint Wappen* B: *Im zweiten Wurf erscheint Wappen* Sind die beiden Ereignisse abhängig oder unabhängig?
Rechnerische Lösung **1. $\mathbf{P(A)}$ bestimmen** $A = \{(WZ);(WW)\}$ $P(A) = P(WZ) + P(WW) = 0{,}5 \cdot 0{,}5 + 0{,}5 \cdot 0{,}5 = 0{,}5$ (Baumdiagramm!) **2. $\mathbf{P(B)}$ bestimmen** $B = \{(WW)\}$ $P(B) = P(WW) = 0{,}5 \cdot 0{,}5 = 0{,}25$ **3. $\mathbf{P(A \cap B)}$ bestimmen** $A \cap B = \{(WW)\}$ $P(A \cap B) = P(WW) = 0{,}5 \cdot 0{,}5 = 0{,}25$ **4. Test:** $\mathbf{P(A \cap B) = P(A) \cdot P(B)}$ $0{,}25 \neq 0{,}5 \cdot 0{,}25$ $0{,}25 \neq 0{,}125$ Gleichung ist **nicht erfüllt**, somit sind A und B **abhängig!**	**Rechnerische Lösung** **1. $\mathbf{P(A)}$ bestimmen** $A = \{(WZ);(WW)\}$ $P(A) = P(WZ) + P(WW) = 0{,}5 \cdot 0{,}5 + 0{,}5 \cdot 0{,}5 = 0{,}5$ (Baumdiagramm!) **2. $\mathbf{P(B)}$ bestimmen** $B = \{(ZW);(WW)\}$ $P(B) = P(ZW) + P(WW) = 0{,}5 \cdot 0{,}5 + 0{,}5 \cdot 0{,}5 = 0{,}5$ **3. $\mathbf{P(A \cap B)}$ bestimmen** $A \cap B = \{(WW)\}$ $P(A \cap B) = P(WW) = 0{,}5 \cdot 0{,}5 = 0{,}25$ **4. Test:** $\mathbf{P(A \cap B) = P(A) \cdot P(B)}$ $0{,}25 = 0{,}5 \cdot 0{,}5$ $0{,}25 = 0{,}25$ Gleichung ist **erfüllt**, somit sind A und B **unabhängig!**
Intuitive Lösung Wenn beispielsweise das Ereignis A nicht eintritt, weil im ersten Wurf Zahl erscheint, kann das Ereignis B ebenfalls nicht mehr eintreten.	**Intuitive Lösung** Ob im ersten Wurf Wappen erscheint (oder nicht) steht in keinem Zusammenhang damit, dass im zweiten Wurf Wappen erscheint.
Merkmal: Zusammenhang existiert	**Merkmal: Kein Zusammenhang**

www.mvurl.de/a3rb

3.3 Vierfeldertafel

Grundregel: Zeilen- und Spaltenaddition

Beispiel 1

Über die Personen, die in einer Stadt wohnen, ist bekannt:

- 41 % der Personen sind groß;
- 45 % der Personen sind männlich;
- 6 % der Personen sind groß und weiblich.

Für eine Verlosung wird eine Person zufällig ausgewählt.

Mit welcher Wahrscheinlichkeit ist diese klein und weiblich?

Geschlecht / Größe

	m	$\overline{m}$	
g		$0,06$	$0,41$
$\overline{g}$			
	$0,45$		1

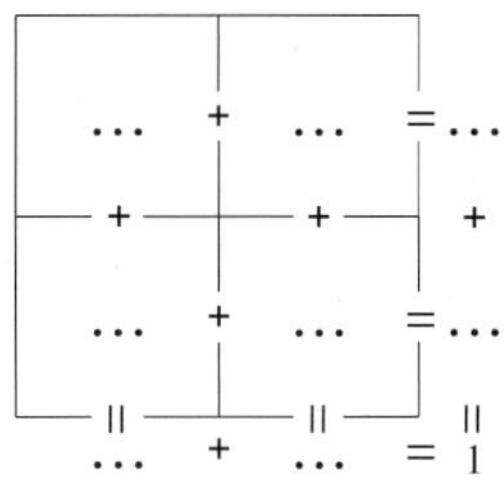

	m	$\overline{m}$	
g	$0,35$	$0,06$	$0,41$
$\overline{g}$	$0,10$	**$0,49$**	$0,59$
	$0,45$	$0,55$	1

Lösung: $P(\overline{g}\,\overline{m}) = \mathbf{0,49}$

Zusatzregel bei Unabhängigkeit: P(außen) · P(außen) = P(innen)

Beispiel 2

Über die Personen, die in einer Stadt wohnen, ist bekannt:

- 41 % der Personen sind groß;
- 52 % der Personen haben dunkles Haar;
- **Information: Größe und Haarfarbe sind voneinander unabhängig.**

Für eine Verlosung wird eine Person zufällig ausgewählt.

Mit welcher Wahrscheinlichkeit ist diese klein und besitzt helles Haar?

Haarfarbe / Größe

	d	$\overline{d}$	
g			$0,41$
$\overline{g}$			
	$0,52$		1

Zusatzregel

P(außen) · P(außen) = P(innen)

	d	$\overline{d}$	
g	$0,21$ $(=0,41\cdot 0,52)$	$0,20$ $(=0,41\cdot 0,48)$	$0,41$
$\overline{g}$	$0,31$ $(=0,59\cdot 0,52)$	**$0,28$** $(=0,59\cdot 0,48)$	$0,59$
	$0,52$	$0,48$	1

Lösung: $P(\overline{g}\,\overline{d}) = \mathbf{0,28}$

www.mvurl.de/qev9

3.4 Zusammenhänge und Vernetzung

Bei Aufgabenstellungen, bei denen 2 Merkmale, wie beispielsweise Größe und Geschlecht, in jeweils 2 Ausprägungen vorkommen, besteht oftmals das Problem zu entscheiden, ob eine Vierfeldertafel oder ein 2-stufiger Wahrscheinlichkeitsbaum zur Bearbeitung verwendet werden soll.
Hierfür muss erkannt werden, welche **Typen von Wahrscheinlichkeitsangaben** in der Aufgabenstellung gegebenen sind und an welchen **Positionen** diese in der Vierfeldertafel bzw. im Wahrscheinlichkeitsbaum stehen.
Es muss dann das Instrument vorgezogen werden, für welches eine ausreichende Menge an Wahrscheinlichkeitsangaben vorhanden ist.

Beispiel (vgl. S. 111)

- 41 % der Personen sind groß
- 45 % der Personen sind männlich
- 6 % der Personen sind groß und weiblich

		Geschlecht m	$\overline{m}$	
Größe	g	$P(gm)$	$P(g\overline{m}) = 0{,}06$	$P(g) = 0{,}41$
	$\overline{g}$	$P(\overline{g}m)$	$P(\overline{g}\,\overline{m})$	$P(\overline{g})$
		$P(m) = 0{,}45$	$P(\overline{m})$	1

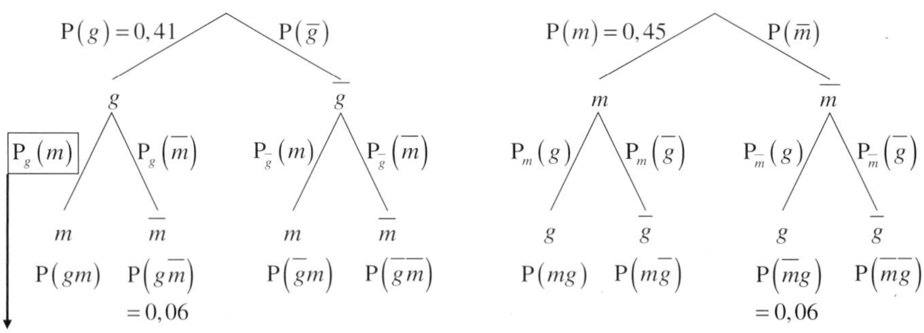

Weshalb steht auf der zweiten Stufe eine bedingte Wahrscheinlichkeit?
Wie bisher muss in einem Baumdiagramm an dieser Stelle die Wahrscheinlichkeit stehen, dass eine Person, von der man weiß, dass sie groß ist (sonst: anderer Ast), männlich ist. Dass die Person groß ist, kann jedoch als **Vorwissen** interpretiert werden. Somit liegt eigentlich eine bedingte Wahrscheinlichkeitsangabe vor.
Aber: Dies hat keine Auswirkung auf den Umgang mit dem Baumdiagramm. Sie wissen nun lediglich, von welcher Art diese Wahrscheinlichkeitsangabe ist!

www.mvurl.de/et99

Typen von Wahrscheinlichkeitsangaben	Position
1. Typ : Eigenschaftswahrscheinlichkeit **Schreibweise :** $P(g), P(\overline{g}), P(m), P(\overline{m})$ **Interpretation :** z.B. $P(g) = 0{,}41 \rightarrow$ Zu 41 % ist die ausgewählte Person groß **Merkmale :** 1. Es geht nur um eine Eigenschaft (z.B. Größe) 2. Angabe bezieht sich auf die gesamte Grundmenge (alle Personen)	**Vierfeldertafel :** Außerhalb **Baumdiagramm :** Auf der ersten Stufe
2. Typ : Bedingte Wahrscheinlichkeit **Schreibweise :** $P_g(m), P_g(\overline{m}), ..., P_{\overline{m}}(\overline{g})$ **Interpretation :** z.B. $P_g(m) = 0{,}854 \rightarrow$ Wenn die ausgewählte Person groß ist, ist sie zu 85,4 % männlich **Merkmale :** 1. Es geht um beide Eigenschaften (Größe und Geschlecht) 2. Angabe bezieht sich nur auf einen Teil der Grundmenge (nur die großen Personen)	**Vierfeldertafel :** !! Nicht vorhanden !! **Baumdiagramm :** Auf der zweiten Stufe
3. Typ : Ergebniswahrscheinlichkeit **Schreibweise :** $P(gm), P(\overline{g}m), ..., P(\overline{m}\overline{g})$ **Interpretation :** z.B. $P(g\overline{m}) = 0{,}06 \rightarrow$ Zu 6 % ist die ausgewählte Person groß und weiblich **Merkmale :** 1. Es geht um beide Eigenschaften (Größe und Geschlecht) 2. Angabe bezieht sich auf die gesamte Grundmenge (alle Personen)	**Vierfeldertafel :** In den Innenfeldern **Baumdiagramm :** Ergebnis der Pfadmultiplikation („Baumblätter“)

Beispiel 1

Die Schüler einer Klasse bereiten sich auf eine Klausur in Mathematik vor. Der Mathematiklehrer der Klasse weiß aus Erfahrung:

63 % der Schüler haben den Stoff verstanden;
Ein Schüler, der den Stoff verstanden hat, erreicht mit einer Wahrscheinlichkeit von 69 % ein positives Ergebnis;
Ein Schüler, der den Stoff nicht verstanden hat, erreicht hingegen nur mit einer Wahrscheinlichkeit von 28 % ein positives Ergebnis.

Ein Schüler dieser Klasse wird zufällig ausgewählt. Mit welcher Wahrscheinlichkeit erreicht er kein positives Ergebnis?

Lösung

Bezeichnungen

v: Schüler hat Stoff verstanden; $\overline{v}$: Schüler hat Stoff nicht verstanden

p: Schüler erreicht pos. Ergebnis; $\overline{p}$: Schüler erreicht kein pos. Ergebnis

Gegebene Typen von Wahrscheinlichkeitsangaben

$P(v) = 0,63$: Eigenschaftswahrscheinlichkeit (nur Eigenschaft „Stoff verstanden“)

$P_v(p) = 0,69$: Bed. Wahrscheinlichkeit (nur von Schülern mit „Stoff verstanden“)

$P_{\overline{v}}(p) = 0,28$: Bed. Wahrscheinlichkeit (nur von Schülern mit „Stoff nicht verstanden“)

<table>
<tr><th>Besser: Baumdiagramm</th><th>Vierfeldertafel</th></tr>
<tr><td>
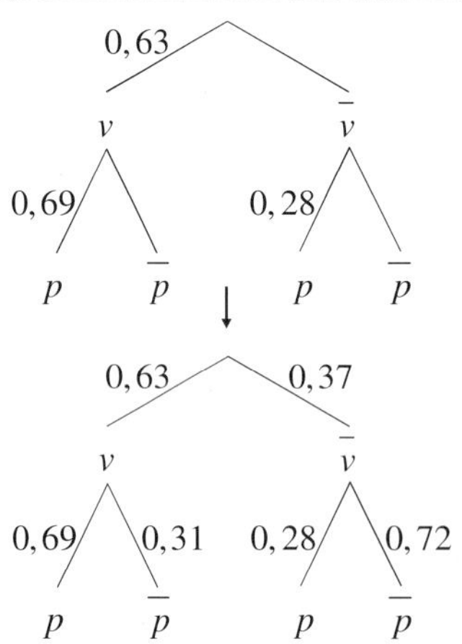

$$P(\overline{p}) = P(v\overline{p}) + P(\overline{v}\overline{p})$$
$$= 0,63 \cdot 0,31 + 0,37 \cdot 0,72$$
$$= 0,46$$
</td><td>
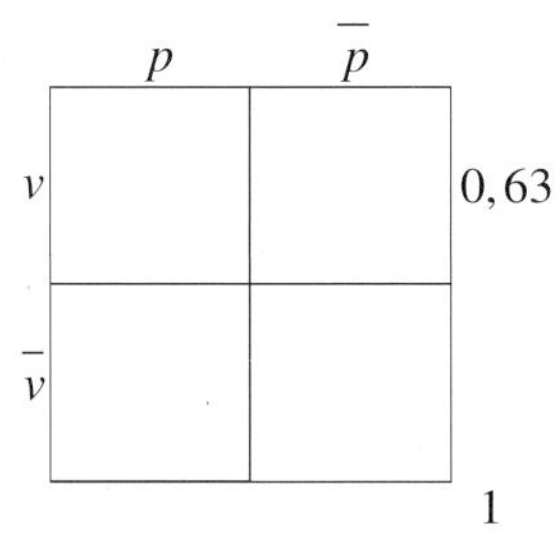

Problem: Die bedingten Wahrscheinlichkeiten können nicht direkt eingetragen werden
</td></tr>
</table>

www.mvurl.de/2s3d

Beispiel 2

Die Schulleitung eines beruflichen Gymnasiums erhebt an einem Schultag die folgenden Daten:

40 % der Schüler kamen mit dem Auto in die Schule;
87 % der Schüler erschienen pünktlich im Unterricht;
5 % der Schüler kamen nicht mit dem Auto und erschienen unpünktlich im Unterricht.

Mit welcher Wahrscheinlichkeit trifft man an diesem Schultag zufällig auf einen Schüler, der mit dem Auto in die Schule kam und pünktlich im Unterricht erschien?

Lösung

Bezeichnungen

a: Schüler kam mit Auto; $\overline{a}$: Schüler kam nicht mit Auto

p: Schüler war pünktlich; $\overline{p}$: Schüler war unpünktlich

Gegebene Typen von Wahrscheinlichkeitsangaben

$P(a) = 0{,}4$: Eigenschaftswahrscheinlichkeit (nur Eigenschaft „kam mit Auto“)

$P(p) = 0{,}87$: Eigenschaftswahrscheinlichkeit (nur Eigenschaft „kam pünktlich“)

$P(\overline{a}\,\overline{p}) = 0{,}05$: Ergebniswahrscheinlichkeit (beide Eigenschaften; von allen Schülern)

Baumdiagramm

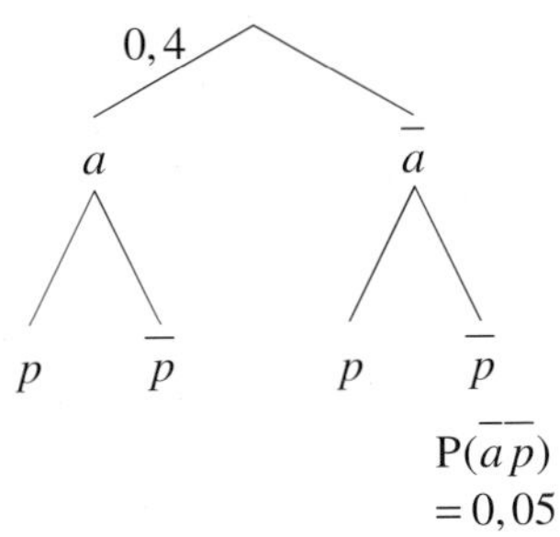

Problem: $P(p) = 0{,}87$ kann nicht direkt eingetragen werden

Besser: Vierfeldertafel

	p	$\overline{p}$	
a			0,40
$\overline{a}$		0,05	
	0,87		1

↓

	p	$\overline{p}$	
a	**0,32**	0,08	0,40
$\overline{a}$	0,55	0,05	0,60
	0,87	0,13	1

$\Rightarrow P(ap) = \mathbf{0{,}32}$

Spezialfall : Unabhängige Eigenschaften

Beispiel (vgl. S. 109)

Über die Personen, die in einer Stadt wohnen, ist bekannt:
- 41 % der Personen sind groß
- 52 % der Personen haben dunkles Haar
- Größe und Haarfarbe sind voneinander unabhängig

Wegen Unabhängigkeit gilt
$P_g(d) = P_{\bar{g}}(d) = P(d) = 0{,}52$

Interpretation
Es haben also sowohl 52 % aller Personen, als auch aller großen und aller kleinen Personen, dunkles Haar. Für die Wahrscheinlichkeit, dass eine zufällig ausgewählte Person dunkles Haar besitzt, ist somit das Vorwissen, dass diese groß (oder klein) ist, völlig unerheblich. Sie beträgt stets 52 %.

Ergebnis
Bei voneinander **unabhängigen Eigenschaften** ist Vorwissen unerheblich.
Damit werden **bedingte Wahrscheinlichkeiten zu Eigenschaftswahrscheinlichkeiten :**
$\mathbf{P}_{\not{g}}(d) = \mathbf{P}_{\not{\bar{g}}}(d) = \mathbf{P}(d).$

Folgen für das Baumdiagramm

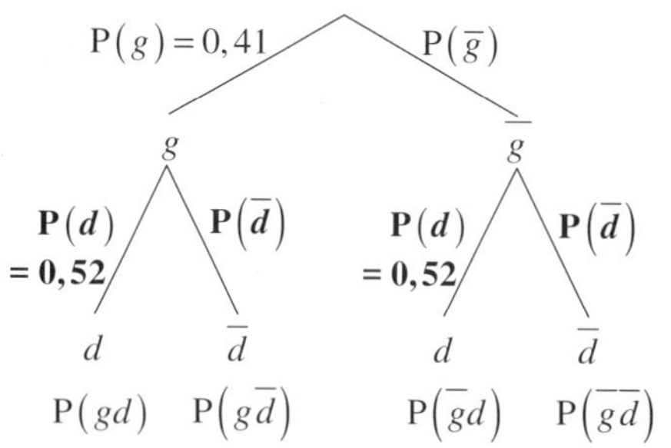

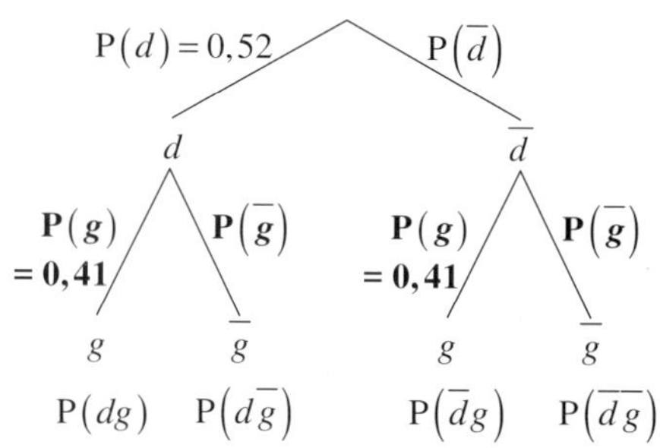

2. Stufe :
- **Eigenschaftswahrscheinlichkeiten** statt bedingter Wahrscheinlichkeiten
- **Gleiche Werte** bei beiden Ästen

www.mvurl.de/6vvr

Beispiel 3

60 % der Bewerber eines Unternehmens sind weiblich. 21 % aller Bewerber werden eingestellt. Außerdem gibt das Unternehmen an, dass die beiden Eigenschaften Einstellungschance und Geschlecht unabhängig voneinander sind.

Ein Bewerber wird zufällig ausgewählt. Mit welcher Wahrscheinlichkeit ist er männlich und wird nicht eingestellt?

Lösung

Bezeichnungen

w: Bewerber ist weiblich; $\overline{w}$: Bewerber ist männlich

e: Bewerber wird eingestellt; $\overline{e}$: Bewerber wird nicht eingestellt

Gegebene Typen von Wahrscheinlichkeitsangaben

$\mathrm{P}(w) = 0,6$: Eigenschaftswahrscheinlichkeit (nur Eigenschaft „weiblich")

$\mathrm{P}(e) = 0,21$: Eigenschaftswahrscheinlichkeit (nur Eigenschaft „eingestellt")

Möglich: Baumdiagramm

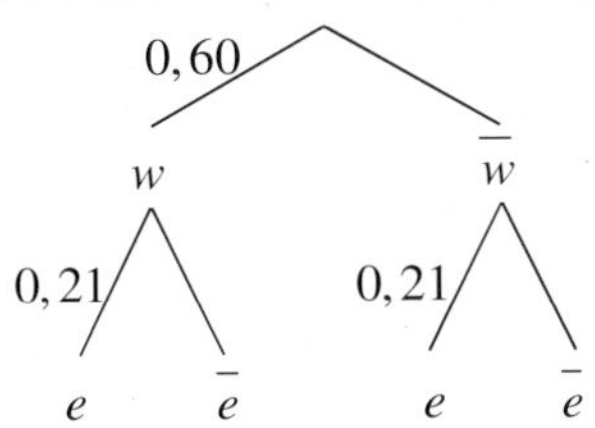

Wegen Unabhängigkeit steht $\mathrm{P}(e) = 0,21$ auf 2. Stufe bei beiden Ästen.

↓

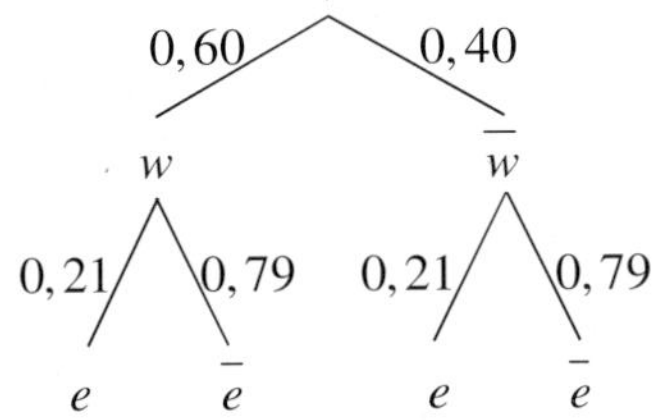

$\Rightarrow \mathrm{P}\left(\overline{w}\overline{e}\right) = 0,4 \cdot 0,79 = 0,32$

Möglich: Vierfeldertafel

	e	$\overline{e}$	
w			0,60
$\overline{w}$			
	0,21		1

Wegen Unabhängigkeit kann die Regel:
P(außen) · P(außen) = P(innen)
genutzt werden.

↓

	e	$\overline{e}$	
w	0,13 $(= 0,60 \cdot 0,21)$	0,47 $(= 0,60 \cdot 0,79)$	0,60
$\overline{w}$	0,08 $(= 0,40 \cdot 0,21)$	**0,32** $(= 0,40 \cdot 0,79)$	0,40
	0,21	0,79	1

$\Rightarrow \mathrm{P}\left(\overline{w}\overline{e}\right) = \mathbf{0,32}$

4 Binomialverteilung

4.1 Die Bernoulli-Formel

Zugrunde liegt ein mehrfach ausgeführtes Bernoulli-Experiment, bei dem …
… nur **zwei mögliche Ergebnisse** („Treffer“ oder „Niete“) eintreten können
und
… sich die **Wahrscheinlichkeiten nicht ändern** (z.B. „Ziehen **mit** Zurücklegen“)

Beispiele: Münzwurf („Kopf“ oder „Zahl“); Mehrfach würfeln („6“ oder „keine 6“); …

Bernoulliformel (allg.)

$$\mathbf{P(X=k)=\binom{n}{k}\cdot p^k\cdot(1-p)^{n-k}}$$

n: Anzahl der Versuche (Durchführungen)
k: Anzahl der „Treffer“
p: Wahrscheinlichkeit für einen „Treffer“

Bernoulliformel (in Worten)

$$\mathrm{P(X=Anz.\ Treffer)}=\binom{\text{Anz. Versuche}}{\text{Anz. Treffer}}\cdot\text{Trefferwahrsch.}^{\text{Anz. Treffer}}\cdot\text{Nietenwahrsch.}^{\text{Anz. Nieten}}$$

Beispiel 1
Ein Basketballspieler trifft (t) erfahrungsgemäß einen Freiwurf mit einer Wahrscheinlichkeit von 75 %. Er wirft 8 Mal.
Mit welcher Wahrscheinlichkeit trifft er insgesamt 5 Mal (und 3 Mal nicht)?

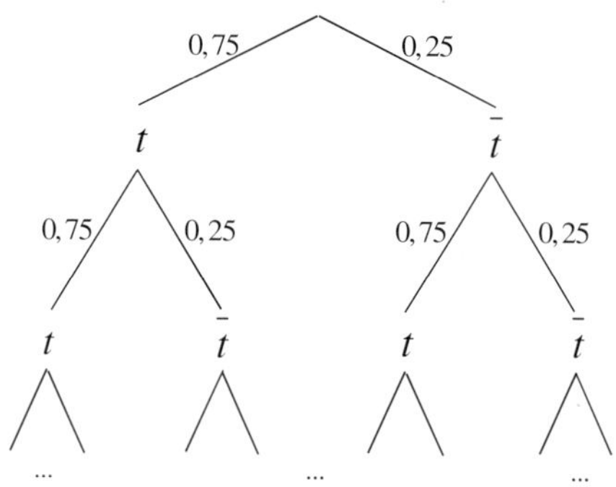

(8 Stufen)
(alle Pfade mit 5 Mal t und 3 Mal $\bar{t}$ relevant)

$$\mathrm{P(X=5)}=\binom{8}{5}\cdot 0{,}75^5\cdot 0{,}25^3\approx 0{,}2076$$

Eingabe in WTR (mit Taste nCr):

CASIO

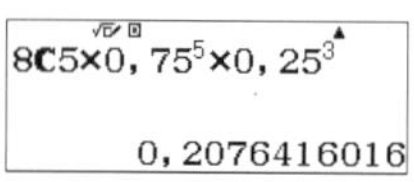

TI

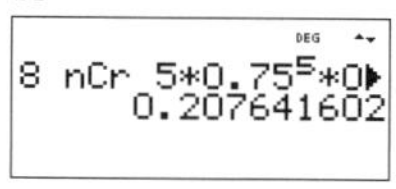

Erläuterungen

- Binomialkoeffizient (allg.): $\binom{n}{k}=\dfrac{n!}{k!\cdot(n-k)!}$
- $n!$ steht für die Fakultät einer Zahl: $n!=n\cdot(n-1)\cdot\ldots\cdot 1$
- $\mathrm{P(X=5)}=\binom{8}{5}\cdot 0{,}75^5\cdot 0{,}25^3=\dfrac{8!}{5!\cdot(8-5)!}\cdot 0{,}75^5\cdot 0{,}25^3=56\cdot 0{,}00371\approx 0{,}2078.$

Es gibt also 56 mögliche Reihenfolgen für 5 Treffer unter 8 Schüssen ($ttttt\bar{t}\bar{t}\bar{t}$, $\bar{t}ttttt\bar{t}\bar{t}$, ...), von welchen jede eine Einzelwahrscheinlichkeit von ungefähr 0,00371 aufweist.

www.mvurl.de/5yml

Beispiel 2

Eine faire Münze wird 5 Mal geworfen. Mit welcher Wahrscheinlichkeit erhält man genau 3 Mal „Zahl"? (Lösen ohne WTR)

$$P(X=3)=\binom{5}{3}\cdot\left(\frac{1}{2}\right)^3\cdot\left(\frac{1}{2}\right)^2=10\cdot\left(\frac{1}{2}\right)^5=10\cdot\frac{1}{32}=\frac{5}{16}$$

$$\left(\text{Nebenrechnung: }\binom{5}{3}=\frac{5!}{3!\cdot(5-3)!}=\frac{5!}{3!\cdot 2!}=\frac{5\cdot 4\cdot 3\cdot 2\cdot 1}{(3\cdot 2\cdot 1)\cdot(2\cdot 1)}=\frac{5\cdot 4\cdot \cancel{3}\cdot \cancel{2}\cdot \cancel{1}}{(\cancel{3}\cdot \cancel{2}\cdot \cancel{1})\cdot(2\cdot 1)}=10\right)$$

Beispiel 3

Ein Bauteil ist mit einer Wahrscheinlichkeit von 4 % defekt. Mit welcher Wahrscheinlichkeit befinden sich in einem Karton mit 50 Bauteilen genau 3 defekte Bauteile?

$$P(X=3)=\binom{50}{3}\cdot 0{,}04^3\cdot 0{,}96^{47}\,(\approx 19600\cdot 0{,}000009396)\approx 0{,}184=18{,}4\,\%$$

(Es gibt also 19600 mögliche Reihenfolgen für 3 defekte unter 50 (nacheinander entnommenen) Bauteilen.)

Beispiel 4

Jonas würfelt 24 Mal.

a) Mit welcher Wahrscheinlichkeit erhält er genau 7 Mal eine 3?

$$P(X=7)=\binom{24}{7}\cdot\left(\frac{1}{6}\right)^7\cdot\left(\frac{5}{6}\right)^{17}\approx 0{,}056$$

b) Mit welcher Wahrscheinlichkeit erhält er genau 10 Mal eine 2 oder eine 3?

$$\left(\text{Wahrscheinlichkeit für 2 oder 3: }\frac{2}{6}\right)$$

$$P(X=10)=\binom{24}{10}\cdot\left(\frac{2}{6}\right)^{10}\cdot\left(\frac{4}{6}\right)^{14}\approx 0{,}114$$

4.2 Binomialverteilung und kumulierte Binomialverteilung

Beispiel: Ein Basketballspieler trifft erfahrungsgemäß einen Freiwurf mit einer Wahrscheinlichkeit von 75 %. Er wirft 8 Mal. Die Zufallsgröße X gibt die Anzahl der Treffer an.

Die Wahrscheinlichkeit, dass X einen bestimmten Wert annimmt, kann mit Hilfe der Bernoulliformel (mit $n = 8$ und $p = 0,75$) berechnet werden.
Somit ist die Zufallsgröße X binomial verteilt.

1. Die Binomialverteilung (genau *k* Treffer; P(X = *k*))

eine „Liste", in welcher für jeden möglichen Wert der Zufallsgröße die **zugehörige Wahrscheinlichkeit** steht.

Beispiel: $P(X = 4) \approx 0,0865$

Die Wahrscheinlichkeit für **genau** 4 Treffer beträgt ca. 8,65 %.

(Berechnung mit Bernoulliformel:
$$P(X=4) = \binom{8}{4} \cdot 0,75^4 \cdot 0,25^4 \approx 0,0865$$
)

CASIO

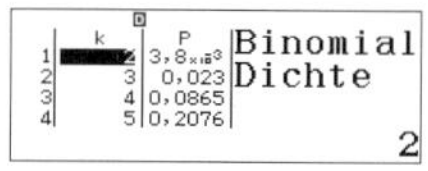

TI

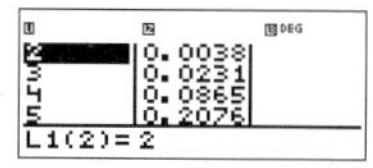

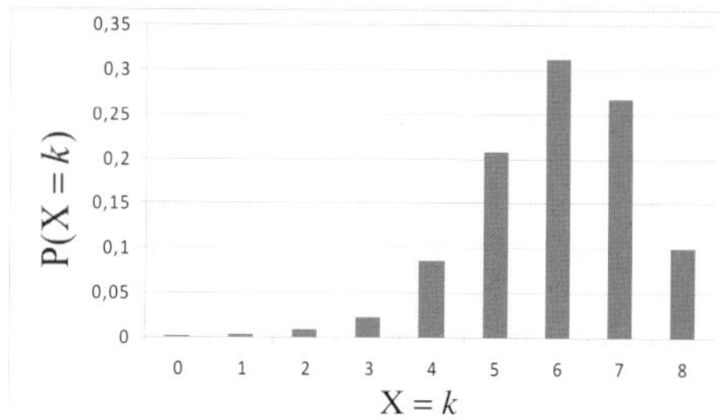

2. Die kumulierte Binomialverteilung (höchstens *k* Treffer; P(X ≤ *k*))

eine „Liste", in welcher für jeden möglichen Wert der Zufallsgröße die **Wahrscheinlichkeit** steht, dass **dieser oder ein geringerer Wert als dieser (höchstens** dieser) angenommen wird.

Beispiel: $P(X \le 4) \approx 0,1138$

Die Wahrscheinlichkeit für 0 bis 4 Treffer (**höchstens** 4 Treffer) beträgt ca. 11,38 %.

(Berechnung:
$P(X \le 4) = P(X = 0) + P(X = 1) + \ldots + P(X = 4)$)

CASIO

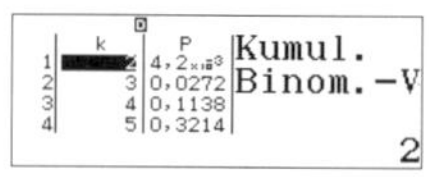

TI

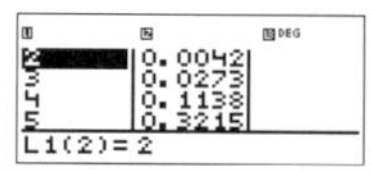

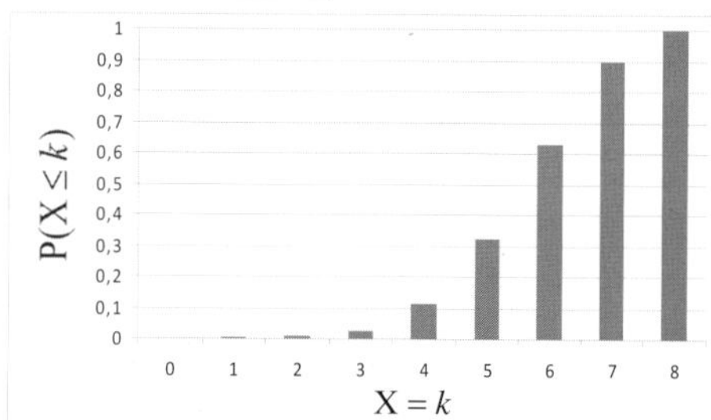

www.mvurl.de/miv1

Eingabe in den Taschenrechner (WTR)

1. Die Binomialverteilung

CASIO FX-87DE X

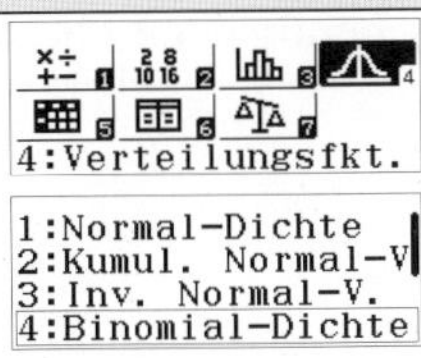

Einzelwert

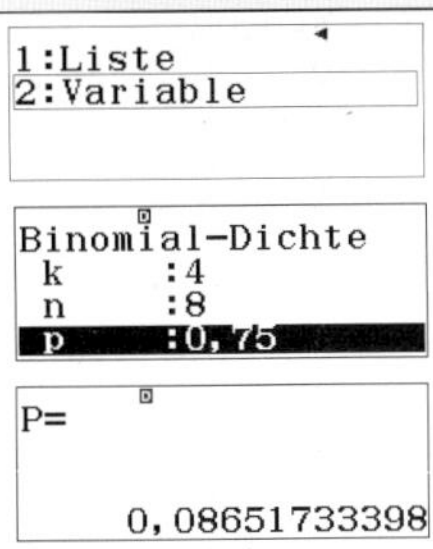

Liste

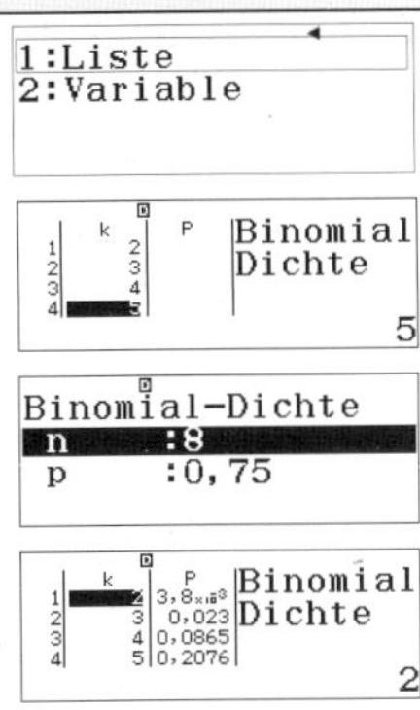

TI-30X Plus MultiView

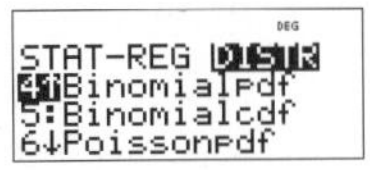

Einzelwert

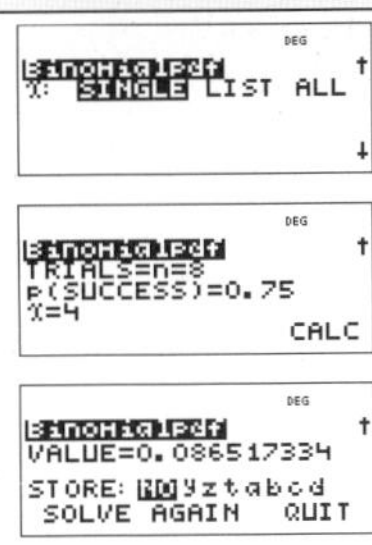

Liste

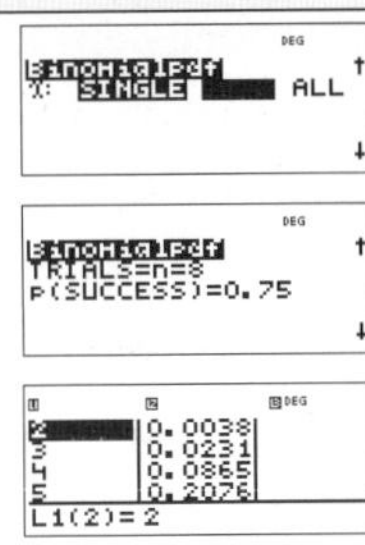

2. Die kumulierte Binomialverteilung

CASIO FX-87DE X

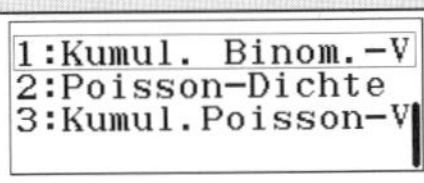

Einzelwert

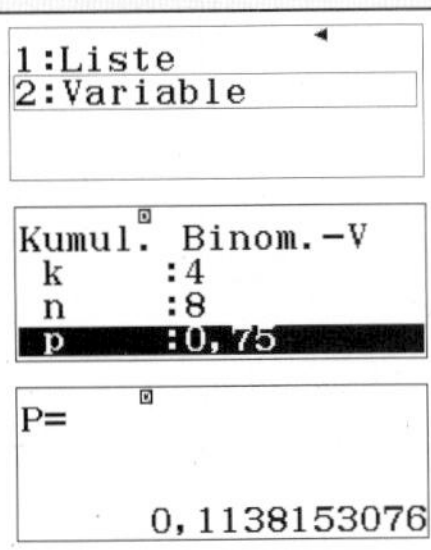

Liste

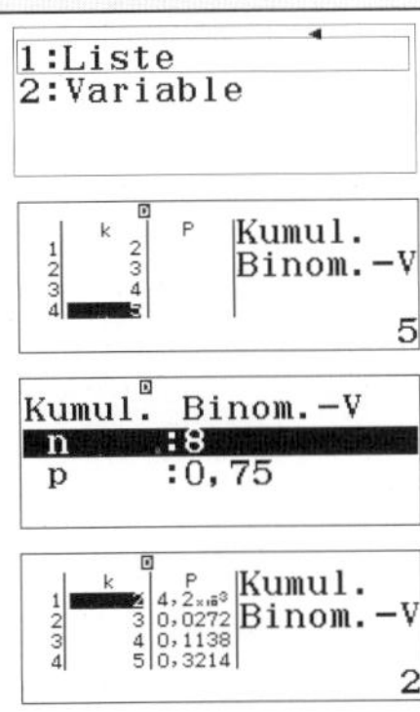

TI-30X Plus MultiView

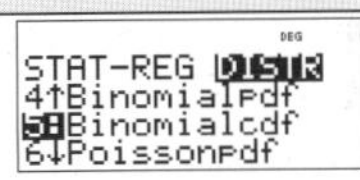

Einzelwert

Liste

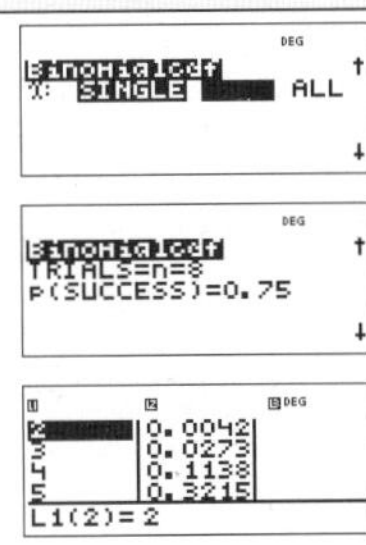

Hinweis: Durch „Liste“ / „List“ erhält man die Wahrscheinlichkeiten zu mehreren Werten.

4.3 Aufgabentypen zur Binomialverteilung

Aufgabentypen ($n = 8;\ p = 0{,}75$)	**Beispiel 1:** Ein Basketballspieler trifft einen Freiwurf mit einer Wahrscheinlichkeit von 75 %. Er wirft 8 Mal. Wie groß ist die Wahrscheinlichkeit für ...
1. „genau *k* Treffer“ $\mathbf{P(X = k)}$	a) ... genau 4 Treffer? $P(X = 4) \approx 0{,}0865$
2. „höchstens *k* Treffer“ $\mathbf{P(X \leq k)}$	b) ... höchstens 4 Treffer“? $P(X \leq 4) \approx 0{,}1138$
3. „mindestens *k* Treffer“ $\mathbf{P(X \geq k) = 1 - P(X \leq k-1)}$	c) ... mindestens 4 Treffer? $P(X \geq 4) = 1 - P(X \leq 3) \approx 1 - 0{,}0273 \approx 0{,}9727$ ↓ (Gegenereignis: „Höchstens 3 Treffer“)
4. „mindestens *k* und höchstens“ *h* Treffer“ $\mathbf{P(k \leq X \leq h)}$ $\mathbf{= P(X \leq h) - P(X \leq k-1)}$	d) ... mindestens 4 und höchstens 7 Treffer? $P(4 \leq X \leq 7) = P(X \leq 7) - P(X \leq 3)$ $\approx 0{,}8999 - 0{,}0273 \approx 0{,}8726$

1. Aufgabentyp mit **Binomialverteilung** $\mathbf{P(X = k)}$

2., **3.** und **4. Aufgabentyp** mit **kumulierter Binomialverteilung** $\mathbf{P(X \leq k)}$

Eingabe in WTR (Beispiel: 2. Aufgabentyp: $n = 8;\ p = 0{,}75;\ P(X \leq 4)$)

CASIO FX-87DE X	**TI-30X Plus MultiView**
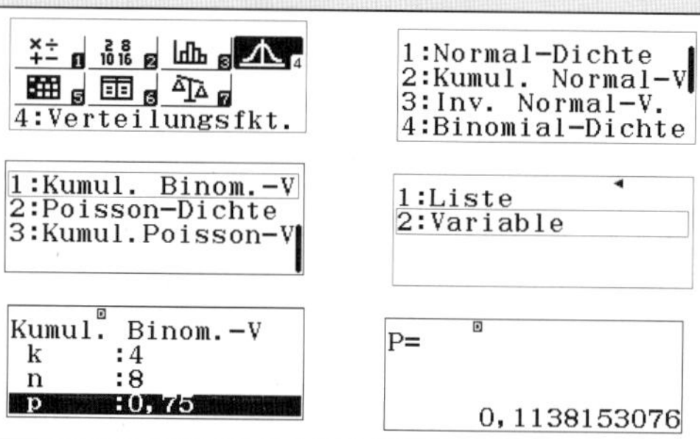	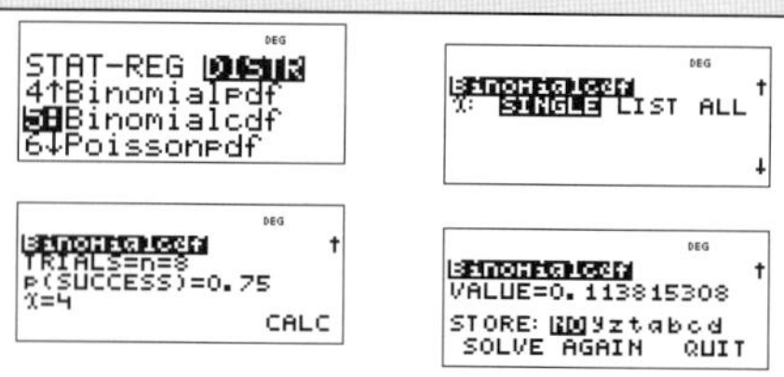

www.mvurl.de/cr3k

Beispiel

Erfahrungsgemäß sind 12 % der produzierten Smartphones eines Herstellers defekt. Ein Kunde erhält ein Paket mit 20 Smartphones des Herstellers.

Berechnen Sie jeweils die Wahrscheinlichkeit für die Anzahl an defekten Smartphones.

Anzahl	Aufgabentyp	Lösung
Genau 3	1	$P(X=3) \approx 0{,}2242$
Höchstens 4	2	$P(X \le 4) \approx 0{,}9173$
5 oder 6	1	$P(X=5)+P(X=6) \approx 0{,}0567+0{,}0193=0{,}076$
Mindestens 6	3	$P(X \ge 6)=1-P(X \le 5) \approx 1-0{,}974 \approx 0{,}026$
Mehr als 5	3	$P(X > 5)=1-P(X \le 5) \approx 1-0{,}974 \approx 0{,}026$
Weniger als 8	2	$P(X < 8)=P(X \le 7) \approx 0{,}9986$
Mindestens 4, höchstens 8.	4	$P(4 \le X \le 8) = P(X \le 8)-P(X \le 3) \approx 0{,}9998-0{,}7873 \approx 0{,}2125$
Mehr als 2, aber weniger als 6	4	$P(2 < X < 6) = P(X \le 5)-P(X \le 2) \approx 0{,}974-0{,}5631 \approx 0{,}4109$

4.4 Die JOKER-Liste für schwierige Aufgabentypen

In den Abiturprüfungen zeichnen sich **anspruchsvolle Aufgaben** zur Binomialverteilung oft dadurch aus, dass eben nicht „nur“, bei gegeben Werten für n, p und k nach der Wahrscheinlichkeit P gefragt wird, sondern, dass **„rückwärts“** aus gegebenen Werten von P auf n, p oder k geschlossen werden muss, indem verschiedene Werte **am WTR ausprobiert** werden.
Zudem sind die Aufgaben oft in Anwendungen„eingekleidet“.

Die nachfolgende **Joker-Liste** soll Ihnen bei diesen Aufgaben helfen, indem sie Ihnen Struktur gibt und den Fokus auf die wesentlichen Werte lenkt.

Beispiel

a) Ein Glücksrad hat 18 gleich große Felder. Einige davon sind rot eingefärbt.
Das Glücksrad wird 40 Mal gedreht. Die Wahrscheinlichkeit, dass dabei genau 16 Mal die Farbe Rot kommt, beträgt etwa 12,6 %. Wie viele Felder sind rot eingefärbt?

Joker - Liste

[X] BV oder [ ] kum. BV

über Gegenereignis [ ] ja / [X] nein

$n = 40$	oder	[ ] gesucht
$p = ?$	oder	[X] gesucht
$k = 16$	oder	[ ] gesucht
$P \approx 0,126$	oder	[ ] gesucht

Vorgehen

X: Anzahl der Treffer

verschiedene Werte von p probieren, bis $P \approx 0,126$ gilt.

$p = \frac{7}{18}$: $P(X = 16) \approx 0,126$

A: Es sind 7 Felder rot eingefärbt.

b) Ein Basketballspieler trifft einen Freiwurf mit einer Wahrscheinlichkeit von 75 %.
Er wirft 30 Mal. Bei welcher Trefferanzahl überschreitet die Wahrscheinlichkeit dafür, dass er höchstens diese Trefferanzahl erreicht, zum ersten Mal 95 %?

Joker - Liste

[ ] BV oder [X] kum. BV

über Gegenereignis [ ] ja / [X] nein

$n = 30$	oder	[ ] gesucht
$p = 0,75$	oder	[ ] gesucht
$k = ?$	oder	[X] gesucht
$P > 0,95$	oder	[ ] gesucht

Vorgehen

k erhöhen, bis 95 % überschritten wird.

$P(X \leq 24) \approx 0,797 < 0,95$

$P(X \leq 25) \approx 0,902 < 0,95$

$P(X \leq 26) \approx 0,963 > 0,95$

A: Bei mindestens 26 Treffern.

www.mvurl.de/8g8z

c) Ein Flugzeug hat 100 Plätze. Es werden jedoch mehr als 100 Tickets verkauft, da durchschnittlich nur 90 % der buchenden Personen auch zum Flug erscheinen.
Wie viele Tickets dürfen höchstens verkauft werden, sodass die vorhandenen Plätze mit einer Wahrscheinlichkeit von mehr als 95 % ausreichen?

Joker - Liste

☐ BV	oder	☒ kum. BV
über Gegenereignis		☐ ja / ☒ nein
$n = ?$	oder	☒ gesucht
$p = 0,9$	oder	☐ gesucht
$k = 100$	oder	☐ gesucht
$P > 0,95$	oder	☐ gesucht

Vorgehen

X: Anzahl der Fluggäste

n erhöhen, bis 95 % unterschritten wird.

$n = 106 \quad P(X \leq 100) \approx 0,960 > 0,95$

$n = 107 \quad P(X \leq 100) \approx 0,919 < 0,95$

A: Es dürfen höchstens 106 Tickets verkauft werden.

d) An einer Umfrage nimmt erfahrungsgemäß nur jede fünfte angesprochene Person teil. Ermitteln Sie die Anzahl der Personen, die mindestens angesprochen werden müssen, um mit einer Wahrscheinlichkeit von mindestens 95%, mindestens 1000 Personen zu bekommen, die an der Umfrage teilnehmen. (Abiturprüfung 2022)

Bedingung: $P(X \geq 1000) \geq 0,95$ (X: Anzahl der Teilnehmer)

$$1 - P(X \leq 999) \geq 0,95$$

$$0,05 \geq P(X \leq 999)$$

Joker - Liste

☐ BV	oder	☒ kum. BV
über Gegenereignis		☒ ja / ☐ nein
$n = ?$	oder	☒ gesucht
$p = \frac{1}{5}$	oder	☐ gesucht
$k = 999$	oder	☐ gesucht
$P \leq 0,05$	oder	☐ gesucht

Vorgehen

n erhöhen, bis 0,05 unterschritten wird

$n = 5234: \; P(X \leq 999) \approx 0,0505 \geq 0,05$

$n = 5235: \; P(X \leq 999) \approx 0,0498 \leq 0,05$

A: Es müssen mindestens 5235 Personen angesprochen werden.

4.5 Erwartungswert und Standardabweichung

Formeln (bei Binomialverteilung)

- **Erwartungswert**
  $\mu = n \cdot p$
- **Standardabweichung**
  $\sigma = \sqrt{n \cdot p \cdot (1-p)}$

n: Anzahl der Versuche
p: Wahrscheinlichkeit für einen „Treffer“
μ: Erwartungswert (E(X))
σ: Standardabweichung
(σ^2 : Varianz)

Am Beispiel

Ein Basketballspieler trifft erfahrungsgemäß einen Freiwurf mit einer Wahrscheinlichkeit von 75 %. Er wirft 8 Mal. Die Zufallsgröße X gibt die Anzahl der Treffer an.

- **Erwartungswert:** $E(X) = 8 \cdot 0{,}75 = 6 \quad (= \mu)$

Interpretation: Der Spieler kann durchschnittlich 6 Treffer bei 8 Würfen erwarten.

Grafische Betrachtung

„In der Nähe des Erwartungswertes“ befinden sich die Werte von X mit den höchsten Wahrscheinlichkeiten. „Fällt“ der Erwartungswert (wie hier) direkt auf einen Wert von X, so liegt an diesem stets die höchste Wahrscheinlichkeit vor.

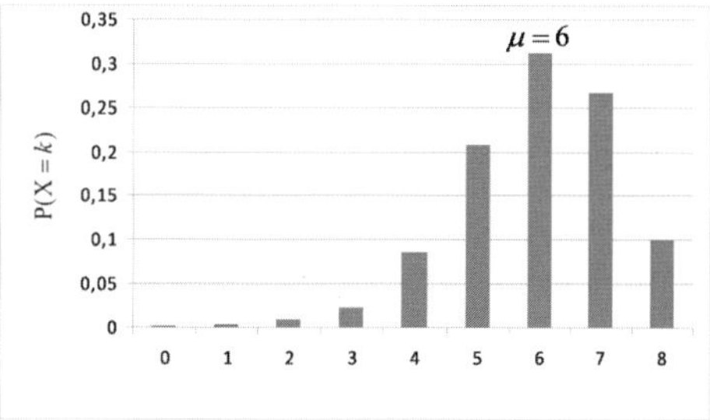

- **Standardabweichung**: $\sigma = \sqrt{8 \cdot 0{,}75 \cdot 0{,}25} \approx 1{,}22$

Interpretation: Die Standardabweichung ist ein Maß dafür, wie stark die Werte der Zufallsgröße um den Erwartungswert streuen, d.h. ob man mit hoher Wahrscheinlichkeit stets einen Wert „in der Nähe des Erwartungswertes“ erhält (geringe Standardabw.), oder ob auch Werte „weit ab vom Erwartungswert“ wahrscheinlich sind (hohe Standardabw.).

Grafische Betrachtung

Ein höherer Wert der Standardabweichung führt zu einer „breiteren“ Verteilung.

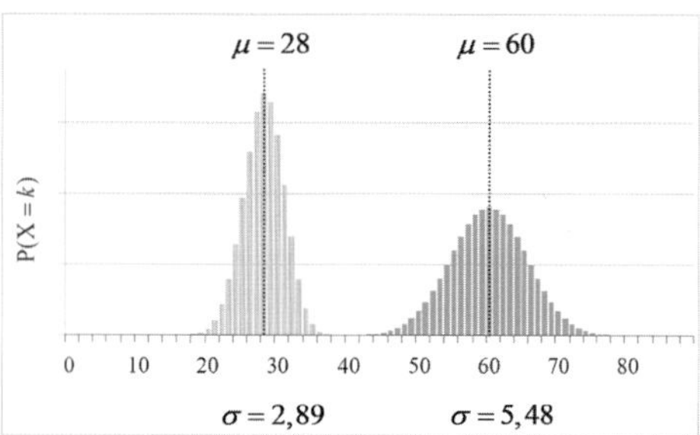

(geringere Standardabw.) (höhere Standardabw.)

www.mvurl.de/54u5

Beispiel

Erfahrungsgemäß sind 12 % der produzierten Smartphones eines Herstellers defekt. Ein Kunde erhält ein Paket mit 200 Smartphones des Herstellers.

a) Wie viele defekte Smartphones sind pro Paket zu erwarten?

$\mu = 200 \cdot 0{,}12 = 24$

Es sind (durchschnittlich) 24 defekte Smartphones pro Paket zu erwarten.

b) Wie groß ist die Wahrscheinlichkeit, dass weniger als die erwartete Anzahl an defekten Smartphones im Paket sind?

X: Anzahl an defekten Smartphones im Paket.

$P(X < 24) = P(X \leq 23) \approx 0{,}4676$

c) Wie groß ist die Wahrscheinlichkeit, dass die Anzahl an defekten Smartphones im Paket um höchstens 2 Stück vom Erwartungswert abweicht?

Der Erwartungswert beträgt 24. Somit muss die Wahrscheinlichkeit berechnet werden, dass zwischen 22 und 26 defekte Smartphones im Paket sind.

$P(22 \leq X \leq 26) = P(X \leq 26) - P(X \leq 21) \approx 0{,}7134 - 0{,}3001 \approx 0{,}4133$

d) Berechnen Sie den zugehörigen Wert der Standardabweichung.

$\sigma = \sqrt{200 \cdot 0{,}12 \cdot (1 - 0{,}12)} = \sqrt{200 \cdot 0{,}12 \cdot 0{,}88} \approx 4{,}596$

IV Problemlösen

1 Motivation

Sie haben sich um Ihren Traumjob beworben und nun sitzen sie im Bewerbungsgespräch.
Mit Erschrecken stellen fest, dass sie nicht der einzige Bewerber sind.
Alle ihre Konkurrenten haben auch Abitur gemacht, haben auch studiert, passende Praktika absolviert und Zeit im Ausland verbracht.
Aber sie wollen diesen Job doch mehr als all die anderen Bewerber!
Hier könnten Sie kreativ sein, gestalten, wechselnde Projekte mit verschiedenen Kollegen bearbeiten, der täglichen Routine und gähnenden Langeweile anderer Jobs entgehen.
Der Personalchef ergreift nun das Wort vor allen Bewerbern. Nochmals umschreibt er die Bedeutung der Position für das Unternehmen, die Vielseitigkeit der Aufgaben und deutet auch die reizvolle Vergütung und die weiteren Annehmlichkeiten an.
Er führt aus, dass Ihrer und auch die Lebensläufe all Ihrer Konkurrenten nur ein Teil des Bewerbungsprozesses waren. Gewissermaßen die Eintrittskarte. Nun komme das eigentliche Verfahren.
Wie alle Unternehmen der Branche werde nun ein Assessment-Center durchgeführt. Dessen Kernstück seien Case-Studies. Alle Bewerber erhalten praxisnahe Probleme, welche sie entweder alleine oder gemeinsam mit anderen Bewerbern unter Zeitdruck analysieren und lösen müssen.
Warum?
Diese Frage drängt sich Ihnen auf. Sie haben beinahe die letzten 20 Jahre in Schulen und Hochschulen verbracht, haben alles gelernt, wurden geprüft und bewertet. Und das war lediglich in Eintrittskarte in ein Spiel, das jetzt erst beginnen soll!?
Glücklicherweise haben sie wenig Zeit, in Gedanken zu versinken, da der Personalchef den Prozess begründet: Erfahrungen hätten gezeigt, dass hervorragende Schul- und Studienabschlüsse noch lange keine Garantie für die Fähigkeit seien, ein Unternehmen in eine Zukunft zu führen, in der ständig wechselnde Problemstellungen auftreten, die aus neuen technologischen Möglichkeiten, steigenden Kundenbedürfnissen, unberechenbarem Verhalten der Konkurrenten und politisch wechselnden Rahmenbedingungen entstehen.
Man sei daher vor allem an Bewerbern interessiert, die in Ihrer Ausbildung gelernt haben, auch in unbekannten Situationen zu agieren und neuen Problemstellungen ausgesetzt zu sein.
Bewerber, die in solchen Situationen nicht die Nerven verlieren, sondern einen Werkzeugkasten mitbringen, mit welchem sie sich sicher fühlen und die Probleme lösen können.

2 Schritte des Problemlösens

Schritt 1: Das Problem verstehen (Analyse)

- Worum geht es? Das Problem in eigenen Worten wiedergeben.
- Was ist bekannt (gegeben) bzw. unbekannt (gesucht)?
- Durch Beispiele, Skizzen oder Diagramme versuchen, das Problem zu verstehen.
- Welche Beziehungen bestehen zwischen den Größen? Was passiert, wenn man Bedingungen weglässt?

Schritt 2: Einen Plan entwerfen und durchführen (Durchführung)

- Helfen math. Sätze, Formeln, Definitionen, ...?
- **Problemlösestrategien** anwenden:
  - Problem vereinfachen
  - Konkrete Zahlenwerte annehmen
  - Ähnliches bzw. verwandtes Problem suchen
  - Systematisches Probieren
  - Vorwärts- bzw. Rückwärtsarbeiten
  - Spezialfälle untersuchen
  - Problem in Teilprobleme zerlegen
  - Aufdecken von mathematischen Mustern
  - Standpunkt, Perspektive, Blickwinkel wechseln
  - Transformation in andere Darstellungsart (Gleichung, Term, Graph, Schaubild, Skizze, Tabelle)
- Geduldig, hartnäckig und frustrationstolerant sein.
- Alles (auch Irrwege!) dokumentieren.

Schritt 3: Ergebnis überprüfen (Rückblick)

- Ist die Richtigkeit der Lösung überprüfbar?
- Ist das Problem vollständig gelöst?
- Ist die Lösung plausibel? Kann man sie nun „auf den ersten Blick“ sehen?
- Könnte man das Problem auch auf andere Arten (eventuell einfacher) lösen?
- Was wurde (über die Lösung des konkreten Problems hinaus) allgemein gelernt?

3 Beispiele

Beispiel 1

Eine Spinne befindet sich im Punkt A und möchte auf einer geschlossenen Schachtel nach B krabbeln. Sie kann Flächen queren oder Kanten entlang krabbeln. Ermitteln Sie die Länge des kürzesten Weges.

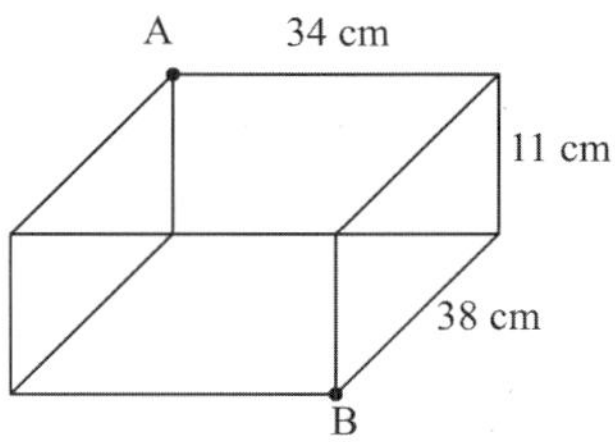

Lösung

Perspektivwechsel:
Am Körpernetz der Schachtel ist zu sehen, dass zur Berechnung der gesuchten Strecke der Satz des Pythagoras angewendet werden kann.

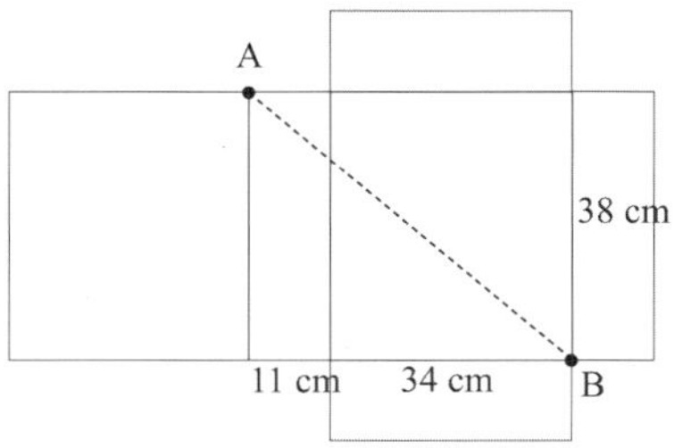

$$x^2 = (34+11)^2 + 38^2$$
$$x^2 = 2025 + 1444$$
$$x^2 = 3469$$
$$x \approx 58{,}90 \quad (x = -58{,}90 \text{ nicht relevant})$$

Alternativ: Beispielsweise kann auch über eine maßstabsgerechte Zeichnung eine Näherungslösung erhalten werden.

Die Spinne hat den kürzesten Weg von ca. 58,90 cm.

Beispiel 2

Die Verbindungsstrecken zweier nicht benachbarter Eckpunkte eines Vielecks werden Diagonalen genannt. Beispielsweise gibt es im Viereck zwei Diagonalen. Wie viele Diagonalen hat ein 100-Eck?

Lösung

Anhand von Beispielen (Mustererkennung) wird eine Formel zur Berechnung der Anzahl der Diagonalen im n -Eck ermittelt:

5-Eck: Von jeder der 5 Ecken gehen zwei Diagonalen ab, da die Ecke nicht mit sich selbst, sowie nicht mit den beiden benachbarten Ecken verbunden ist.
Dies führt zunächst auf 10 Diagonalen, wobei jede Diagonale jedoch doppelt berücksichtigt wird, da sie ja zwei Punkte verbindet.

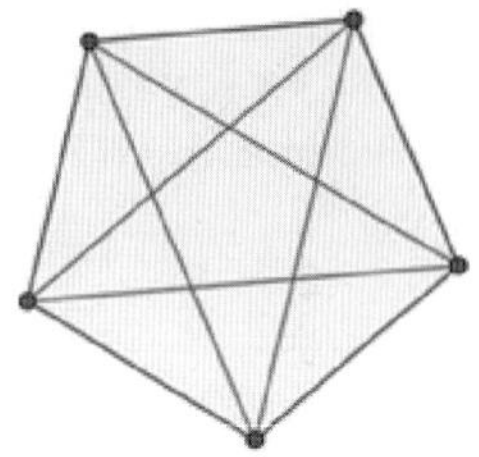

Anzahl Diagonalen im 5-Eck: $\dfrac{5 \cdot 2}{2} = 5$

9-Eck: Von jeder der 9 Ecken gehen 6 (= 9 - 3) Diagonalen ab, wobei so wiederum jede Diagonale doppelt berücksichtigt wird.

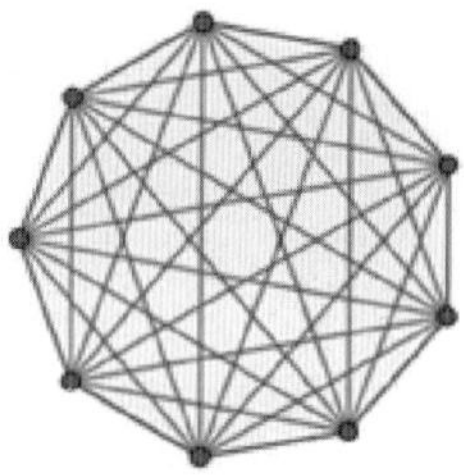

Anzahl Diagonalen im 9-Eck: $\dfrac{9 \cdot 6}{2} = 27$

***n*-Eck (Verallgemeinerung):** Von jeder der n Ecken gehen $(n - 3)$ Diagonalen ab, wobei so wiederum jede Diagonale doppelt berücksichtigt wird.

Anzahl Diagonalen im n-Eck: $\dfrac{n \cdot (n-3)}{2}$

Bei einem 100-Eck gibt es also $\dfrac{100 \cdot 97}{2} = 4850$ Diagonalen.

www.mvurl.de/3cbq

Beispiel 3

Gegeben ist ein n x n x n - Würfel, welcher Gitterpunkte innerhalb des Würfels und auf der Oberfläche besitzt. (Beispielhaft ist ein 4 x 4 x 4 - Würfel abgebildet.) Für welches n gibt es genau 3176 Gitterpunkte auf der Oberfläche?

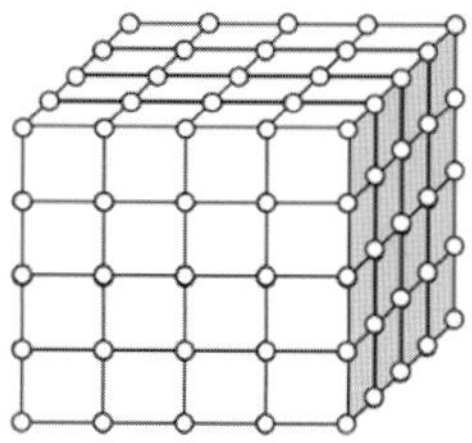

Lösung

Anhand von Beispielen (Mustererkennung) wird eine Formel zur Berechnung der Gitterpunkte auf der Oberfläche eines n x n x n -Würfels, ermittelt:

- **4 x 4 x 4 - Würfel :**
  gesamt: $5^3 = 125$; innen: $3^3 = 27$; Oberfläche: $125 - 27 = 98$
- **5 x 5 x 5 - Würfel :**
  gesamt: $6^3 = 216$; innen: $4^3 = 64$; Oberfläche: $216 - 64 = 152$
- ***n* x *n* x *n* - Würfel (Verallgemeinerung) :**
  gesamt: $(n+1)^3$ innen: $(n-1)^3$
  Oberfläche: $(n+1)^3 - (n-1)^3 = (n+1)\cdot(n^2+2n+1) - (n-1)\cdot(n^2-2n+1)$
  $= n^3 + 3n^2 + 3n + 1 - (n^3 - 3n^2 + 3n - 1) = 6n^2 + 2$

Alternativ:
Auf Front- und Rückseite liegen insgesamt $2 \cdot (n+1)^2$ Gitterpunkte, auf den 4 nach hinten führenden Kanten weitere $4 \cdot (n-1)$ Gitterpunkte, auf den 4 weiteren Seitenflächen weitere $4 \cdot (n-1)^2$ Gitterpunkte. Dies ergibt in der Summe ebenfalls $6n^2 + 2$.

Laut Aufgabenstellung gilt:

$$6n^2 + 2 = 3176$$
$$n^2 = 529$$
$$n = 23 \quad (n = -23 \text{ nicht relevant})$$

Somit hat ein 23 x 23 x 23 - Würfel hat genau 3176 Gitterpunkte auf der Oberfläche.

www.mvurl.de/rzme

Beispiel 4

Wenn früher in Russland eine junge Frau wissen wollte, ob sie im nächsten Jahr verheiratet sein werde, fragte sie das Grashalm-Orakel.
Sie nahm 4 Grashalme in die Faust, sodass sie oben und unten herausragten, und bat eine Freundin, alle Enden oberhalb der Faust irgendwie zufällig, aber paarweise, zusammenzuknoten. Bei allen Enden unterhalb der Faust ebenso. Dann öffnet das Mädchen die Faust. Falls dabei ein einziger großer Ring aus Gras entsteht, bedeutet dies, dass die junge Frau im nächsten Jahr heiraten werde.
Wie groß ist die Wahrscheinlichkeit, dass in dieser Situation ein einziger großer Ring aus Gras entsteht?

Lösung

Strukturiertes Skizzieren aller Möglichkeiten.
Bei 6 von 9 Möglichkeiten erhält man einen einzigen Ring aus Gras.

Somit gilt: $P = \frac{6}{9} = \frac{2}{3}$

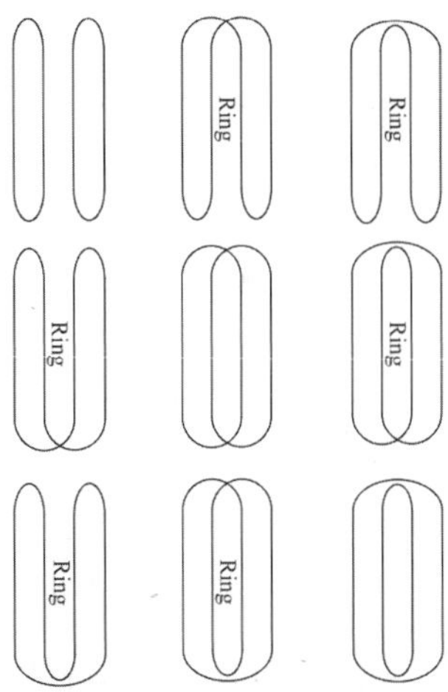

Lösungsalternative: Ohne Beschränkung der Allgemeinheit kann die Skizze in der Form begonnen werden, dass die oben verknoteten Halme nebeneinander liegen:

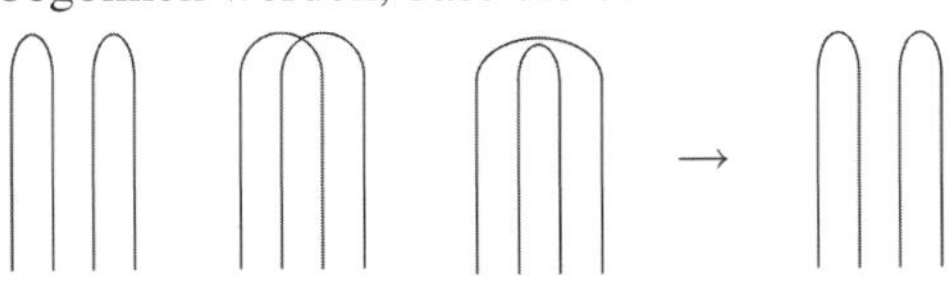

Wird das linke untere Ende des Halmes mit dem nebenstehenden Ende verbunden, werden zwei kleine Ringe, also kein einziger großer Ring, entstehen. Wird es jedoch mit einem der beiden anderen Enden verbunden, wird ein solcher Ring entstehen.

Kein einziger großer Ring:

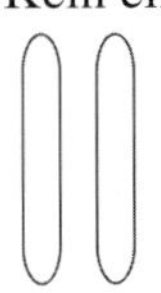

Einziger großer Ring:

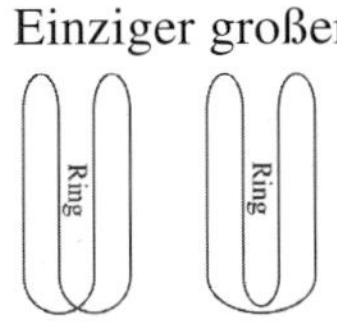

Die gesuchte Wahrscheinlichkeit beträgt also $\frac{2}{3}$.

www.mvurl.de/wilj

4 Das „Bewertungsraster" zur Korrektur im Abitur

Kriterien	Indikatoren	Erwartungs-
Analyse	• Problem verbalisieren • Ordnen der Informationen z. B. mithilfe von Skizzen, Modellen, Tabellen • …	
Durchführung	• „Einlassen" auf das Problem, d. h. ausdauernde Überwindung der Hindernisse • Untersuchung von Beispielen/Spezialfällen • Vermutungen äußern • (allgemeine) Strukturen finden • Lösungsstrategie entwickeln und umsetzen • Vermutungen testen/überprüfen • evtl. Vermutungen ergänzen/anpassen • evtl. Lösungsstrategien korrigieren • sachliche Korrektheit • Verbindung zu passendem Vorwissen/passenden mathematischen Kompetenzen • …	
Rückblick	• Lösung angeben und auf Plausibilität überprüfen/reflektieren • bei Abbruch: mögliche Gründe reflektieren • alternative Lösungswege suchen/formulieren • …	
Darstellung	• übersichtlich & strukturiert • verständlich & nachvollziehbar • …	

Eigener Hinweis: Nur einen Teil der Verrechnungspunkte erhält man für die Lösung im gewohnten Sinne (Durchführung).
Es ist also sehr wichtig, auch die Analyse und den Rückblick gut zu dokumentieren!

www.mvurl.de/5u8z

horizont	Nicht vorhanden	Teilweise vorhanden	Überwiegend vorhanden	Vollständig vorhanden

V Basisübungen

1 Basisübungen zur Analysis

1.1 Funktionen

Aufgabe 1: Eine Gerade verläuft durch die beiden Punkte $P_1(3|-2)$ und $P_2(-1|4)$. Berechnen Sie deren Gleichung.

Aufgabe 2: Geben Sie jeweils die Gleichung einer möglichen Geraden an.

a) Verläuft parallel zu $y=-2x+3$: $y=$ ______________

b) Verläuft parallel zu $y=-x$: $y=$ ______________

c) Verläuft senkrecht zu $y=-2x+3$: $y=$ ______________

d) Ursprungsgerade mit Steigungswinkel von 60°: $y=$ ______________

e) Verläuft parallel zur x-Achse durch $P(2|-4)$: $y=$ ______________

f) Verläuft parallel zur y-Achse durch $P(2|-4)$: __ $=$ ______________

Aufgabe 3: Füllen Sie aus. (Hinweis: S_y bezeichnet der Schnittpunkt mit der y-Achse.).

Funktionsterm	**Grad**	S_y	**Verlauf**	**Symmetrie zu ...**
$f(x)=-x^3-2x+2$		$S_y(0\|\_\_)$	von __ nach __	☐ y-Achse ☐ Ursprung ☐ weder noch
$f(x)=2x^3+x$		$S_y(0\|\_\_)$	von __ nach __	☐ y-Achse ☐ Ursprung ☐ weder noch
$f(x)=-x^4-2x^2-1$		$S_y(0\|\_\_)$	von __ nach __	☐ y-Achse ☐ Ursprung ☐ weder noch
$f(x)=0{,}5x\cdot(x^3-2)$ $=$ ______________		$S_y(0\|\_\_)$	von __ nach __	☐ y-Achse ☐ Ursprung ☐ weder noch
$f(x)=(1-x^2)\cdot(x^2+1)$ $=$ ______________ $=$ ______________		$S_y(0\|\_\_)$	von __ nach __	☐ y-Achse ☐ Ursprung ☐ weder noch

Aufgabe 4: Ordnen Sie jedem Schaubild die zugehörige Funktionsgleichung zu.
(Tipp: Prüfen Sie Grad, Schnittpunkt mit y-Achse, Verlauf und Symmetrie.)

a) ___ : $f_1(x) = -0,2x^3 + 0,5x^2 - x$

___ : $f_2(x) = 0,2x^3 + x$

___ : $f_3(x) = 0,2x^3 + x - 3$

___ : $f_4(x) = -0,2x^3 + x^2$

___ : $f_5(x) = x^2 - 2x + 3$

___ : $f_6(x) = 0,2x^3 + 0,5x^2 - x$

___ : $f_7(x) = -0,2x^3 + 0,5x^2 + x - 3$

___ : $f_8(x) = -x^2 - 3$

___ : $f_9(x) = -0,2x^3 + x$

___ : $f_{10}(x) = 0,2x^3 - x$

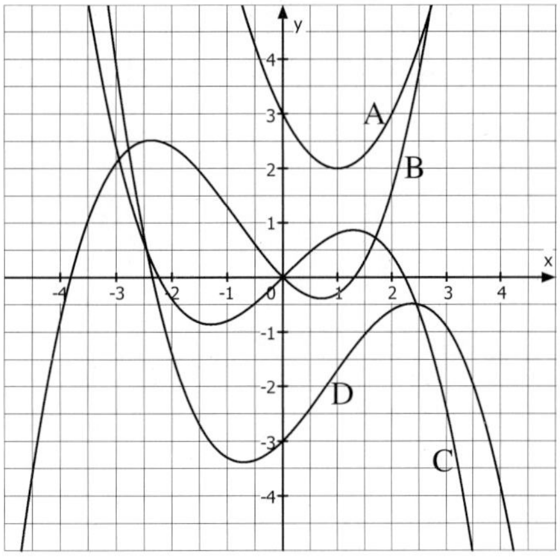

b) ___ : $f_1(x) = -0,2x^3 + 0,5x^2 + x - 2$

___ : $f_2(x) = -0,2x^4 + x^3 - 2$

___ : $f_3(x) = -x^2$

___ : $f_4(x) = 2x^4 + 2x^3 - 2x^2 + 2$

___ : $f_5(x) = 1,2x^3 - 0,5x^2 - x - 2$

___ : $f_6(x) = 4x^4 - 2x^2 + 2$

___ : $f_7(x) = -x^4$

___ : $f_8(x) = -0,2x^4 + x^2 - 2$

___ : $f_9(x) = -0,2x^4 + 0,5x^2 + x - 2$

___ : $f_{10}(x) = -2x^4 + 2x^3 + 2x^2 + 2$

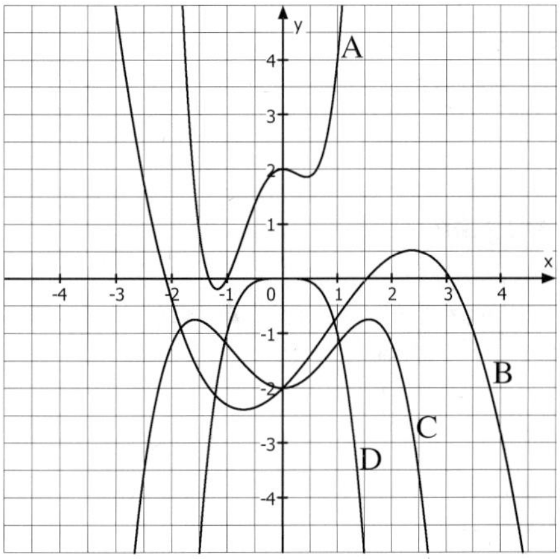

Aufgabe 5 : Vervollständigen Sie die Funktionsterme im Nullstellenansatz.

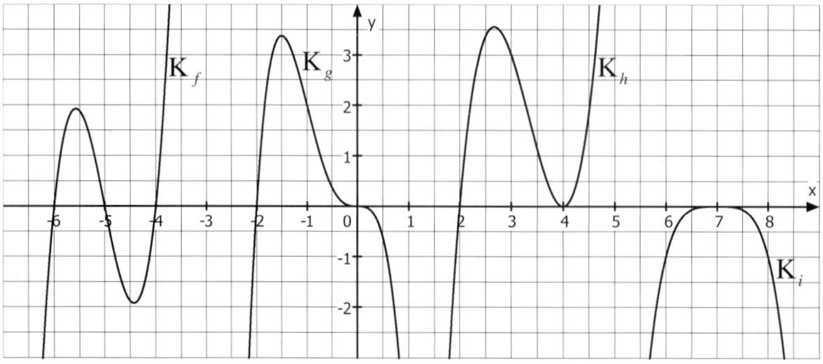

K_f : $f(x) = 5\cdot$ ____________________ K_g : $g(x) = -2\cdot$ ____________________

K_h : $h(x) = 3\cdot$ ____________________ K_i : $i(x) = -$ ____________________

Aufgabe 6 : Skizzieren Sie die Schaubilder in das Koordinatensystem.

$K_f : f(x) = -(x+7)^2$ $K_g : g(x) = (x+5)^2\cdot(x+3)^2$

$K_h : h(x) = x^3$ $K_i : i(x) = -(x-3)\cdot(x-4)\cdot(x-5)\cdot(x-6)$

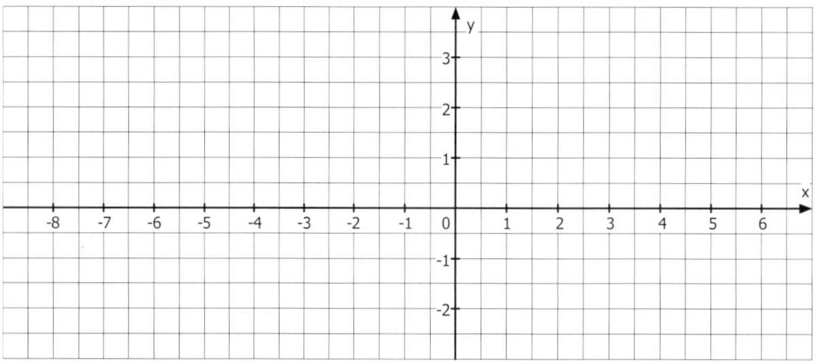

Aufgabe 7: Ordnen Sie zu.

___ : $f_1(x) = \sqrt{x}$ ___ : $f_2(x) = \dfrac{1}{x^3}$ ___ : $f_3(x) = x^4$ ___ : $f_4(x) = x^{-2}$

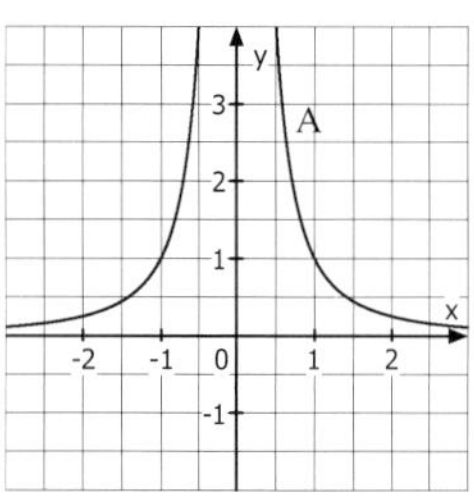

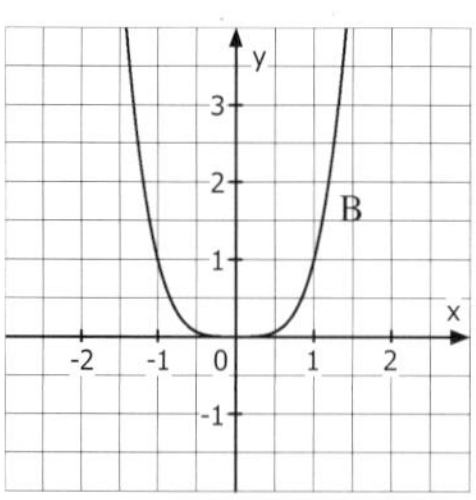

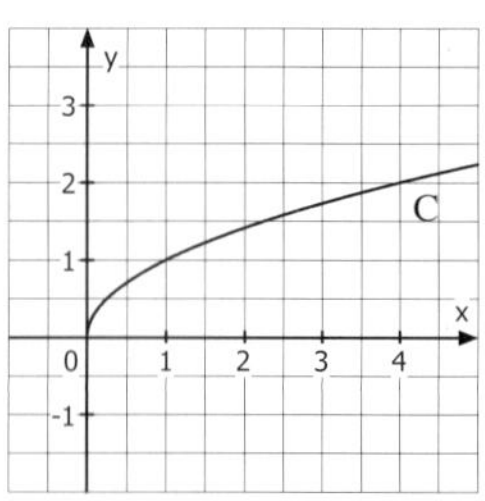

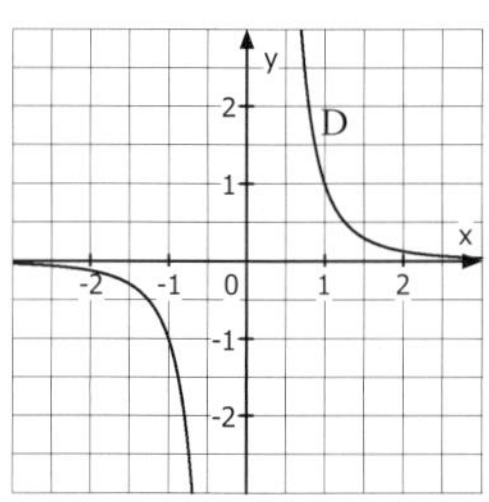

Aufgabe 8 : Ergänzen Sie.

a) Das Schaubild der Funktion g mit $g(x) = -2e^x - 1$ entsteht aus dem Schaubild von f mit $f(x) = e^x$ durch Spiegelung an der ___-Achse, durch Streckung um den Faktor ___ in ___-Richtung und durch Verschiebung um ___ nach ________.

b) Das Schaubild der Funktion g mit $g(x) = e^{-(x-2)}$ entsteht aus dem Schaubild von f mit $f(x) = e^x$ durch Spiegelung an der ___-Achse und Verschiebung um ___ nach ________.

c) Das Schaubild der Funktion g mit $g(x) = -e^{-x} + 2$ entsteht aus dem Schaubild von f mit $f(x) = e^x$ durch Spiegelung an der ___-Achse, durch Spiegelung an der ___-Achse und Verschiebung um ___ nach ________.

Aufgabe 9 : Untersuchen Sie auf Asymptoten wie im Beispiel.

Funktion	**Asymptote**	**für $x \to +\infty$**	**für $x \to -\infty$**
a) $f(x) = e^x - 2$	$y = -2$	☐	☒
b) $f(x) = 1 + e^{-x}$	________	☐	☐
c) $f(x) = 2e^{-x+1} - 2x - 1$	________	☐	☐
d) $f(x) = e^x - x + 1$	________	☐	☐
e) $f(x) = x - 1 + e^{-x}$	________	☐	☐

Aufgabe 10 : Ergänzen Sie.

a) Das Schaubild der Funktion g mit $g(x) = -4\sin(x) + 1$ entsteht aus dem Schaubild von f mit $f(x) = \sin(x)$ durch Spiegelung an der ___-Achse, durch Streckung um den Faktor ___ in ___-Richtung und durch Verschiebung um ___ nach ________.

b) Das Schaubild der Funktion g mit $g(x) = \sin(2(x+4))$ entsteht aus dem Schaubild von f mit $f(x) = \sin(x)$ durch Streckung um den Faktor ___ in ___-Richtung (Periodenlänge = ___) und durch Verschiebung um ___ nach ________.

c) Das Schaubild der Funktion g mit $g(x) = 2{,}5\cos(x-2) - 2$ entsteht aus dem Schaubild von f mit $f(x) = \cos(x)$ durch Streckung um den Faktor ___ in ___-Richtung, durch Verschiebung um ___ nach ________ und durch Verschiebung um ___ nach ________.

Aufgabe 11: Ermitteln Sie jeweils eine mögliche zugehörige Funktionsgleichung.

a)

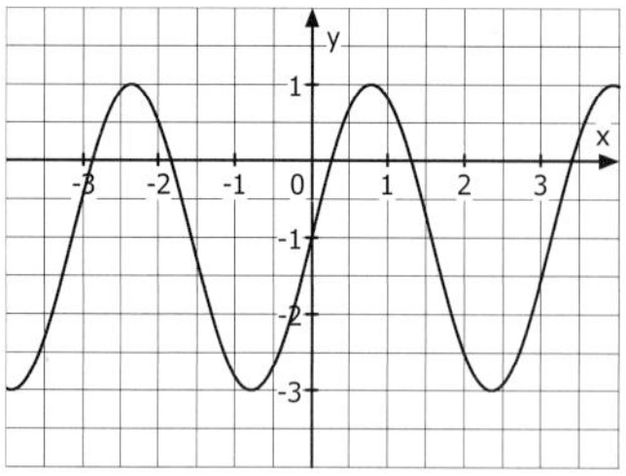

$f(x) =$ ____________________

b)

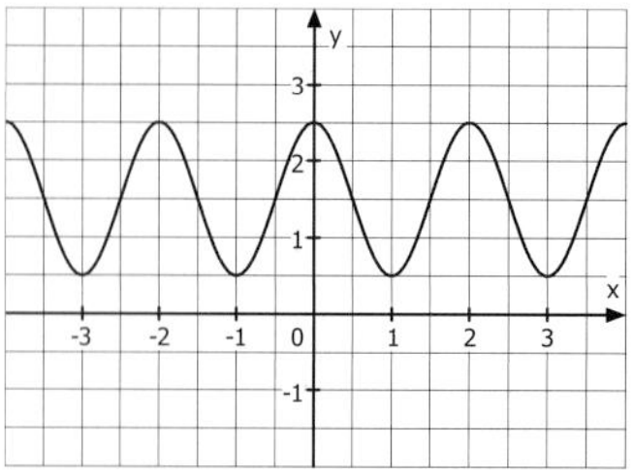

$f(x) =$ ____________________

c)

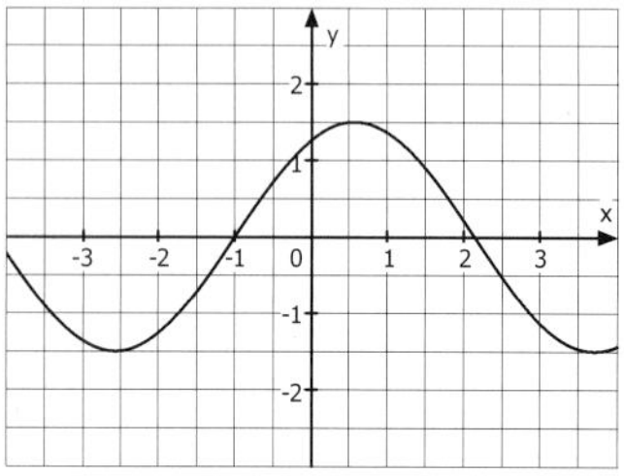

$f(x) =$ ____________________

1.2 Gleichungen

Aufgabe 12 : Lösen Sie die Gleichungen.

a) $-x^4+1=4-4x^4$

b) $x^3-2x^2=x^2$

c) $6e^x-3=1-4e^x$

d) $1-e^{4x+3}=-4$

e) $2x\cdot(x^2-1)=0,5-2x$

f) $2e^{2x}-e^x=2e^x$

g) $\frac{3}{2}x^4-2=x^4$

h) $\sin(x)=0,2$

i) $2x^4-24x^2=-72+2x^2$

j) $2e^{2x}-17e^x+8=0$

k) $\frac{1}{x^3}-4=4$

l) $\cos(4x)+0,5=0$

Aufgabe 13

Entscheiden Sie, welchem Gleichungstyp bzw. Lösungsstrategie die Gleichungen zugeordnet werden können.

Nr.	Gleichung	Typ 1 Gegen-operation	Typ 1S Substitution führt zu $\left\{\begin{matrix} sin(u) \\ cos(u) \end{matrix}\right\} = ...$	Typ 2 S. v. Nullpr.	Typ 3 abc- bzw. pq-Formel	Typ S Substitution führt zu $...u^2+...u+...=0$
1	$3x^3=-2$	☐	☐	☐	☐	☐
2	$x^3-2x=0$	☐	☐	☐	☐	☐
3	$-x^4-2x^2=x^3$	☐	☐	☐	☐	☐
4	$-x^2-5=-x$	☐	☐	☐	☐	☐
5	$-x^4-2x^2=2$	☐	☐	☐	☐	☐
6	$2e^{1-2x}-1=3$	☐	☐	☐	☐	☐
7	$2e^{2x}=3e^x$	☐	☐	☐	☐	☐
8	$e^{2x}-e^x-2=0$	☐	☐	☐	☐	☐
9	$2e^{3x}-2e^x=0$	☐	☐	☐	☐	☐
10	$-\sin(x)=-0,3$	☐	☐	☐	☐	☐
11	$\sin(-x+2)=1$	☐	☐	☐	☐	☐

1.3 Differenzialrechnung

Aufgabe 14: Leiten Sie ab.

a) $f(x)=2x^3-2x+1$ $f'(x)=$ ______

b) $f(x)=x^4-0{,}5x+1$ $f'(x)=$ ______

c) $f(x)=e^{7x-3}-4$ $f'(x)=$ ______

d) $f(x)=-2\sin(x-3)$ $f'(x)=$ ______

e) $f(x)=\cos(2x-3)$ $f'(x)=$ ______

f) $f(x)=(1-3x)^4$ $f'(x)=$ ______

g) $f(x)=x^2+e^{2x}$ $f'(x)=$ ______

h) $f(x)=x^2\cdot e^{2x}$ $f'(x)=$ ______

i) $f(x)=4\cdot x^3\cdot e^{4x}$ $f'(x)=$ ______

j) $f(x)=0{,}5x^5+e^{-x}$ $f'(x)=$ ______

k) $f(x)=\cos(4x-1)$ $f'(x)=$ ______

l) $f(x)=-e^{-2x}-2x$ $f'(x)=$ ______

m) $f(x)=-\sin(3x-1)$ $f'(x)=$ ______

n) $f(x)=-ax-3x$ $f'(x)=$ ______

o) $f(x)=\sin(x)\cdot x$ $f'(x)=$ ______
(aus Abiturprüfung 2022)

p) $f(x)=x^3\cdot(x-2)\cdot 2$ $f'(x)=$ ______

q) $f(x)=ax^3+bx^2+cx$ $f'(x)=$ ______

r) $f(x)=3x^2-x-\frac{1}{x}$ $f'(x)=$ ______
(aus Abiturprüfung 2019)

s) $f(x)=2\sqrt{x}$ $f'(x)=$ ______
(aus Abiturprüfung 2020)

Vor dem Ableiten

$$\frac{1}{x^n}=x^{-n}$$

$$\sqrt{x}=x^{\frac{1}{2}}$$

Aufgabe 15

Gegeben ist die Funktion f mit $f(x)=e^{0,5x-1}+2$.
In $x=2$ wird eine Tangente an das Schaubild angelegt. Berechnen Sie deren Gleichung.

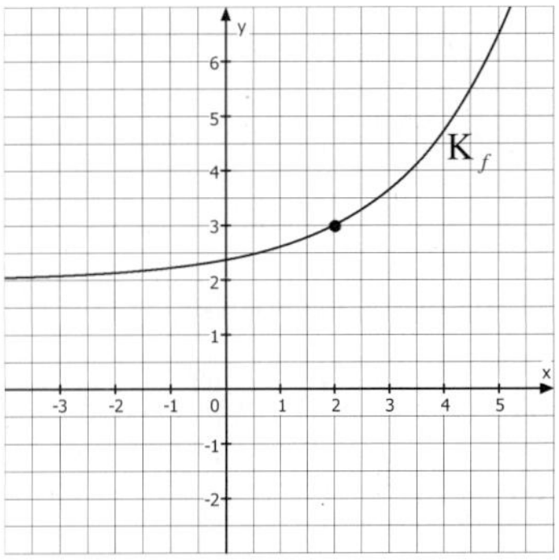

Aufgabe 16

Gegeben ist die Funktion f mit $f(x)=\frac{1}{3}x^3-3x$.
Es gibt eine Tangente an das Schaubild, welche die Steigung -3 besitzt.
Berechnen Sie deren Gleichung.

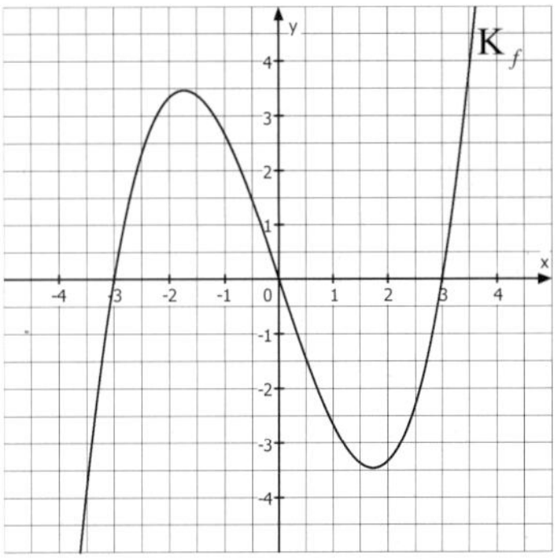

Aufgabe 17: Gegeben ist die Funktion f mit $f(x)=0,25x^4-2x^3+4x^2-1$.

a) Berechnen Sie die Koordinaten des Schnittpunktes des Schaubildes mit der y-Achse.
b) Berechnen Sie die Koordinaten der Extrempunkte.
c) Berechnen Sie die Koordinaten der Wendepunkte.
d) Berechnen Sie die Gleichung der Wendetangente, welche eine positive Steigung besitzt.

Aufgabe 18: Gegeben ist die Funktion f mit $f(x)=\frac{1}{3}x^3-x^2$.

a) Berechnen Sie die Koordinaten der Schnittpunkte des Schaubildes mit der x-Achse.
b) Berechnen Sie die Koordinaten des Schnittpunktes des Schaubildes mit der y-Achse.
c) Berechnen Sie die Koordinaten der Extrempunkte.
d) Berechnen Sie die Koordinaten des Wendepunktes.

Aufgabe 19: Gegeben ist die Funktion f mit $f(x)=-2e^{-x}-4x$.
Untersuchen Sie das zugehörige Schaubild auf Extrem- und Wendepunkte.

Aufgabe 20: Gegeben ist die Funktion f mit $f(x) = \sin(x) + x$.
Weisen Sie rechnerisch nach, dass das zugehörige Schaubild bei $x = \pi$ einen Sattelpunkt besitzt.

Aufgabe 21: Skizzieren Sie jeweils die Schaubilder der zugehörigen Ableitungsfunktionen.

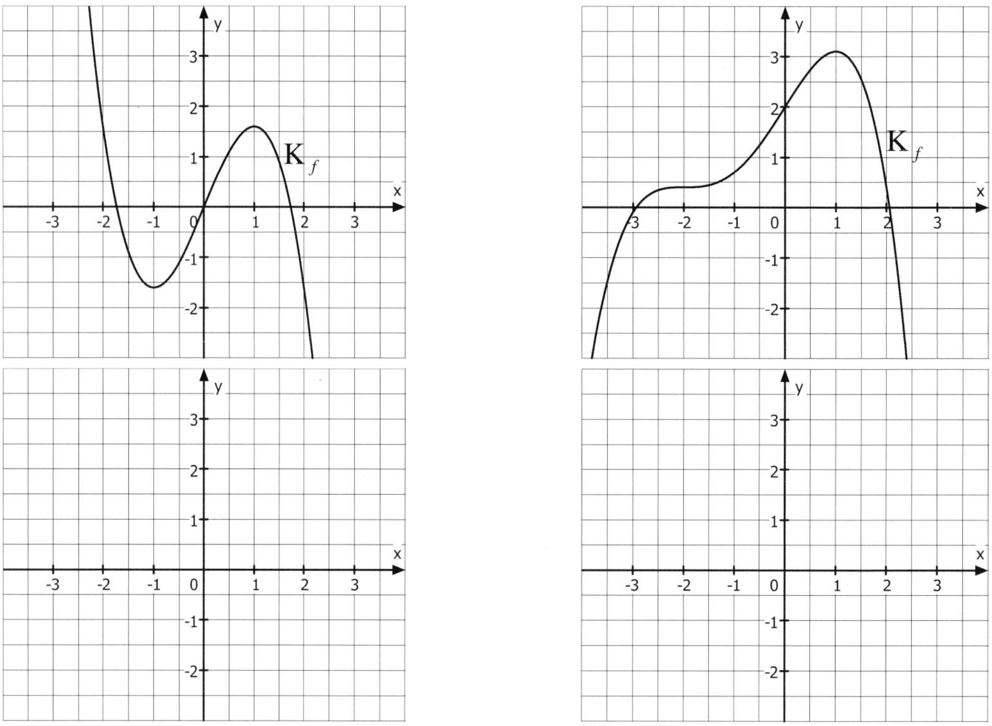

Aufgabe 22

Gegeben ist das Schaubild der Funktion f.
Entscheiden Sie, welche der nachfolgenden Aussagen wahr bzw. falsch sind.
Begründen Sie Ihre Antworten kurz.

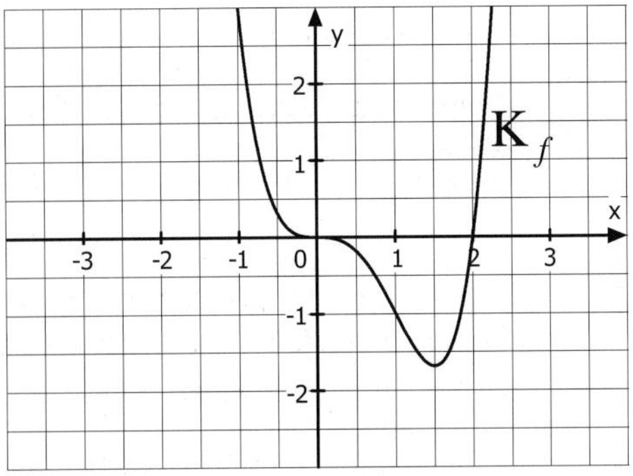

Aussage	Entscheidung	Begründung
a) f' besitzt eine doppelte Nullstelle.	☐ wahr ☐ falsch	
b) Das Schaubild von f' besitzt genau zwei Extrempunkte.	☐ wahr ☐ falsch	
c) Das Schaubild von f' besitzt bei $x = 1,5$ einen Tiefpunkt.	☐ wahr ☐ falsch	
d) $f'(-0,5) > 0$	☐ wahr ☐ falsch	
e) Das Schaubild von f' besitzt bei $x = 1,3$ einen negativen y-Wert.	☐ wahr ☐ falsch	
f) $f''(0) = 0$	☐ wahr ☐ falsch	
g) $f''(-0,5) < 0$ (**Tipp:** Argumentieren Sie über die Krümmung)	☐ wahr ☐ falsch	
h) Das Schaubild von f' ist symmetrisch zum Ursprung.	☐ wahr ☐ falsch	

Aufgabe 23

Gegeben ist das Schaubild der Ableitungsfunktion f' zur Funktion f.
Entscheiden Sie, welche der nachfolgenden Aussagen wahr bzw. falsch sind.
Begründen Sie Ihre Antworten kurz.

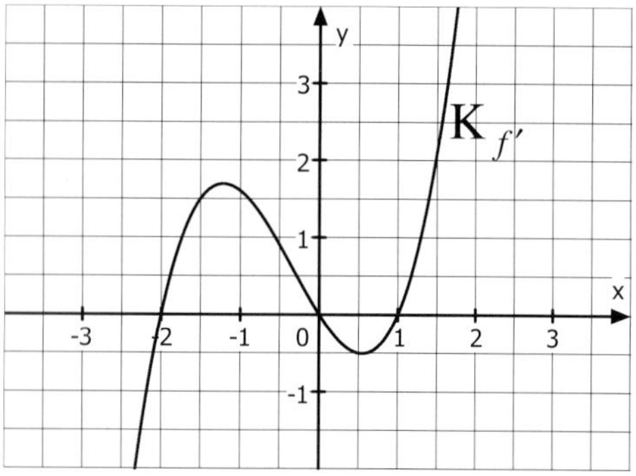

Aussage	Entscheidung	Begründung
a) Das Schaubild von f besitzt genau drei Extrempunkte.	☐ wahr ☐ falsch	
b) Das Schaubild von f besitzt genau drei Wendepunkte.	☐ wahr ☐ falsch	
c) Das Schaubild von f besitzt einen Sattelpunkt.	☐ wahr ☐ falsch	
d) Das Schaubild von f hat an der Stelle 0 eine waagrechte Tangente.	☐ wahr ☐ falsch	
e) f ist bei $x = -1$ steigend.	☐ wahr ☐ falsch	
f) Es gilt: $f(-2) < f(-1)$	☐ wahr ☐ falsch	
g) Das Schaubild von f ist symmetrisch zur y-Achse.	☐ wahr ☐ falsch	

Aufgabe 24

Ermitteln Sie die Funktionsgleichung zum nebenstehenden Schaubild mit Hilfe des Nullstellenansatzes.

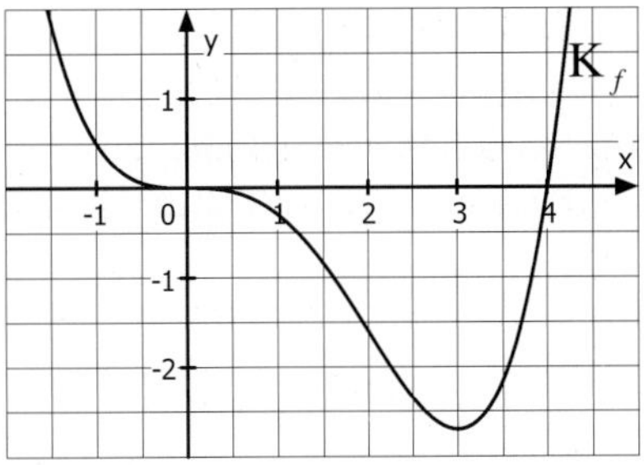

Aufgabe 25: Das Schaubild einer Funktion 4. Grades ist symmetrisch zur y-Achse, verläuft durch P(0 | 2) und besitzt den Tiefpunkt T(1 | 0). Bestimmen Sie die zugehörige Funktionsgleichung.

Aufgabe 26: Das Schaubild einer ganzrationalen Funktion 3. Grades ist symmetrisch zum Ursprung und hat hier die Steigung 4. Es schneidet an der Stelle -2 die x-Achse. Bestimmen Sie die zugehörige Funktionsgleichung.

Aufgabe 27: Geben Sie die zugehörigen mathematischen Bedingungen an.

Beschreibungen des Schaubildes	Mathematische Bedingungen
Schaubild besitzt an der Stelle 2 eine waagrechte Tangente	
Schaubild besitzt den Wendepunkt W(1 | −2)	
Schaubild besitzt den Sattelpunkt S(−4 | 5)	
Schaubild berührt an der Stelle 2 die x-Achse	
Schaubild ist achsensymmetrisch zur y-Achse	
Schaubild besitzt an der Stelle 2 eine Steigung von 4	
Schaubild schneidet das Schaubild der bekannten Funktion $g(x)$ an der Stelle 2	
Schaubild verläuft an der Stelle 3 parallel zur Geraden $y=-2x+3$	

Aufgabe 28 (aus Abiturprüfung 2022)

Gegeben sind die Punkte $T_1(-2|2)$, $T_2(2|2)$ und $H(0|4)$.
Bestimmen Sie einen Funktionsterm der Polynomfunktion vom Grad 4, deren Schaubild K die folgenden drei Eigenschaften hat:

- K ist symmetrisch zur y-Achse.
- K schneidet die y-Achse im Punkt H.
- K hat einen Extrempunkt in T_1.

Aufgabe 29

Ein Computervirus verbreitet sich gemäß nachfolgender Tabelle.

Anzahl der Tage nach erstmaligem Auftritt	0	1	2	3	4	5	6	7
Gesamte Anzahl an infizierten Computern	1	3	8	27	88	198	699	2452

a) Die Funktion f soll den Vorgang näherungsweise beschreiben. Welcher Funktionstyp erscheint Ihnen hierfür sinnvoll?

b) Ermitteln Sie den zugehörigen Funktionsterm durch Regression mit Hilfe des WTR.

c) Der zugehörige Wert des Bestimmtheitsmaßes lautet: $r^2 \approx 0{,}9986$. Interpretieren Sie diesen Wert.

Aufgabe 30

Gegeben ist die Funktion f mit $f(x) = -x^2 + 4$, deren Schaubild K_f zwei Schnittpunkte mit der x-Achse besitzt.
Zwei Eckpunkte eines zur y-Achse symmetrischen Rechtecks befinden sich auf der x-Achse, zwischen diesen beiden Schnittpunkten. Die anderen beiden Eckpunkte des Rechtecks befinden sich auf dem Schaubild K_f.
Berechnen Sie den maximalen Umfang eines solchen Rechtecks.

Aufgabe 31

Nachfolgend sind 6 Extremwertaufgaben dargestellt. Hierbei gehört zu jeder eine der unten stehenden Zielfunktionen. Ordnen Sie zu.
(Der Punkt Q befindet sich jeweils „irgendwo“ auf dem Schaubild K_f.)

1. Flächeninhalt eines derartigen Rechtecks mit Eckpunkt im Ursprung soll maximal werden.

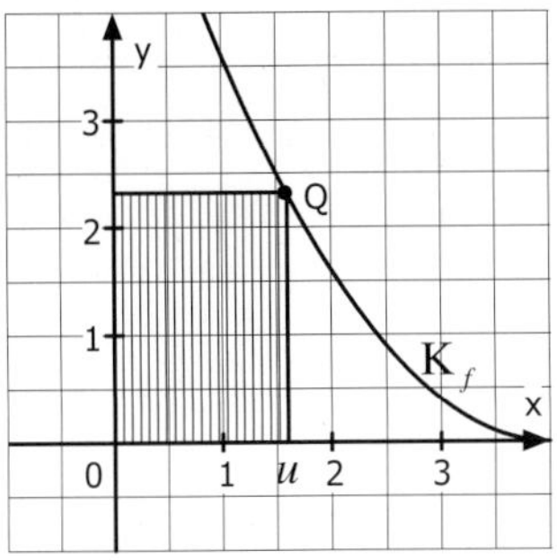

Zielfunktion : ___

2. Abstand zwischen den Punkten P(1 | 0) und Q soll maximal werden.

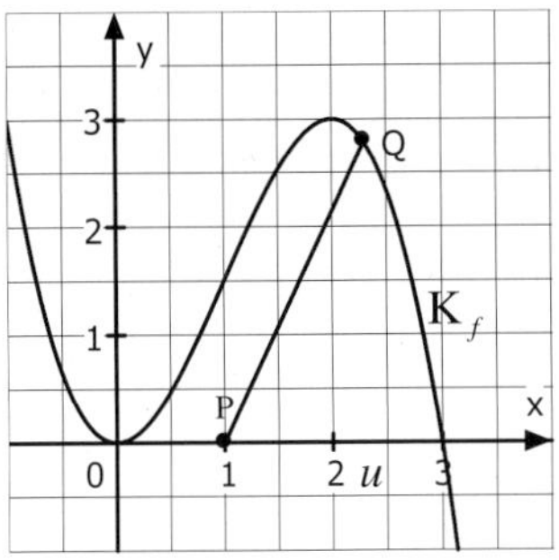

Zielfunktion : ___

3. Flächeninhalt eines derartigen Dreiecks mit Eckpunkt P(1 | 0) soll maximal werden.

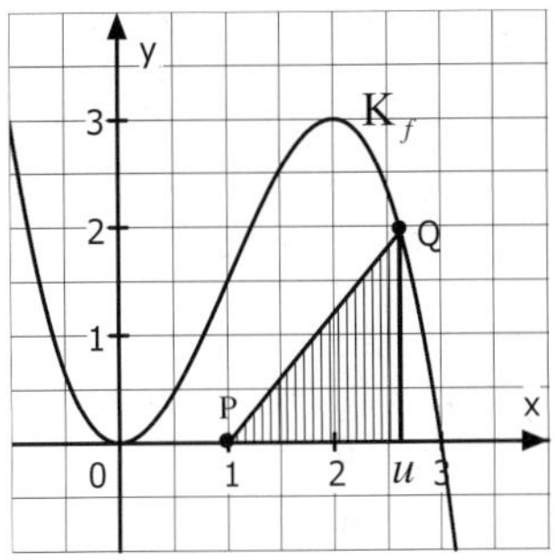

Zielfunktion : ___

4. Senkrechter Abstand zwischen den Schaubildern K_f und K_g soll maximal werden.

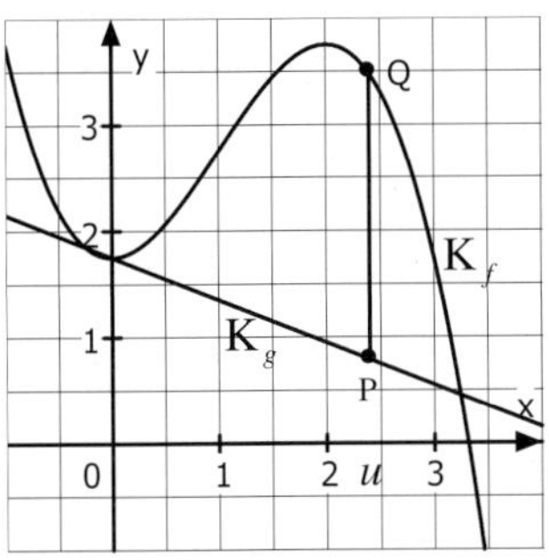

Zielfunktion : ___

5. Flächeninhalt eines derartigen Dreiecks mit Eckpunkt P(0 | 1) soll maximal werden.

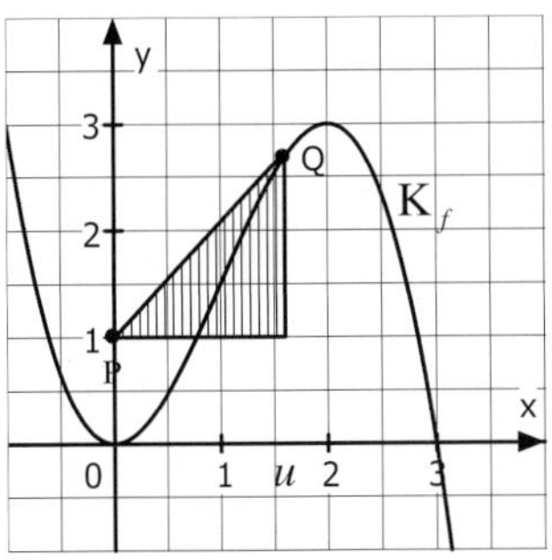

Zielfunktion : ___

6. Umfang eines derartigen Rechtecks mit Eckpunkt im Ursprung soll maximal werden.

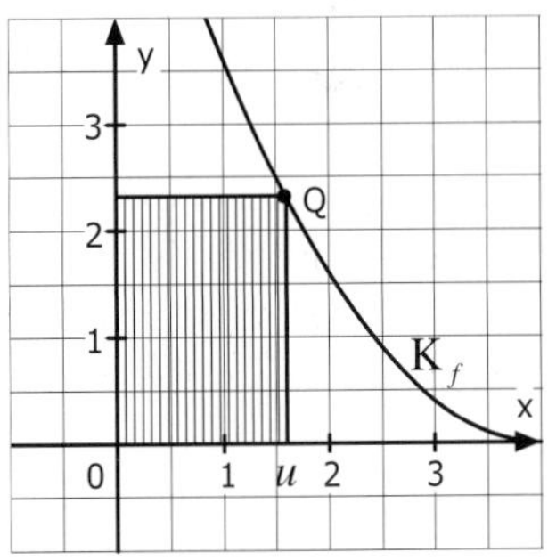

Zielfunktion : ___

A: $\frac{1}{2}\cdot(u-1)\cdot f(u) \quad (u>1)$

B: $f(u)-g(u)$

C: $\sqrt{(u-1)^2+\left(f(u)\right)^2}$

D: $\frac{1}{2}\cdot u\cdot\left(f(u)-1\right) \quad \left(f(u)>1\right)$

E: $u\cdot f(u)$

F: $2\cdot u+2\cdot f(u)$

1.4 Integralrechnung

Aufgabe 32 : Bestimmen Sie jeweils die Funktionsgleichung einer Stammfunktion.

a) $f(x) = -x^3 + 1$ F(x) = ____________________

b) $f(x) = \frac{1}{2}x^4 - x + 1$ F(x) = ____________________

c) $f(x) = 2e^{x-3} - 4$ F(x) = ____________________

d) $f(x) = 2e^{2x-3} - 4$ F(x) = ____________________

e) $f(x) = \cos(4x - 4)$ F(x) = ____________________

f) $f(x) = (1 - 4x)^4$ F(x) = ____________________

g) $f(x) = x^2 + 2e^{2x}$ F(x) = ____________________

h) $f(x) = \sin(3x - 5)$ F(x) = ____________________

i) $f(x) = (3x - 2)^4$ F(x) = ____________________

j) $f(x) = 0,5x^5 - 2x^3 - x$ F(x) = ____________________

k) $f(x) = -x^3 - 2 + x$ F(x) = ____________________

l) $f(x) = -e^{-2x} - 2x$ F(x) = ____________________

m) $f(x) = -\sin(6x)$ F(x) = ____________________

n) $f(x) = -2x^4 + e^x$ F(x) = ____________________

o) $f(x) = \frac{1}{x} + \frac{1}{2x - 5}$ F(x) = ____________________

p) $f(x) = 4x^3 - e^{-x}$ F(x) = ____________________

q) $f(x) = -e^{1-2x} + x$ F(x) = ____________________

r) $f(x) = e^{ax+b}$ F(x) = ____________________

s) $f(x) = -\sin(2ax - b)$ F(x) = ____________________

t) $v(t) = 0,6 \cdot \sin\left(\frac{5\pi}{3} \cdot t\right)$ V(t) = ____________________

(aus Abiturprüfung 2020)

Aufgabe 33

a) Erklären Sie rechnerisch, weshalb eine Funktion unendlich viele Stammfunktionen besitzt.

b) Erklären Sie grafisch, weshalb eine Funktion unendlich viele Stammfunktionen besitzt.

c) Bei welcher Stammfunktion der Funktion f mit $f(x) = x^2 - 8x$ verläuft das Schaubild durch den Punkt $P(3 \mid -31)$?
(Hinweis: Berechnen Sie den hierzu notwendigen Wert der Integrationskonstanten.)

Aufgabe 34

In der unteren Zeile befinden sich die Schaubilder K_f, K_g und K_h. In der oberen Zeile befinden sich die Schaubilder der zugehörigen Stammfunktionen. Ordnen Sie zu, indem Sie diese mit K_F, K_G und K_H beschriften.

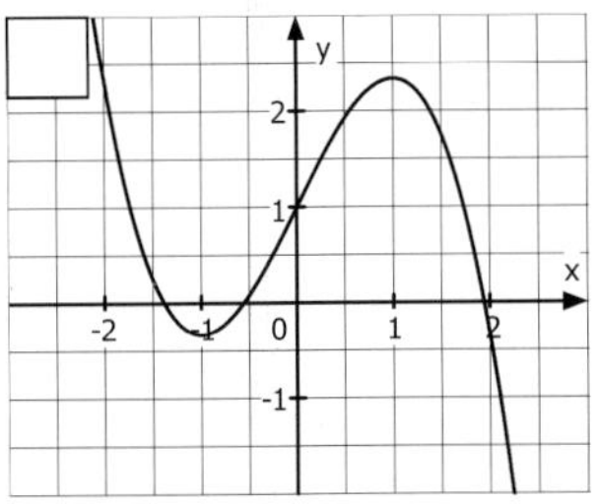

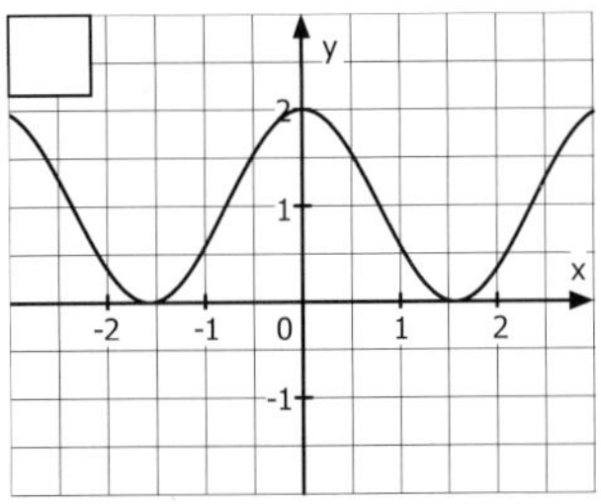

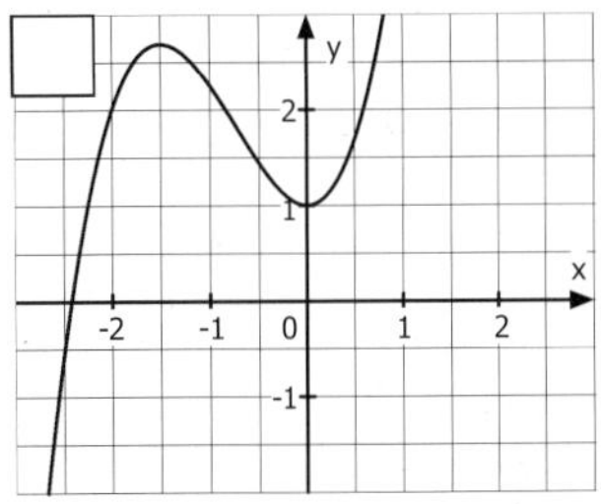

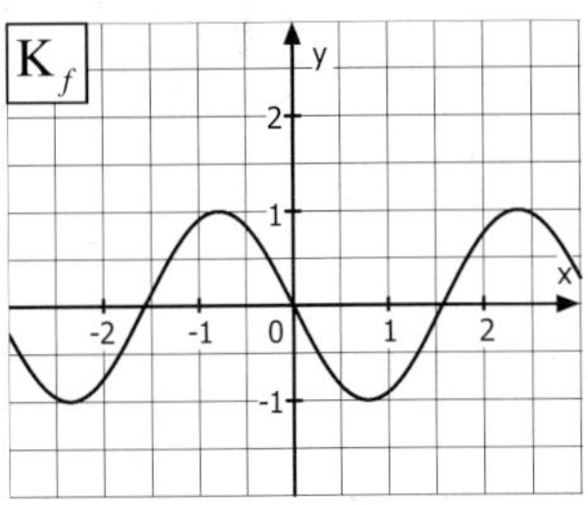

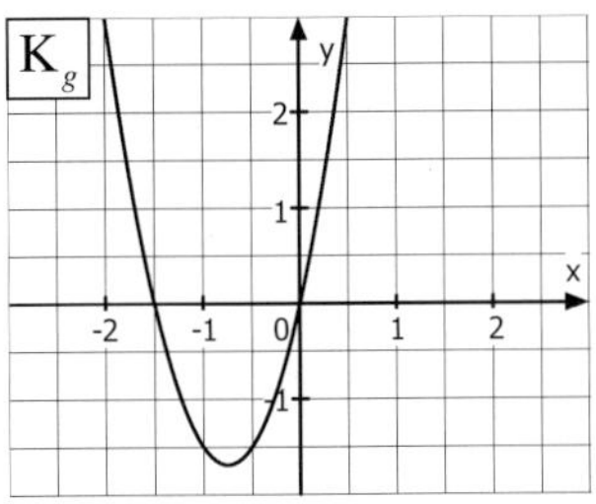

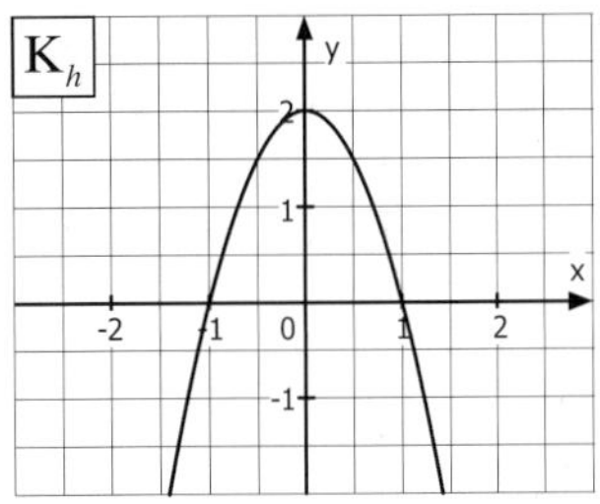

Tipp

N E W
N E W
N E W

Aufgabe 35

Berechnen Sie jeweils den Inhalt der schraffierten Fläche.

a) $f(x) = -2x^3 + 4x^2$

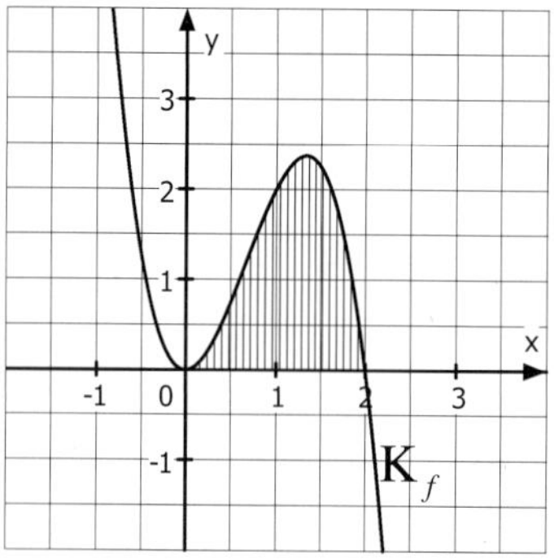

b) $f(x) = -2\cos\left(\frac{\pi}{3}x\right)$

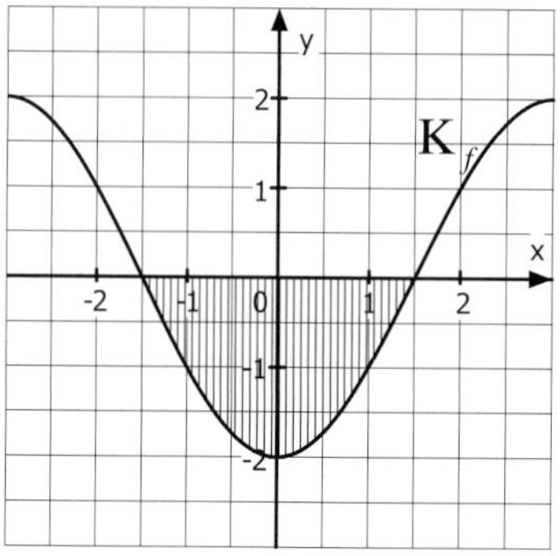

c) $f(x) = -e^{0,5x+1} + 2$

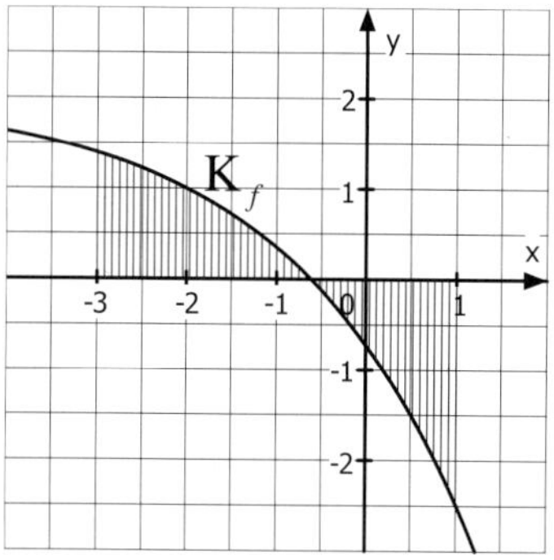

d) $f(x) = x - 1 + e^{-x}$; $g(x) = x - 1$

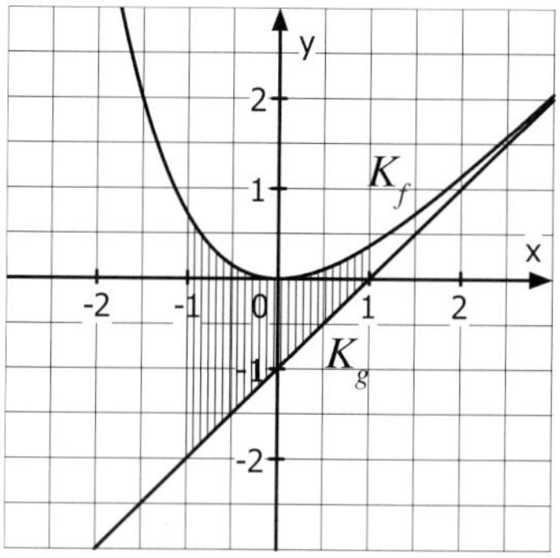

(aus Abiturprüfung 2019)

s

Aufgabe 36

Die Schaubilder der Funktionen $f(x)$ und $g(x)$ schließen drei Flächen mit den Inhalten $A_1 = 4{,}1$ FE, $A_2 = 1{,}5$ FE und $A_3 = 1{,}7$ FE ein.

Geben Sie zu jedem der nachfolgenden Flächenberechnungsansätze das zugehörige Ergebnis an.

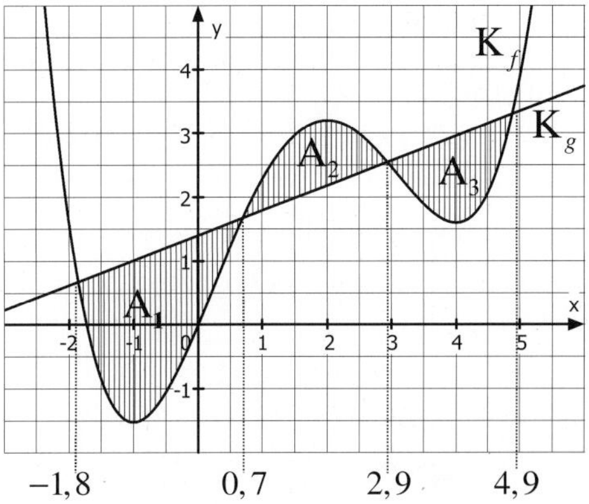

Flächenberechnungsansatz	Ergebnis
a) $\int_{0,7}^{2,9} \left(f(x)-g(x)\right)dx$	_____
b) $\int_{2,9}^{4,9} \left(f(x)-g(x)\right)dx$	_____
c) $\int_{-1,8}^{2,9} \left(f(x)-g(x)\right)dx$	_____
d) $\int_{-1,8}^{4,9} \left(g(x)-f(x)\right)dx$	_____
e) $\int_{-1,8}^{0,7} \left(g(x)-f(x)\right)dx + \int_{0,7}^{2,9} \left(f(x)-g(x)\right)dx + \int_{2,9}^{4,9} \left(g(x)-f(x)\right)dx$	_____
f) $\int_{-1,8}^{2,9} g(x)-f(x)\,dx$	_____
g) $\int_{4,9}^{2,9} \left(g(x)-f(x)\right)dx$	_____

Von Schnittstelle zu Schnittstelle integrieren!

Ansonsten werden positive und negative Flächeninhaltswerte zu einer **„Flächenbilanz“** verrechnet.

1.5 Anwendungsorientierte Aufgaben (Zusatz)

Aufgabe 37

Die Funktion $f(t) = 0,5t^3 - 6,5t^2 + 20t + 42$ beschreibt den Kurs einer Aktie über einen Zeitraum von 10 Sekunden.

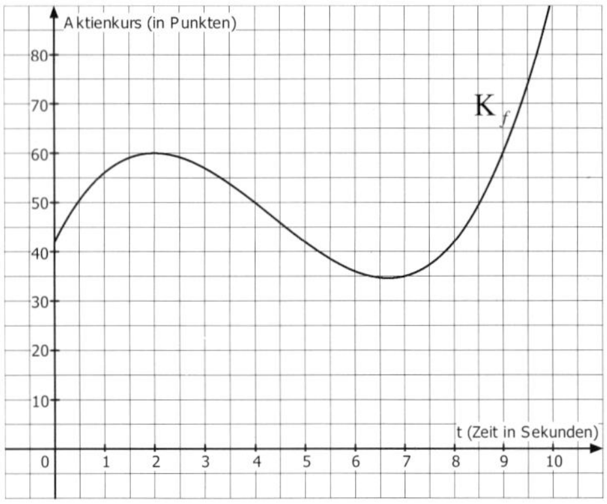

a) Welcher Aktienkurs liegt zum Zeitpunkt $t = 3$ vor?

b) Zu welchem Zeitpunkt liegt der geringste Aktienkurs vor. Wie hoch ist dieser?

c) An welchem der beiden nachfolgenden Zeitpunkte nimmt der Aktienkurs stärker zu: $t = 1$ oder $t = 7,7$?

d) Zu welchem Zeitpunkt nimmt der Aktienkurs am stärksten ab?

Aufgabe 38

Ein Biogasspeicher ist mit einer Zuflussleitung und einer Abflussleitung versehen. Die Funktion f mit $f(t) = -0,05t^3 + 0,8t^2 - 2,95t + 2,2$ beschreibt die momentane Zu- bzw. Abflussmenge über einen Zeitraum von 10 Sekunden. Positive Funktionswerte stehen hierbei für einen Gaszufluss, negative für einen Gasabfluss.

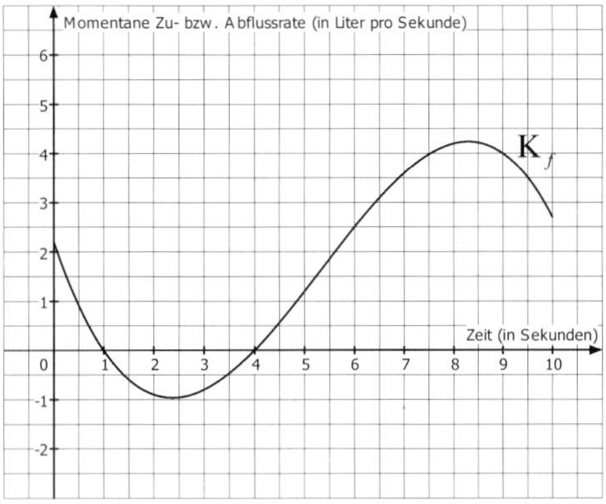

a) Berechnen Sie $f(3)$ und $f(9)$. Interpretieren Sie die Ergebnisse.

b) Beschreiben Sie auf Basis des Schaubildes: Wann liegt ein Zufluss bzw. Abfluss vor?

c) An wie vielen Zeitpunkten fließt genau 1 Liter pro Sekunde zu?

d) Zu welchem Zeitpunkt liegt der stärkste Gaszufluss vor? Geben Sie diesen an.

e) Welche Gasmenge fließt während der Abflusszeit insgesamt ab?

f) Es gilt: $\int_2^7 \left(f(t)\right) dt \approx 4,15$. Interpretieren Sie.

g) Zum Zeitpunkt $t = 3$ befinden sich 50 l im Gasspeicher. Bestimmen Sie hiermit die Gleichung der Funktion, die zu jedem Zeitpunkt den aktuellen Gasbestand im Speicher angibt.

Aufgabe 39

Die Population einer vom Aussterben bedrohten Spezies besteht aus 350 Individuen und verringert sich jährlich um ein Drittel. Im Schaubild ist die Entwicklung dargestellt.

a) Begründen Sie, dass hier exponentieller Zerfall vorliegt.

b) Geben Sie die Gleichung der Funktion f mit $f(t)$ an, welche zu jedem Zeitpunkt die noch vorhandene Anzahl an Individuen angibt.

c) Geben Sie die Funktionsgleichung $f(t)$ in der Form mit (der eulerschen Zahl) e als Basis an.

d) Berechnen Sie die Halbwertszeit.

e) Wann ist nur noch 10 % des Anfangsbestandes der Population vorhanden?

f) Berechnen Sie die höchste momentane Zerfallsgeschwindigkeit der Population.

2 Basisübungen zur Vektorgeometrie

2.1 Lineare Gleichungssysteme

Aufgabe 40

Lösen Sie die Linearen Gleichungssysteme.

a) $\begin{aligned} x_1 + 4x_2 + 6x_3 &= 1 \\ 2x_1 + 3x_2 + 7x_3 &= 1 \\ 3x_1 + 2x_2 + 8x_3 &= 2 \end{aligned}$

b) $\begin{aligned} 2x_1 - 3x_2 + 4x_3 &= 8 \\ 3x_1 + 4x_2 - 5x_3 &= -4 \\ 4x_1 - 6x_2 + 3x_3 &= 1 \end{aligned}$

c) $\begin{aligned} -4 + 3x_2 - x_3 &= -x_1 \\ 2x_1 - 7 &= -x_2 - x_3 \\ 2x_1 - 4x_2 + 4x_3 &= 6 \end{aligned}$

2.2 Vorwissen (Punkte, Vektoren, Rechenoperationen)

Aufgabe 41 : Gegeben sind die Punkte A(1| 2| –3) und B(0| –2| 2).

a) Berechnen Sie den Vektor $\overrightarrow{AB}$.

b) Berechnen Sie dessen Länge.

Aufgabe 42: Prüfen Sie, ob die beiden Vektoren senkrecht aufeinander stehen.

a) $\vec{a} = \begin{pmatrix} 1 \\ -1 \\ -2 \end{pmatrix}, \ \vec{b} = \begin{pmatrix} 2 \\ -1 \\ 3 \end{pmatrix}$ **b)** $\vec{a} = \begin{pmatrix} 4 \\ -1 \\ 4 \end{pmatrix}, \ \vec{b} = \begin{pmatrix} 2 \\ 4 \\ -1 \end{pmatrix}$

2.3 Geraden

Aufgabe 43 : Gegeben ist die Gerade g mit $g: \vec{x} = \begin{pmatrix} -2 \\ 1 \\ 2 \end{pmatrix} + r \cdot \begin{pmatrix} 2 \\ -2 \\ 1 \end{pmatrix}$ mit $r \in \mathbb{R}$.

Untersuchen Sie, ob die Punkte auf g liegen.

a) $A(2\,|-3\,|\,4)$

b) $B(0\,|\,3\,|\,3)$

Aufgabe 44 : Gegeben sind Punkte A(– 1 | 2 | 0) und B(2 | 1 | – 2). Die Punkte liegen auf der Geraden g. Bestimmen Sie eine mögliche Geradengleichung von g.

Aufgabe 45 : Die Gerade h schneidet die Gerade g mit $g: \vec{x} = \begin{pmatrix} -2 \\ 1 \\ 3 \end{pmatrix} + r \cdot \begin{pmatrix} 2 \\ -1 \\ -3 \end{pmatrix}$ (mit $r \in \mathbb{R}$) in deren Stützpunkt senkrecht.

Ermitteln Sie eine mögliche Geradengleichung der Geraden h.

Aufgabe 46: Untersuchen Sie die gegenseitige Lage der Geraden g und h. Berechnen Sie gegebenenfalls die Koordinaten des Schnittpunktes S.

a) $g:\vec{x}=\begin{pmatrix}-2\\-2\\0\end{pmatrix}+r\cdot\begin{pmatrix}5\\4\\3\end{pmatrix}$; $h:\vec{x}=\begin{pmatrix}0\\0\\2\end{pmatrix}+s\cdot\begin{pmatrix}1\\1\\1\end{pmatrix}$ mit $r,s\in\mathbb{R}$

b) $g:\vec{x}=\begin{pmatrix}-1\\0\\2\end{pmatrix}+r\cdot\begin{pmatrix}1\\1\\-1\end{pmatrix}$; $h:\vec{x}=\begin{pmatrix}4\\0\\0\end{pmatrix}+s\cdot\begin{pmatrix}-2\\-2\\2\end{pmatrix}$ mit $r,s\in\mathbb{R}$

2.4 Ebenen

Aufgabe 47 : Gegeben ist die Ebene E mit $E:\vec{x}=\begin{pmatrix}-2\\-1\\3\end{pmatrix}+r\cdot\begin{pmatrix}1\\0\\2\end{pmatrix}+s\cdot\begin{pmatrix}1\\1\\-2\end{pmatrix}$ mit $r,s\in\mathbb{R}$.

Untersuchen Sie, ob der Punkt $A(1|1|1)$ in E liegt.

Aufgabe 48 : Gegeben sind Punkte $A(1|2|4)$, $B(0|2|-2)$ und $C(1|3|4)$, welche in der Ebene E liegen. Bestimmen Sie eine mögliche Ebenengleichung.

Aufgabe 49 : Gegeben ist die Gerade g mit $g:\vec{x}=\begin{pmatrix}1\\2\\3\end{pmatrix}+r\cdot\begin{pmatrix}-1\\2\\1\end{pmatrix}$ mit $r\in\mathbb{R}$.

Geben Sie die Parametergleichung einer zu g senkrechten Ebene an.

Aufgabe 50 : Gegeben ist die Ebene E mit $E:\vec{x}=\begin{pmatrix}-2\\-1\\3\end{pmatrix}+r\cdot\begin{pmatrix}1\\0\\2\end{pmatrix}+s\cdot\begin{pmatrix}1\\1\\-2\end{pmatrix}$ mit $r,s\in\mathbb{R}$.

a) Berechnen Sie die Koordinaten der Spurpunkte.

b) Berechnen Sie die Gleichungen der Spurgeraden.

2.5 Schnittwinkel

Aufgabe 51 : Berechnen Sie den Schnittwinkel.

a) Zwischen $g:\ \vec{x}=\begin{pmatrix}1\\0\\-1\end{pmatrix}+r\cdot\begin{pmatrix}1\\2\\3\end{pmatrix}$ und $h:\ \vec{x}=\begin{pmatrix}5\\8\\-1\end{pmatrix}+s\cdot\begin{pmatrix}-1\\2\\0\end{pmatrix}$ (mit $r,s\in\mathbb{R}$).

b) Zwischen $g:\ \vec{x}=\begin{pmatrix}1\\0\\-1\end{pmatrix}+r\cdot\begin{pmatrix}4\\2\\-3\end{pmatrix}$ (mit $r\in\mathbb{R}$) und x_1x_3-Ebene.

2.6 Abstandsberechnungen

Aufgabe 52: Welchen Abstand haben die Punkte $A(-2|0|1)$ und $B(1|-3|5)$ voneinander?

Aufgabe 53: Welchen Abstand hat der Punkt $A(-2|0|1)$ von den Koordinatenebenen?

Aufgabe 54: Berechnen Sie den Abstand.

a) Zwischen $Q(0|2|-1)$ und $g: \vec{x} = \begin{pmatrix} 0 \\ 1 \\ 2 \end{pmatrix} + r \cdot \begin{pmatrix} -2 \\ 1 \\ 2 \end{pmatrix}$ mit $r \in \mathbb{R}$.

b) Begründen Sie, dass der in a) errechnete Abstand auch dem Abstand zwischen g und $h: \vec{x} = \begin{pmatrix} 0 \\ 2 \\ -1 \end{pmatrix} + s \cdot \begin{pmatrix} -4 \\ 2 \\ 4 \end{pmatrix}$ entspricht.

2.7 Modellieren mit Vektoren

Aufgabe 55: Ein U-Boot bewegt sich nach der Bahngleichung

$\vec{x} = \begin{pmatrix} 24 \\ 36 \\ -2 \end{pmatrix} + t \cdot \begin{pmatrix} -15 \\ 0 \\ -3{,}75 \end{pmatrix}$ (t in Stunden, sonstige Angaben in km).

Die x_1x_2-Ebene stellt die Wasseroberfläche des Meeres dar.

a) Befindet sich das U-Boot auf einer Steig- oder Sinkfahrt?

b) Welche Geschwindigkeit hat es?

c) Nach wie vielen Stunden hat das U-Boot eine Tiefe von 17 km?

3 Basisübungen zur Stochastik

3.1 Baumdiagramm und Pfadregeln

Aufgabe 56: In einer Urne befinden sich 3 blaue, 4 rote und 5 grüne Kugeln.
Es werden 3 Kugeln nacheinander gezogen. Gezogene Kugeln werden zurückgelegt.
Berechnen Sie die Wahrscheinlichkeiten der folgenden Ereignisse.

a) Man erhält 3 Kugeln der gleichen Farbe.

b) Man erhält genau eine rote Kugel.

c) Man erhält 3 Kugeln mit verschiedenen Farben.

d) Man erhält zuerst eine grüne Kugel und dann 2 blaue Kugeln.

e) Man erhält mindestens eine grüne Kugel.

Aufgabe 57: In einem Stapel aus 13 Karten befinden sich 4 Asse, 2 Könige, 4 Damen und 3 Buben. Ein Spieler hebt zwei Karten ab.
Berechnen Sie die Wahrscheinlichkeiten der folgenden Ereignisse.

a) Der Spieler erhält kein Ass.

b) Der Spieler erhält höchstens ein Ass.

c) Der Spieler erhält genau einen König.

d) Der Spieler erhält ein Ass und einen Bube.

Aufgabe 58: In einer Urne befinden sich 10 blaue, 10 rote und 10 grüne Kugeln.
Wie viele Kugeln muss man mindestens (mit zurücklegen) entnehmen, sodass die Wahrscheinlichkeit, mindestens eine blaue Kugel zu ziehen, mindestens 98 % beträgt?

3.2 Bedingte Wahrscheinlichkeit, Unabhängigkeit, Vierfeldertafel

Aufgabe 59: An einer Schule sind 24 % der Autos alt. 18 % der Autos sind schmutzig.
65 % der Autos sind weder alt noch schmutzig.

a) Mit welcher Wahrscheinlichkeit ist ein zufällig ausgewähltes Auto alt und schmutzig?

b) Mit welcher Wahrscheinlichkeit ist ein zufällig ausgewähltes Auto alt oder schmutzig?

c) Man sieht ein altes Auto. Mit welcher Wahrscheinlichkeit ist es schmutzig?

d) Sind die beiden Eigenschaften „alt" und „schmutzig" voneinander abhängig oder unabhängig?

Aufgabe 60: An einer Schule wurden im Laufe des Schuljahres 46 % der Schüler vom Hausmeister ermahnt. 20 % der ermahnten Schüler verhalten sich ordentlich. Insgesamt verhalten sich 53 % der Schüler ordentlich.

a) Geben Sie ein vollständig ausgefülltes Baumdiagramm an.

b) Mit welcher Wahrscheinlichkeit ist ein zufällig ausgewählter Schüler unordentlich und wurde noch nicht vom Hausmeister ermahnt?

c) Man trifft auf einen ordentlichen Schüler. Mit welcher Wahrscheinlichkeit wurde er schon vom Hausmeister ermahnt?

3.3 Zufallsvariable, Erwartungswert und Standardabweichung

Aufgabe 61: Eine Klasse bietet bei der Weihnachtsfeier ein Glücksspiel an. Hierbei wird ein Würfel ein Mal geworfen. Falls eine 1 oder 3 geworfen wird, bekommt der Spieler 2 € ausbezahlt. Bei einer 6 bekommt er 5 € ausbezahlt. Ansonsten bekommt er 1 € ausbezahlt. Wie hoch sollte die Klasse den Eintrittspreis für das Spiel festlegen, sodass sie pro Spiel durchschnittlich 0,50 € Gewinn macht?

3.4 Binomialverteilung

Aufgabe 62: Berechnen Sie die gesuchten Wahrscheinlichkeiten mithilfe der Bernoulliformel.

a) Eine Maschine produziert mit einer Wahrscheinlichkeit von 78 % fehlerfreie Chips. Es werden 17 Chips überprüft. Mit welcher Wahrscheinlichkeit sind genau 11 fehlerfrei?

b) Emir verwandelt einen Freiwurf mit einer Wahrscheinlichkeit von 80 %. Mit welcher Wahrscheinlichkeit verwandelt er von 15 Freiwürfen genau 13?

c) Ein Glücksrad hat 3 gleich große Felder mit den Farben gelb, grün und blau. Das Glücksrad wird 8 Mal gedreht. Mit welcher Wahrscheinlichkeit erscheint 3 Mal die Farbe blau?

Aufgabe 63: Die Zufallsvariable X ist binomialverteilt mit $n = 30$ und $p = 0{,}4$.
Bestimmen Sie mithilfe des WTR.

a) $P(X = 18) =$ ______________________________

b) $P(X < 9) =$ ______________________________

c) $P(X \geq 15) =$ ______________________________

d) $P(X > 11) =$ ______________________________

e) $P(9 \leq X \leq 13) =$ ______________________________

Aufgabe 64: Dan trifft einen Elfmeter mit einer Wahrscheinlichkeit von 75 %. Er schießt 20 Elfmeter. Für welche Anzahl an Treffern beträgt die Wahrscheinlichkeit etwa 16,86 %?

Aufgabe 65: Dan trifft einen Elfmeter mit einer Wahrscheinlichkeit von 75 %. Wie viele Elfmeter darf er höchstens schießen, sodass die Wahrscheinlichkeit, höchstens 10 zu treffen, mehr als 50 % beträgt?

11 Merkur-Nr. 0381

4 Basisübungen zum Problemlösen

Aufgabe 66: Jakob und Lovis können sich nicht einigen und wollen deshalb eine Münze werfen. Leider ist die Münze verbogen.
Wie können sie mithilfe der verbogenen Münze ein faires Glückspiel mit gleichen Gewinnchancen für beide durchführen?

Aufgabe 67: Jonas hat eine 4 kg schwere Wassermelone, deren Masse zu 99 % aus Wasser besteht. Unvorsichtigerweise lässt sie sie zu lange in der Sonne liegen, bis die Melone nur noch zu 98 % aus Wasser besteht.
Wie schwer ist die Melone dann noch?

Aufgabe 68: Mara legt Blättchen nach nebenstehendem Muster. Die ersten drei Muster hat sie schon gelegt.

Ab welchem Muster benötigt Mara mehr als 1000 Blättchen? Begründen Sie.

Aufgabe 69: Gegeben ist ein Dreieck mit den Eckpunkten A(3 | 3 | 3), B(3 | 5 | 3), C(9 | 5 | 3). Bestimmen Sie die Koordinaten eines Punktes D, sodass das Volumen der Pyramide ABCD gleich 10 ist.

Aufgabe 70: Daniel startet seine Wanderung um 8 Uhr im Tal. Er kommt um 18 Uhr auf der Berghütte an und übernachtet dort. Am nächsten Morgen beginnt er seinen Rückweg um 8 Uhr und erreicht um 18 Uhr das Tal.
Hierbei wandert Daniel nicht unbedingt mit konstanter Geschwindigkeit.
Beweisen Sie, dass es eine Uhrzeit zwischen 8 Uhr und 18 Uhr gibt, zu welcher sich Daniel an beiden Tagen an der exakt gleichen Stelle seiner Wanderung befindet.

Aufgabe 71: In ein Quadrat ist ein Kreis einbeschrieben.
Der Kreis stellt wiederum den Umkreis eines kleineren Quadrates dar.
In welchem Verhältnis stehen die die Flächeninhalte der beiden Quadrate zueinander?

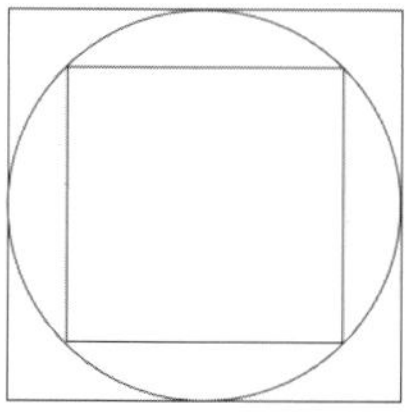

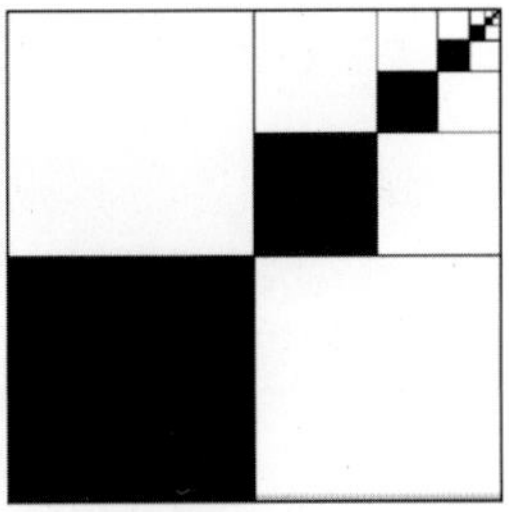

Aufgabe 72: Ein Quadrat wird in immer kleinere Quadrate zerlegt: Das Ausgangsquadrat wird geviertelt. Das Viertelquadrat links unten wird schwarz eingefärbt. Das Quadrat rechts oben wird wieder geviertelt usw.. Auf diese Weise entstehen unendlich viele schwarze Quadrate, die immer kleiner werden. Wie groß ist der prozentuale Anteil der schwarz gefärbten Fläche am Ausgangsquadrat?

VI Ausführliche Lösungen

Lösungen Analysis

1 Funktionen

Aufgabe 1

Lösungsweg 1

1. Steigung bestimmen:

$$m = \frac{y_2 - y_1}{x_2 - x_1} = \frac{4-(-2)}{-1-3} = \frac{6}{-4} = -1{,}5$$

2. Punkt $(P_1(3|-2))$ und Steigung in $y = mx + b$ einsetzen:

$$\begin{aligned} y &= mx+b \\ -2 &= -1{,}5 \cdot 3 + b \\ -2 &= -4{,}5 + b \\ 2{,}5 &= b \end{aligned}$$

$\Rightarrow$ Gesuchte Gerade: $y = -1{,}5x + 2{,}5$

Lösungsweg 2

Beide Punkte in $y = mx + b$ einsetzen. Man erhält 2 lineare Gleichungen mit 2 Unbekannten. Dieses Lineare Gleichungssystem lösen:

$P_1(3|-2)$: $-2 = m \cdot 3 + b \quad \Leftrightarrow \quad 3m + b = -2 \quad (1)$
$P_2(-1|4)$: $4 = m \cdot (-1) + b \quad \Leftrightarrow \quad -m + b = 4 \quad (2)$

Gleichung $(1)-(2)$: $3m-(-m)+b-b = -2-4 \Leftrightarrow$
$4m = -6 \Leftrightarrow m = -1{,}5$
Einsetzen in Gleichung (2): $-(-1{,}5)+b = 4 \Leftrightarrow$
$b = 2{,}5$

$\Rightarrow$ Gesuchte Gerade: $y = -1{,}5x + 2{,}5$

Aufgabe 2

a) $m_1 = -2$;
Bedingung für parallel: $m_1 = m_2$
$y = -2x + 1$ (b beliebig)

b) $m_1 = -1$;
Bedingung für parallel: $m_1 = m_2$
$y = -x + 1$ (b beliebig)

c) $m_1 = -2$;
Bedingung für senkrecht: $m_2 = \frac{-1}{m_1} = \frac{-1}{-2} = \frac{1}{2}$

$y = \frac{1}{2}x + 1$ (b beliebig)

d) $m = \tan(60°) = \sqrt{3}$; $y = \sqrt{3}x$

e) $y = -4$;

f) $x = 2$

Aufgabe 3

$f(x) = -x^3 - 2x + 2$; Grad 3; $S_y(0|2)$;
von II nach IV; weder noch

$f(x) = 2x^3 + x$; Grad 3; $S_y(0|0)$;
von III nach I; symm. zum Ursprung

$f(x) = -x^4 - 2x^2 - 1$; Grad 4; $S_y(0|-1)$;
von III nach IV; symm. zur y-Achse

$f(x) = 0{,}5x \cdot (x^3 - 2) = 0{,}5x^4 - x$; Grad 4;
$S_y(0|0)$; von II nach I; weder noch

$$\begin{aligned} f(x) &= (1-x^2)\cdot(x^2+1) \\ &= x^2 + 1 - x^4 - x^2 = -x^4 + 1 \end{aligned}$$

Grad 4; $S_y(0|1)$; von III nach IV;
symm. zur y-Achse

Aufgabe 4

Hinweis: Prüfen Sie Grad, Schnittpunkt mit y-Achse, Verlauf und Symmetrie.

a) A: $f_5(x)$ C: $f_9(x)$
B: $f_6(x)$ D: $f_7(x)$

b) A: $f_4(x)$ C: $f_8(x)$
B: $f_1(x)$ D: $f_7(x)$

Aufgabe 5

K_f: $f(x) = 5 \cdot (x+6) \cdot (x+5) \cdot (x+4)$
K_g: $f(x) = -2 \cdot (x+2) \cdot x^3$
K_h: $f(x) = 3 \cdot (x-2) \cdot (x-4)^2$
K_i: $f(x) = -(x-7)^4$

Aufgabe 6

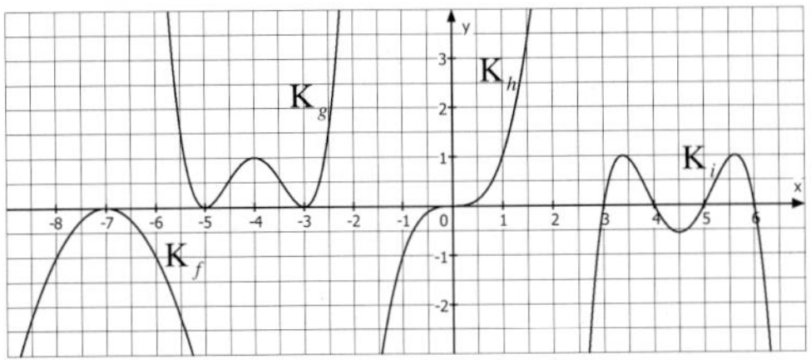

Aufgabe 7

C : $f_1(x)=\sqrt{x}$

D: $f_2(x)=\frac{1}{x^3}$

B: $f_3(x)=x^4$

A : $f_4(x)=x^{-2}$

Aufgabe 8

a) Das Schaubild der Funktion g mit $g(x)=-2e^x-1$ entsteht aus dem Schaubild von f mit $f(x)=e^x$ durch Spiegelung an der x-Achse, durch Streckung um den Faktor 2 in y-Richtung und durch Verschiebung um 1 nach unten.

b) Das Schaubild der Funktion g mit $g(x)=e^{-(x-2)}$ entsteht aus dem Schaubild von f mit $f(x)=e^x$ durch Spiegelung an der y-Achse und Verschiebung um 2 nach rechts.

c) Das Schaubild der Funktion g mit $g(x)=-e^{-x}+2$ entsteht aus dem Schaubild von f mit $f(x)=e^x$ durch Spiegelung an der x-Achse, durch Spiegelung an der y-Achse und Verschiebung um 2 nach oben.

Aufgabe 9

	Asymptote	für $x\to+\infty$	für $x\to-\infty$
a)	$y=-2$	☐	☒
b)	$y=1$	☒	☐
c)	$y=-2x-1$	☒	☐
d)	$y=-x+1$	☐	☒
e)	$y=x-1$	☒	☐

Aufgabe 10

a) Das Schaubild der Funktion g mit $g(x)=-4\sin(x)+1$ entsteht aus dem Schaubild von f mit $f(x)=\sin(x)$ durch Spiegelung an der x-Achse, durch Streckung um den Faktor 4 in y-Richtung und durch Verschiebung um 1 nach oben.

b) Das Schaubild der Funktion g mit $g(x)=\sin(2(x+4))$ entsteht aus dem Schaubild von f mit $f(x)=\sin(x)$ durch Streckung um den Faktor $\frac{1}{2}$ in x-Richtung (Periodenlänge $=\frac{2\pi}{2}=\pi$) und durch Verschiebung um 4 nach links.

c) Das Schaubild der Funktion g mit $g(x)=2{,}5\cos(x-2)-2$ entsteht aus dem Schaubild von f mit $f(x)=\cos(x)$ durch Streckung um den Faktor 2,5 in y-Richtung, durch Verschiebung um 2 nach rechts und durch Verschiebung um 2 nach unten.

Aufgabe 11

Mit $f(x)=a\cdot\sin\left(b\cdot(x-c)\right)+d$:

a) • $d=-1$ Mittellinie auf Höhe -1

$\left(\text{oder mit } \frac{1+(-3)}{2}=\frac{-2}{2}=-1\right)$

• $a=2$ (max. Abstand von 2 zur Mittellinie) $\left(\text{oder mit } \frac{1-(-3)}{2}=\frac{4}{2}=2\right)$

• $c=0$ keine Verschiebung bei sin

• $b=\frac{2\pi}{p}=\frac{2\pi}{\pi}=2$

$\Rightarrow f(x)=2\cdot\sin(2x)\ -1$

Alternativ: $f(x)=2\cdot\cos\left(2\cdot(x-0{,}79)\right)-1$

b) • $d=1,5$ Mittellinie auf Höhe 1,5

$\left(\text{oder mit } \frac{2,5+0,5}{2}=\frac{3}{2}=1,5\right)$

• $a=1$ (max. Abstand von 1 zur Mittellinie) $\left(\text{oder mit } \frac{2,5-0,5}{2}=\frac{2}{2}=1\right)$

• $c=-0,5$ Verschiebung um 0,5 nach links

• $b=\frac{2\pi}{p}=\frac{2\pi}{2}=\pi$

$\Rightarrow f(x)=\sin\left(\pi\cdot(x+0,5)\right)+1,5$

Alternativ: $f(x)=\sin\left(\pi\cdot(x-1,5)\right)+1,5$

Alternativ: $f(x)=\cos\left(\pi\cdot x\right)+1,5$

c)

Mit $f(x)=a\cdot\sin\left(b\cdot(x-c)\right)+d$:

• $d=0$ Mittellinie auf Höhe 0

$\left(\text{oder mit } \frac{1,5+(-1,5)}{2}=\frac{0}{2}=0\right)$

• $a=1,5$ (max. Abstand von 1,5 zur Mittellinie) $\left(\text{oder mit } \frac{1,5-(-1,5)}{2}=\frac{3}{2}=1,5\right)$

• $c=-1$ Verschiebung um 1 nach links

• $b=\frac{2\pi}{p}=\frac{2\pi}{2\pi}=1$

Es kann nicht verlangt werden, dass die exakte Periodenlänge von 2π ($\approx 6,28$) abgelesen wird. Auch eine abgelesene Periodenlänge von bspw. 6,1 mit einem zugehörigen b-Wert von $b=\frac{2\pi}{6,1}=1,03$ ist „richtig".

$\Rightarrow f(x)=1,5\cdot\sin\left(x+1\right)$

Alternativ: $f(x)=1,5\cdot\cos\left(x-0,57\right)$

2 Gleichungen

Aufgabe 12

a)

$$
\begin{aligned}
-x^4+1 &= 4-4x^4 && |+4x^4-1\\
3x^4 &= 3 && |:3\\
x^4 &= 1 && |\sqrt[4]{\ }\\
x_1 &= 1\\
x_2 &= -1
\end{aligned}
$$

(Typ 1; 4. Grad)

b)

$$
\begin{aligned}
x^3-2x^2 &= x^2 && |-x^2\\
x^3-3x^2 &= 0\\
x^2\cdot(x-3) &= 0
\end{aligned}
$$

S. v. Nullpr.

$x^2=0 \quad |\sqrt{\ }$ $\qquad$ $x-3=0 \quad |+3$

$x_{1/2}=0$ $\qquad$ $x_3=3$

(Typ 2; 3. Grad)

c)

$$
\begin{aligned}
6e^x-3 &= 1-4e^x && |+4e^x+3\\
10e^x &= 4 && |:10\\
e^x &= \frac{2}{5} && |\ln\\
x &= \ln\left(\frac{2}{5}\right)\\
x &\approx -0,92
\end{aligned}
$$

(Typ1; Exponentialgleichung)

d)

$$
\begin{aligned}
1-e^{4x+3} &= -4 && |-1\\
-e^{4x+3} &= -5 && |\cdot(-1)\\
e^{4x+3} &= 5 && |\ln\\
4x+3 &= \ln(5) && |-3\\
4x &= \ln(5)-3 && |:4\\
x &= \frac{\ln(5)-3}{4}\\
x &\approx -0,35
\end{aligned}
$$

(Typ 1; Exponentialgleichung)

e)

$$
\begin{aligned}
2x(x^2-1) &= 0,5-2x\\
2x^3-2x &= 0,5-2x && |+2x\\
2x^3 &= 0,5 && |:2\\
x^3 &= 0,25 && |\sqrt[3]{\ }\\
x &= \sqrt[3]{0,25}\\
x &\approx 0,63
\end{aligned}
$$

(Typ 1; 3. Grad)

f)

$$
\begin{aligned}
2e^{2x}-e^x &= 2e^x && |-2e^x\\
2e^{2x}-3e^x &= 0\\
e^x\cdot(2e^x-3) &= 0
\end{aligned}
$$

S. v. Nullpr.

$e^x=0 \quad |\ln$ $\qquad$ $2e^x-3=0 \quad |+3$

keine Lösung $\qquad$ $2e^x=3 \quad |:2$

$e^x=1,5 \quad |\ln$

$x=\ln(1,5)$

$x\approx 0,405$

(Typ 2; Exponentialgleichung)

g)

$$
\begin{aligned}
\frac{3}{2}x^4-2 &= x^4 && |-x^4+2\\
\frac{1}{2}x^4 &= 2 && |:\frac{1}{2}\\
x^4 &= 4 && |\sqrt[4]{\ }\\
x_1 &= \sqrt[4]{4}\approx 1,41\\
x_2 &= -\sqrt[4]{4}\approx -1,41
\end{aligned}
$$

(Typ 1; 4. Grad)

h)

$$
\begin{aligned}
\sin(x) &= 0,2 && |\sin^{-1}\\
x &= \sin^{-1}(0,2)
\end{aligned}
$$

$x_1\approx 0,2$ (nicht in Merkhilfe, nur durch WTR)

$x_2=\pi-x_1\approx\pi-0,2=2,94$

weitere Lösungen:

$x=0,2\pm1\cdot2\pi;\quad x=0,2\pm2\cdot2\pi;\quad ...$

und

$x=2,94\pm1\cdot2\pi;\quad x=2,94\pm2\cdot2\pi;\quad ...$

(Typ 1; Sinusgleichung)

i) $2x^4 - 24x^2 = -72 + 2x^2 \quad | +72 - 2x^2$

$2x^4 - 26x^2 + 72 = 0 \quad |:2$

$x^4 - 13x^2 + 36 = 0$

Substitution: $\left(x^4 = u^2;\ x^2 = u\right)$

$$u^2 - 13u + 36 = 0$$

$$u_{1/2} = \frac{-(-13) \pm \sqrt{(-13)^2 - 4 \cdot 1 \cdot 36}}{2 \cdot 1} \quad \text{(abc-Formel)}$$

$$= \frac{13 \pm \sqrt{25}}{2} = \frac{13 \pm 5}{2}$$

$$u_1 = \frac{13+5}{2} = \frac{18}{2} = 9; \qquad u_2 = \frac{13-5}{2} = \frac{8}{2} = 4$$

Rücksubstitution:

$x^2 = 9 \quad |\sqrt{\ }$ $\qquad x^2 = 4 \quad |\sqrt{\ }$

$x_1 = 3$ $\qquad x_3 = 2$

$x_2 = -3$ $\qquad x_4 = -2$

(Typ S; 4. Grad)

j) $2e^{2x} - 17e^x + 8 = 0$

Substitution: $\left(e^{2x} = u^2;\ e^x = u\right)$

$$2u^2 - 17u + 8 = 0$$

$$u_{1/2} = \frac{-(-17) \pm \sqrt{(-17)^2 - 4 \cdot 2 \cdot 8}}{2 \cdot 2} \quad \text{(abc-Formel)}$$

$$= \frac{17 \pm \sqrt{225}}{4} = \frac{17 \pm 15}{4}$$

$$u_1 = \frac{17+15}{4} = \frac{32}{4} = 8; \qquad u_2 = \frac{17-15}{4} = \frac{2}{4} = 0{,}5$$

Rücksubstitution:

$e^x = 8 \quad |\ln$ $\qquad e^x = 0{,}5 \quad |\ln$

$x_1 = \ln(8)$ $\qquad x_2 = \ln(0{,}5)$

$x_1 \approx 2{,}08$ $\qquad x_2 \approx -0{,}69$

(Typ S; Exponentialgleichung)

k) $\frac{1}{x^3} - 4 = 4 \quad |+4$

$\frac{1}{x^3} = 8 \quad |\cdot x^3$

$1 = 8x^3 \quad |:8$

$\frac{1}{8} = x^3 \quad |\sqrt[3]{\ }$

$\frac{1}{2} = x$

(Typ 1; 3. Grad)

l) $\cos(4x) + 0{,}5 = 0 \quad |-0{,}5$

$\cos(4x) = -0{,}5$

Substitution: $4x = u$

$\cos(u) = -0{,}5 \quad |\cos^{-1}$

$u = \cos^{-1}(-0{,}5)$

$u_1 = \frac{2}{3}\pi$ ($\approx 2{,}09$) (durch Merkhilfe oder WTR)

$u_2 = 2\pi - u_1 = \pi - \frac{2}{3}\pi = \frac{4}{3}\pi$ ($\approx 4{,}19$)

weitere Lösungen:

$u = \frac{2}{3}\pi \pm 1 \cdot 2\pi;\quad u = \frac{2}{3}\pi \pm 2 \cdot 2\pi;\ \ldots$

und

$u = \frac{4}{3}\pi \pm 1 \cdot 2\pi;\quad u = \frac{4}{3}\pi \pm 2 \cdot 2\pi;\ \ldots$

Rücksubstitution: $u = 4x$

$4x = \frac{2}{3}\pi \pm 1 \cdot 2\pi \quad |:4$

$x = \frac{1}{6}\pi \pm 1 \cdot 0{,}5\pi;\quad x = \frac{1}{6}\pi \pm 2 \cdot 0{,}5\pi;\ \ldots$

und

$4x = \frac{4}{3}\pi \pm 1 \cdot 2\pi \quad |:4$

$x = \frac{1}{3}\pi \pm 1 \cdot 0{,}5\pi;\quad x = \frac{1}{3}\pi \pm 2 \cdot 0{,}5\pi;\ \ldots$

(Typ 1S; Kosinusgleichung)

Aufgabe 13

Nr.	**Typ**	**Begründung (umformbar auf ...)**
1	1; 3. Grad	$x^3 = \ldots$
2	2; 3. Grad	Alle mit mind. x
3	2; 4. Grad	Alle mit mind. x^2
4	3; 2. Grad	$\ldots x^2 + \ldots x + \ldots = 0$
5	S; 4. Grad	$\ldots x^4 + \ldots x^2 + \ldots = 0$
6	1; Exponentialgl.	$e^{1-2x} = \ldots$
7	2; Exponentialgl.	Alle mit mind. e^x
8	S; Exponentialgl.	$\ldots e^{2x} + \ldots e^x + \ldots = 0$
9	2; Exponentialgl.	Alle mit mind. e^x
10	1; Sinusgl.	$\sin(x) = \ldots$
11	1S; Sinusgl.	sin(„*nicht nur x*“) = ...

3 Differenzialrechnung

Aufgabe 14

a) $f'(x) = 6x^2 - 2$
b) $f'(x) = 4x^3 - 0,5$
c) $f'(x) = e^{7x-3} \cdot 7 = 7e^{7x-3}$
d) $f'(x) = -2\cos(x-3)$
e) $f'(x) = -\sin(2x-3) \cdot 2 = -2\sin(2x-3)$
f) $f'(x) = 4 \cdot (1-3x)^3 \cdot (-3) = -12(1-3x)^3$
g) $f'(x) = 2x + e^{2x} \cdot 2$
h) $f'(x) = 2x \cdot e^{2x} + x^2 \cdot e^{2x} \cdot 2 = 2xe^{2x} + 2x^2e^{2x}$
i) $f'(x) = 12x^2 \cdot e^{4x} + 4x^3 \cdot e^{4x} \cdot 4$
$= 12x^2e^{4x} + 16x^3e^{4x}$
j) $f'(x) = 2,5x^4 + e^{-x} \cdot (-1) = 2,5x^4 - e^{-x}$
k) $f'(x) = -\sin(4x-1) \cdot 4 = -4\sin(4x-1)$
l) $f'(x) = -e^{-2x} \cdot (-2) - 2 = 2e^{-2x} - 2$
m) $f'(x) = -\cos(3x-1) \cdot 3 = -3\cos(3x-1)$
n) $f'(x) = -a - 3$
o) $f'(x) = \cos(x) \cdot x + \sin(x)$
p) $f(x) = 2x^4 - 4x^3$; $f'(x) = 8x^3 - 12x^2$
q) $f'(x) = 3ax^2 + 2bx + c$
r) $f(x) = 3x^2 - x - x^{-1}$;
$f'(x) = 6x - 1 + x^{-2} = 6x - 1 + \frac{1}{x^2}$
s) $f(x) = 2\sqrt{x} = 2 \cdot x^{0,5}$;
$f'(x) = 2 \cdot 0,5 \cdot x^{-0,5} = \frac{1}{\sqrt{x}}$

Aufgabe 15

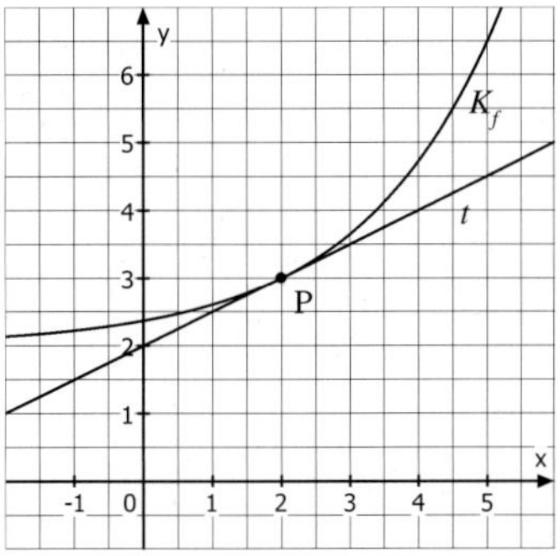

1. Aufgabentyp
Berechnung der Tangentengleichung:

1. y-Wert des Berührpunktes berechnen
$f(2) = e^{0,5 \cdot 2-1} + 2 = e^0 + 2 = 1 + 2 = 3 \rightarrow B(2|3)$

2. Tangentensteigung berechnen
$f'(x) = e^{0,5x-1} \cdot 0,5 = 0,5e^{0,5x-1}$
$f'(2) = 0,5 \cdot e^{0,5 \cdot 2-1} = 0,5 \cdot e^0 = 0,5 \cdot 1 = 0,5 \; (= m_t)$

3. Tangentengleichung berechnen
$y = m_t \cdot x + b$
$3 = 0,5 \cdot 2 + b$
$3 = 1 + b \quad |-1$
$2 = b$
$\Rightarrow$ Tangente: $y = 0,5x + 2$

Aufgabe 16

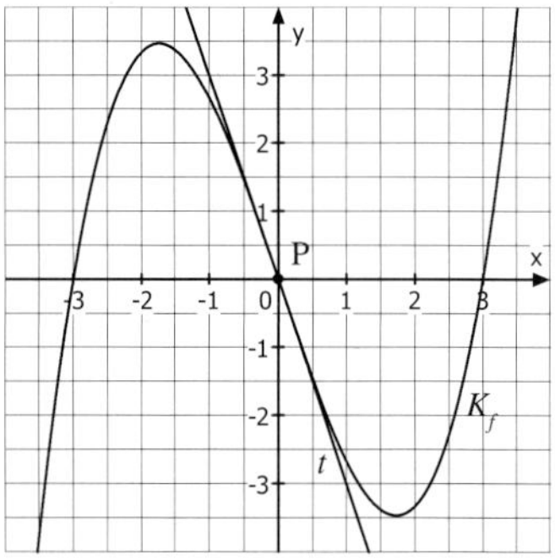

2. Aufgabentyp
Berechnung der Tangentengleichung:

1. $f'(x) = m_t$ liefert x-Wert des Berührpunktes

$f'(x) = x^2 - 3$

$$f'(x) = m_t$$
$$x^2 - 3 = -3 \quad |+3$$
$$x^2 = 0 \quad |\sqrt{\ }$$
$$x = 0$$

(An dieser Stelle hat das Schaubild die gegebene Steigung.)

2. y-Wert des Berührpunktes berechnen

$$f(0) = \frac{1}{3} \cdot 0^3 - 3 \cdot 0 = 0 \rightarrow B(0|0)$$

3. Tangentengleichung berechnen

$$y = m_t \cdot x + b$$
$$0 = -3 \cdot 0 + b$$
$$0 = b$$

$\Rightarrow$ Tangente: $y = -3x$

Aufgabe 17

a) Ansatz: $f(0) = 0,25 \cdot 0^4 - 2 \cdot 0^3 + 4 \cdot 0^2 - 1$
$= -1$

$\rightarrow S_y(0|-1)$

b) $f(x) = 0,25x^4 - 2x^3 + 4x^2 - 1$

$f'(x) = x^3 - 6x^2 + 8x$

$f''(x) = 3x^2 - 12x + 8$

1. Schritt:

$$f'(x) = 0$$
$$x^3 - 6x^2 + 8x = 0$$
$$x \cdot \left(x^2 - 6x + 8\right) = 0$$

S. v. Nullpr.

$x_1 = 0 \qquad x^2 - 6x + 8 = 0$

$$x_{2/3} = \frac{-(-6) \pm \sqrt{(-6)^2 - 4 \cdot 1 \cdot 8}}{2 \cdot 1}$$
$$= \frac{6 \pm \sqrt{36 - 32}}{2} = \frac{6 \pm 2}{2}$$
$$x_2 = \frac{6-2}{2} = 2; \quad x_3 = \frac{6+2}{2} = 4$$

2. Schritt:

$f''(0) = 3 \cdot 0^2 - 12 \cdot 0 + 8 = 8 \quad > 0 \quad \rightarrow T$

$f''(2) = 3 \cdot 2^2 - 12 \cdot 2 + 8 = -4 \quad < 0 \quad \rightarrow H$

$f''(4) = 3 \cdot 4^2 - 12 \cdot 4 + 8 = 8 \quad > 0 \quad \rightarrow T$

3. Schritt:

$f(0) = 0,25 \cdot 0^4 - 2 \cdot 1^3 + 4 \cdot 0^2 - 1 = -1 \rightarrow T(0|-1)$

$f(2) = 0,25 \cdot 2^4 - 2 \cdot 2^3 + 4 \cdot 2^2 - 1 = 3 \rightarrow H(2|3)$

$f(4) = 0,25 \cdot 4^4 - 2 \cdot 4^3 + 4 \cdot 4^2 - 1 = -1 \rightarrow T(4|-1)$

c) 1. Schritt:

$$f''(x) = 0$$
$$3x^2 - 12x + 8 = 0$$

$$x_{1/2} = \frac{-(-12) \pm \sqrt{(-12)^2 - 4 \cdot 3 \cdot 8}}{2 \cdot 3}$$
$$= \frac{12 \pm \sqrt{48}}{6}$$
$$x_1 = \frac{12 - \sqrt{48}}{6} \approx 0,85; \quad x_2 = \frac{12 + \sqrt{48}}{6} \approx 3,15$$

2. Schritt:

$f'''(x) = 6x - 12$

$f'''(0,85) \approx 6 \cdot 0,85 - 12 = -6,9 \quad \neq 0 \quad \rightarrow W$

$f'''(3,15) \approx 6 \cdot 3,15 - 12 = 6,9 \quad \neq 0 \quad \rightarrow W$

3. Schritt:

$f(0{,}85) = 0{,}25 \cdot 0{,}85^4 - 2 \cdot 0{,}85^3 + 4 \cdot 0{,}85^2 - 1$
$\approx 0{,}79 \qquad \rightarrow W_1(0{,}85 \mid 0{,}78)$

$f(3{,}15) = 0{,}25 \cdot 3{,}15^4 - 2 \cdot 3{,}15^3 + 4 \cdot 3{,}15^2 - 1$
$\approx 0{,}79 \qquad \rightarrow W_2(3{,}15 \mid 0{,}78)$

d) Steigungen in den Wendepunkten:

$f'(3{,}15) = 3{,}15^3 - 6 \cdot 3{,}15^2 + 8 \cdot 3{,}15 \approx -3{,}08 < 0$

$f'(0{,}85) = 0{,}85^3 - 6 \cdot 0{,}85^2 + 8 \cdot 0{,}85 \approx 3{,}08 > 0$

somit muss Wendetangente in $W_1(0{,}85 \mid 0{,}79)$ berechnet werden:

1. Berührpunkt: $W_1(0{,}85 \mid 0{,}79)$

2. Tangentensteigung berechnen

$f'(0{,}85) = 0{,}85^3 - 6 \cdot 0{,}85^2 + 8 \cdot 0{,}85 \approx 3{,}08 (= m_t)$

3. Tangentengleichung berechnen

$y = m_t \cdot x + b$
$0{,}79 = 3{,}08 \cdot 0{,}85 + b$
$0{,}79 = 2{,}62 + b \qquad | -2{,}62$
$-1{,}83 = b$

$\Rightarrow$ Tangente: $y = 3{,}08x - 1{,}83$

Aufgabe 18

a) Ansatz: $\frac{1}{3}x^3 - x^2 = 0$

$x^2 \cdot \left(\frac{1}{3}x - 1\right) = 0$

S. v. Nullpr.

$x^2 = 0 \quad | \sqrt{} \qquad \frac{1}{3}x - 1 = 0 \quad | +1$

$x_{1/2} = 0 \qquad \frac{1}{3}x = 1 \quad | \cdot 3$

$x_3 = 3$

$\rightarrow N_{1/2}(0 \mid 0);\ N_3(3 \mid 0)$

b) Ansatz: $f(0) = \frac{1}{3} \cdot 0^3 - 0^2 = 0$

$\rightarrow S_y(0 \mid 0)$

c)

$f(x) = \frac{1}{3}x^3 - x^2$

$f'(x) = x^2 - 2x$

$f''(x) = 2x - 2$

1. Schritt:

$f'(x) = 0$
$x^2 - 2x = 0$
$x \cdot (x - 2) = 0$

S. v. Nullpr.

$x_1 = 0 \qquad x - 2 = 0 \quad | +2$
$x_2 = 2$

2. Schritt:

$f''(0) = 2 \cdot 0 - 2 = -2 < 0 \quad \rightarrow H$

$f''(2) = 2 \cdot 2 - 2 = 4 - 2 = 2 > 0 \rightarrow T$

3. Schritt:

$f(0) = \frac{1}{3} \cdot (-1)^3 - 0^2 \quad \rightarrow H(0 \mid 0)$

$f(2) = \frac{1}{3} \cdot 2^3 - 1 \cdot 2^2$
$= \frac{8}{3} - 4 = -\frac{4}{3} \quad \rightarrow T\left(2 \mid -\frac{4}{3}\right)$

d) 1. Schritt:

$f''(x) = 0$
$2x - 2 = 0 \quad | +2$
$2x = 2 \quad | :2$
$x = 1$

2. Schritt:

$f'''(x) = 2$
$f'''(1) = 2 \neq 0 \rightarrow W$

3. Schritt:

$f(1) = \frac{1}{3} \cdot 1^3 - 1^2 = \frac{1}{3} - 1 = -\frac{2}{3} \rightarrow W\left(1 \mid -\frac{2}{3}\right)$

Aufgabe 19

Untersuchung auf Extrempunkte:

$f(x) = -2e^{-x} - 4x$

$f'(x) = -2e^{-x} \cdot (-1) - 4 = 2e^{-x} - 4$

$f''(x) = -2e^{-x}$

1. Schritt:

$$\begin{aligned} f'(x) &= 0 \\ 2e^{-x} - 4 &= 0 \quad |+4 \\ 2e^{-x} &= 4 \quad |:2 \\ e^{-x} &= 2 \quad |\ln \\ -x &= \ln(2) \quad |\cdot(-1) \\ x &= -\ln(2) \approx -0,69 \end{aligned}$$

2. Schritt:

$$\begin{aligned} f''(-\ln(2)) &= -2e^{-(-\ln(2))} = -2e^{\ln(2)} \\ &= -2 \cdot 2 = -4 \quad < 0 \rightarrow \mathrm{H} \end{aligned}$$

3. Schritt:

$$\begin{aligned} f(-\ln(2)) &= -2e^{-(-\ln(2))} - 4 \cdot (-\ln(2)) \\ &= -2e^{\ln(2)} + 4 \cdot \ln(2) = -2 \cdot 2 + 4 \cdot \ln(2) \\ &= -4 + 4 \cdot \ln(2) \approx -1,23 \end{aligned}$$

$\rightarrow \mathrm{H}(-\ln(2) \mid -4 + 4 \cdot \ln(2)) \approx \mathrm{H}(-0,69 \mid -1,23)$

Untersuchung auf Wendepunkte:
1. Schritt:

$$\begin{aligned} f''(x) &= 0 \\ -2e^{-x} &= 0 \quad |:(-2) \\ e^{-x} &= 0 \quad |\ln \end{aligned}$$

keine Lösung

Schaubild hat also keinen Wendepunkt

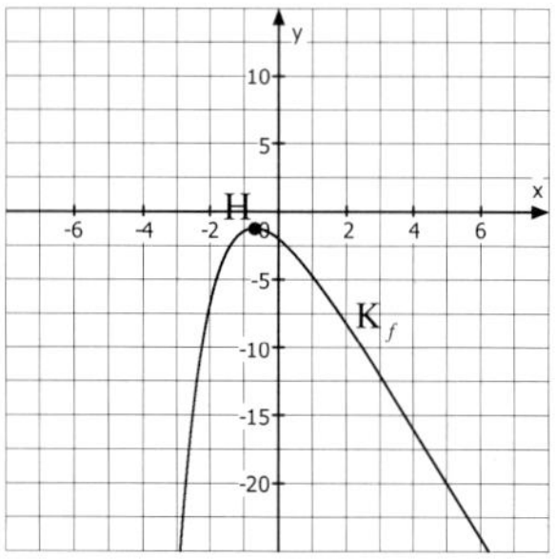

Aufgabe 20

Vorgehen: Da der x-Wert des Sattelpunktes gegeben ist, können die Eigenschaften eines Sattelpunktes ($f'(x) = 0$ und $f''(x) = 0$ und $f'''(x) \neq 0$) schnell nachgewiesen werden:

$f(x) = \sin(x) + x$

$f'(x) = \cos(x) + 1$

$f''(x) = -\sin(x)$

$f'''(x) = -\cos(x)$

Nachweis:

$f'(\pi) = \cos(\pi) + 1 = -1 + 1 \quad = 0$

$f''(\pi) = -\sin(\pi) \quad = 0$

$f'''(\pi) = -\cos(\pi) = -(-1) = 1 \quad \neq 0$

Somit liegt hier ein Sattelpunkt vor.

Aufgabe 21

Vorgehen:
Die ausführliche Version des Zusammenhanges zwischen den Schaubildern von Funktion und Ableitung enthält im Gegensatz zur NEW NEW NEW-Regel auch Informationen zu einem Sattelpunkt. Dies kann bei b) verwendet werden.

a)

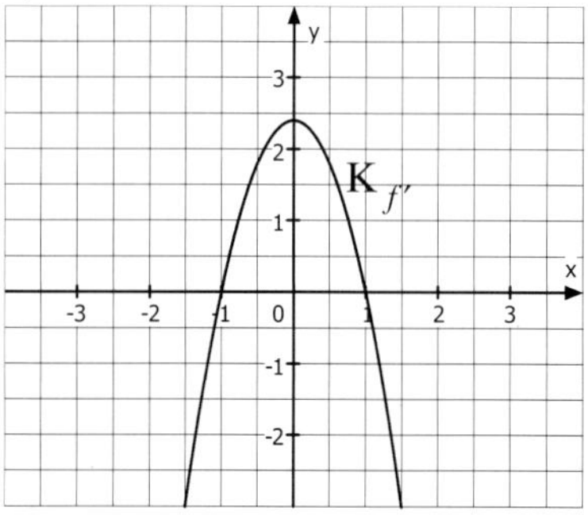

b)

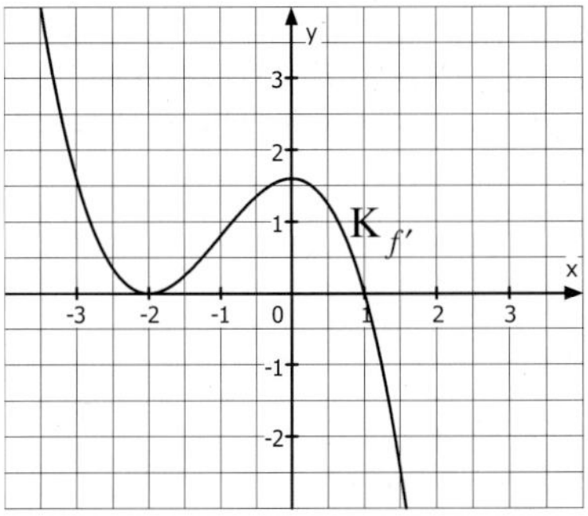

Aufgabe 22

a) wahr; Schaubild von f besitzt einen Sattelpunkt

b) wahr; Schaubild von f besitzt 2 Wendepunkte

c) falsch; das Schaubild von f müsste hier dann einen Wendepunkt aufweisen

d) falsch; das Schaubild von f hat hier eine negative Steigung

e) wahr; das Schaubild von f hat hier eine negative Steigung

f) richtig; das Schaubild von f hat hier einen Wendepunkt

g) falsch; das Schaubild von f ist hier linksgekrümmt (Fahrradfahrer). Deshalb gilt: $f''(-0,5) > 0$

h) falsch; hierfür müsste das Schaubild von f symmetrisch zur y-Achse sein (S. 52)

Aufgabe 23

a) richtig; da das Schaubild von f' drei Nullstellen (mit Vorzeichenwechsel) aufweist.

b) falsch; das Schaubild von f' müsste dann 3 Extrempunkte aufweisen (bei Funktion 3. Grades unmöglich)

c) falsch; das Schaubild von f' müsste in diesem Fall einen Extrempunkt auf der x-Achse bzw. eine doppelte Nullstelle aufweisen

d) Ablesen aus Schaubild: $f'(0) = 0$, somit hat das Schaubild von f hier Steigung 0.

e) wahr; das Schaubild von f' verläuft hier im positiven Bereich, es gilt also: $f'(-1) > 0$.

f) richtig; das Schaubild von f' verläuft zwischen $x = -2$ und $x = -1$ im positiven Bereich. Somit ist das Schaubild von f hier ansteigend. Deshalb liegt bei $x = -1$ ein höherer y-Wert vor als bei $x = -2$.

g) falsch; hierfür müsste das Schaubild von $f'(x)$ symmetrisch zum Ursprung sein (S. 48)

Aufgabe 24

Ablesen: $N_{1/2/3}(0\,|\,0)$; $N_4(4\,|\,0)$; $P(-1\,|\,0{,}5)$

$$f(x) = a \cdot x^3 \cdot (x-4)$$

Weiteren Punkt $P(-1\,|\,0{,}5)$ einsetzen:

$$0{,}5 = a \cdot (-1)^3 \cdot (-1-4)$$
$$0{,}5 = a \cdot (-1) \cdot (-5)$$
$$0{,}5 = 5a \qquad |:5$$
$$0{,}1 = a$$

$$\Rightarrow f(x) = 0{,}1 \cdot x^3 \cdot (x-4)$$

Aufgabe 25

Allg. Ansatz: $f(x) = ax^4 + cx^2 + e$
(nur gerade Hochzahlen, da symmetrisch zur y-Achse)

$$f'(x) = 4ax^3 + 2cx$$
$$f''(x) = 12ax^2 + 2c$$

$P(0\,|\,2)$ (*Punktprobe*): $f(0) = 2$
$$e = 2$$
$T(1\,|\,0)$ (*Punktprobe*): $f(1) = 0$
$$a + c + 2 = 0$$
$$a + c = -2$$
$T(1\,|\,0)$ (*Bed.* $f'(x) = 0$):
$$f'(1) = 0$$
$$4a + 2c = 0$$

LGS für die Unbekannen a und c:

$$\left(\begin{array}{cc|c} 1 & 1 & -2 \\ 4 & 2 & 0 \end{array}\right) \sim \left(\begin{array}{cc|c} 1 & 1 & -2 \\ 0 & 2 & -8 \end{array}\right)$$

II: $2c = -8$
$c = -4$

in I: $a + (-4) = -2$
$a = 2$

Man erhält: $f(x) = 2x^4 - 4x^2 + 2$

Aufgabe 26

Allg. Ansatz: $f(x) = ax^3 + cx$
(nur ungerade Hochzahlen, da symmetrisch zum Ursprung)

$f'(x) = 3ax^2 + c$
$f''(x) = 6ax$

Steigung 4 *im* Ursprung: $f'(0) = 4$
$3a \cdot 0^2 + c = 4 \Rightarrow c = 4$

P(−2 | 0) (*Punktprobe*): $f(-2) = 0$
$a \cdot (-2)^3 + c \cdot (-2) = 0$
$-8a - 2c = 0$

Einsetzen von $c = 4$: $-8a - 2 \cdot 4 = 0 \Leftrightarrow$
$-8a = 8 \Rightarrow a = -1$

Man erhält: $f(x) = -x^3 + 4x$

Aufgabe 27

Schaubild besitzt an der Stelle 2 eine waagrechte Tangente:
$f'(2) = 0$

Schaubild besitzt den Wendepunkt W(1 | −2):
$f(1) = -2$ und $f''(1) = 0$

Schaubild besitzt den Sattelpunkt S(−4 | 5):
$f(-4) = 5$ und $f'(-4) = 0$ und $f''(-4) = 0$

Schaubild berührt an der Stelle 2 die x-Achse:
$f(2) = 0$ und $f'(2) = 0$

Schaubild ist achsensymmetrisch zur y-Achse:
$f(x)$ enthält nur gerade Hochzahlen

Schaubild besitzt an der Stelle 2 eine Steigung von 4: $f'(2) = 4$

Schaubild schneidet das Schaubild der bekannten Funktion $g(x)$ an der Stelle 2:
$f(2) = g(2)$

Schaubild verläuft an der Stelle 3 parallel zur Geraden $y = -2x + 3$:
$f'(3) = -2$

Aufgabe 28

Allg. Ansatz: $f(x) = ax^4 + cx^2 + e$
(nur gerade Hochzahlen, da symm. zur y-Achse)

$f'(x) = 4ax^3 + 2cx$

H(0 | 4) (*Punktprobe*): $f(0) = 4$
$e = 4$

$T_1(-2 | 2)$ (*Punktprobe*): $f(-2) = 2$
$16a + 4c + 4 = 2 \Rightarrow 16a + 4c = -2$

$T_1(-2 | 2)$ (*Bed.* $f'(x) = 0$): $f'(-2) = 0$
$-32a - 4c = 0$

LGS für die Unbekannen a und c:

$$\left(\begin{array}{cc|c} 16 & 4 & -2 \\ -32 & -4 & 0 \end{array}\right) \sim \left(\begin{array}{cc|c} 16 & 4 & -2 \\ 0 & 4 & -4 \end{array}\right)$$

II: $4c = -4 \Rightarrow c = -1$

in I: $16a - 4 = -2 \Rightarrow a = \frac{1}{8}$

Man erhält: $f(x) = \frac{1}{8}x^4 - x^2 + 4$

Aufgabe 29

a) Hier sollte eine Exponentialfunktion verwendet werden, da ein starker Wachstumsprozess mit einem (für große x-Werte) sehr steilen Schaubild vorliegt. Zudem ist das Kennzeichen eines exponentiellen Wachstumsprozesses anzutreffen:
Je mehr Computer schon infiziert sind (y-Wert), desto größer ist der Zuwachs an infizierten Computern (Steigung).

b) Regression am WTR führt (näherungsweise) zu:
$f(x) = 0{,}9626 \cdot 3{,}0148^x$
($f(x) = 0{,}9626 \cdot e^{1{,}1035 \cdot x}$, da $\ln(3{,}0148) \approx 1{,}1035$)

c) Das Bestimmtheitsmaß bewertet die Güte der Regression, also wie gut die Kurve zur Punktwolke „passt".
Der Wert von r^2 liegt nahe bei 1, somit „passt" die Kurve in diesem Fall sehr gut zu den Punkten.

Aufgabe 30

1. Skizze machen.

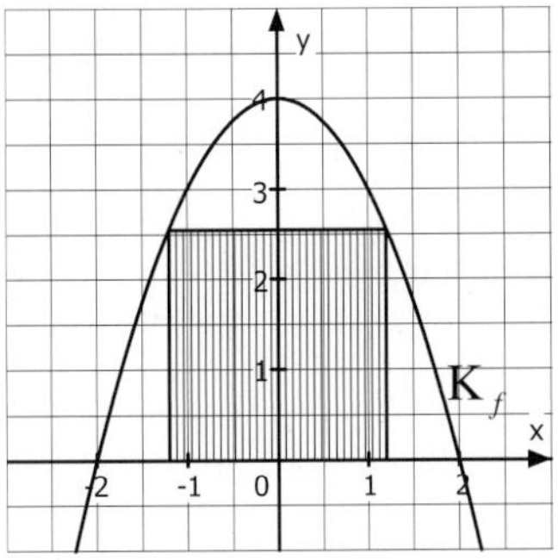

2. Koordinaten möglichst vieler relevanter Punkte (eventuell in Abhängigkeit von u) angeben.

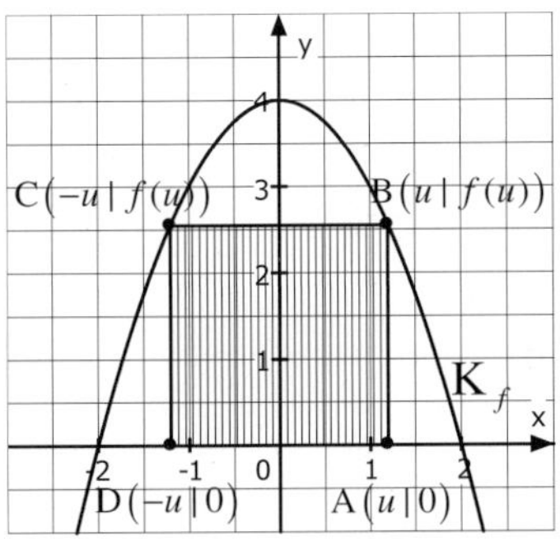

3. Allgemeine Zielfunktion bestimmen.
$U = 2 \cdot a + 2 \cdot b$

4. Benötigte Strecken $(a,\ b)$ für die Formel in die Skizze einzeichnen.

5. Streckenlängen durch die Koordinaten der Punkte aus 2. ausdrücken.

Hierbei beachten:
- horizontale Streckenlänge: $x_{\text{rechts}} - x_{\text{links}}$
- vertikale Streckenlänge: $y_{\text{oben}} - y_{\text{unten}}$

Funktionsterm aus Aufgabe einsetzen.

$$
\begin{aligned}
U(u) &= 2 \cdot a + 2 \cdot b \\
&= 2 \cdot (u - (-u)) + 2 \cdot (f(u) - 0) \\
&= 2 \cdot (u + u) + 2 \cdot (-u^2 + 4) \\
&= 2 \cdot (2u) - 2u^2 + 8 \\
&= 4u - 2u^2 + 8 \\
&= -2u^2 + 4u + 8 \text{ (Konkrete Zielfunktion)}
\end{aligned}
$$

6. Schaubild der Konkreten Zielfunktion auf Hochpunkt untersuchen:

$U'(u) = -4u + 4;$

$U''(u) = -4$

$$
\begin{aligned}
U'(u) &= 0 \\
-4u + 4 &= 0 \\
u &= 1
\end{aligned}
$$

$U''(1) = -4 < 0 \rightarrow H$

$U(1) = -2 \cdot 1^2 + 4 \cdot 1 + 8 = 10 \rightarrow H(1 \mid 10)$

7. Randwertuntersuchung

Die Randwerte für u sind in der Aufgabenstellung nicht explizit genannt, ergeben sich aber aus der Beschreibung:

$u > 0$ (sonst verschwindet Rechtecksseite a)

$u < 2$ (sonst befinden sich die Eckpunkte nicht zwischen den Schnittpunkten von K_f mit der x-Achse)

Wenn u gegen 0 strebt, strebt $U(u)$ gegen 8 (< 10!).
($u = 0$ darf nicht in die Zielfunktion eingesetzt werden, da $u > 0$ gilt.
Stattdessen: $U(0{,}0001) = 8{,}0004$)

Wenn u gegen 2 strebt, strebt $U(u)$ gegen 8 (< 10!).
($U(1{,}999) = 8{,}0004$)

8. Antwortsatz

Für $u = 1$ wird der Umfang des Rechtecks maximal. Dieser beträgt dann 10 Längeneinheiten.

Aufgabe 31

1. Extremwertaufgabe hat zugehörige Zielfunktion:
E: $u \cdot f(u)$
(Formel für den Flächeninhalt eines Rechtecks:
$A = a \cdot b$)

2. Extremwertaufgabe hat zugehörige Zielfunktion:
C: $\sqrt{(u-1)^2 + (f(u))^2}$
(Formel für Abstand zwischen zwei Punkten:
$\overline{PQ} = \sqrt{(x_2 - x_1)^2 + (y_2 - y_1)^2}$)

3. Extremwertaufgabe hat zugehörige Zielfunktion:
A: $\frac{1}{2} \cdot (u-1) \cdot f(u) \quad (u > 1)$
(Formel für Flächeninhalt eines rechtwinkligen
Dreiecks: $A = \frac{1}{2} \cdot a \cdot b$)

4. Extremwertaufgabe hat zugehörige Zielfunktion:
B: $f(u) - g(u)$
(Formel für Abstand zwischen zwei übereinanderliegenden Punkten: $\overline{PQ} = y_{\text{oben}} - y_{\text{unten}}$)

5. Extremwertaufgabe hat zugehörige Zielfunktion:
D: $\frac{1}{2} \cdot u \cdot (f(u) - 1) \quad (f(u) > 1)$
(Formel für Flächeninhalt eines rechtwinkligen
Dreiecks: $A = \frac{1}{2} \cdot a \cdot b$)

6. Extremwertaufgabe hat zugehörige Zielfunktion:
F: $2 \cdot u + 2 \cdot f(u)$
(Formel für den Umfang eines Rechtecks:
$U = 2a + 2b$)

4 Integralrechnung

Aufgabe 32

a) $F(x) = -\frac{1}{4}x^4 + x$

(Ebenso wäre z.B. $F(x) = -\frac{1}{4}x^4 + x + 4$
eine zugehörige Stammfunktion, da der
hintere Summand beim Ableiten verschwindet.)

b) $F(x) = \frac{1}{10}x^5 - \frac{1}{2}x^2 + x$

c) $F(x) = 2e^{x-3} - 4x$

d) $F(x) = 2e^{2x-3} \cdot \frac{1}{2} - 4x = e^{2x-3} - 4x$

e) $F(x) = \sin(4x-4) \cdot \frac{1}{4} = \frac{1}{4}\sin(4x-4)$

f) $F(x) = \frac{1}{5} \cdot (1-4x)^5 \cdot \frac{1}{-4} = -\frac{1}{20} \cdot (1-4x)^5$

g) $F(x) = \frac{1}{3} \cdot x^3 + 2e^{2x} \cdot \frac{1}{2} = \frac{1}{3}x^3 + e^{2x}$

h) $F(x) = -\cos(3x-5) \cdot \frac{1}{3} = -\frac{1}{3}\cos(3x-5)$

i) $F(x) = \frac{1}{5} \cdot (3x-2)^5 \cdot \frac{1}{3} = \frac{1}{15} \cdot (3x-2)^5$

j) $F(x) = \frac{0,5}{6}x^6 - \frac{2}{4}x^4 - \frac{1}{2} \cdot x^2$
$= \frac{1}{12}x^6 - \frac{1}{2}x^4 - \frac{1}{2}x^2$

k) $F(x) = -\frac{1}{4}x^4 - 2x + \frac{1}{2}x^2$

l) $F(x) = -e^{-2x} \cdot \frac{1}{-2} - x^2 = \frac{1}{2}e^{-2x} - x^2$

m) $F(x) = \cos(6x) \cdot \frac{1}{6} = \frac{1}{6}\cos(6x)$

n) $F(x) = -\frac{2}{5}x^5 + e^x$

o) $F(x) = \ln(x) + \ln(2x-5) \cdot \frac{1}{2}$

p) $F(x) = x^4 - e^{-x} \cdot \frac{1}{-1} = x^4 + e^{-x}$

q) $F(x) = -e^{1-2x} \cdot \frac{1}{-2} + \frac{1}{2}x^2 = \frac{1}{2}e^{1-2x} + \frac{1}{2}x^2$

r) $F(x) = e^{ax+b} \cdot \frac{1}{a} = \frac{1}{a}e^{ax+b}$

s) $F(x) = \cos(2ax-b) \cdot \frac{1}{2a}$

t) $V(t)=0{,}6\cdot\left(-\cos\left(\frac{5\pi}{3}\cdot t\right)\cdot\frac{1}{\frac{5\pi}{3}}\right)$

$=-0{,}6\cdot\frac{3}{5\pi}\cdot\cos\left(\frac{5\pi}{3}\cdot t\right)$

$=-\frac{1{,}8}{5\pi}\cdot\cos\left(\frac{5\pi}{3}\cdot t\right)$

Aufgabe 33

a) Die Funktionsterme aller Stammfunktionen unterscheiden sich nur durch den Wert des „hinteren Summanden" (Integrationskonstante). Dieser verschwindet jedoch beim Ableiten.

b) Die Integrationskonstante verschiebt die Schaubilder der Stammfunktionen nur nach oben bzw. unten.
An jedem x-Wert weisen jedoch alle Schaubilder die gleiche Steigung auf.

c) Die allg. Stammfunktion von $f(x)=x^2-8x$ lautet: $F(x)=\frac{1}{3}x^3-\frac{8}{2}x^2+c$.
Die Punktprobe mit $P(3\,|\,-31)$ führt zum benötigten Wert der Integrationskonstanten:

$-31=\frac{1}{3}\cdot3^3-\frac{8}{2}\cdot3^2+c$

$-31=9-36+c$

$-4=c \qquad \Rightarrow F(x)=\frac{1}{3}x^3-\frac{8}{2}x^2-4$

Aufgabe 34

- S. 52 für den Zusammenhang zwischen den Schaubildern der Stammfunktion $F(x)$ und der Funktion $f(x)$.

- An jedem x-Wert, an welchem das Schaubild von $F(x)$ einen Extrempunkt aufweist, besitzt das Schaubild von $f(x)$ eine Nullstelle.

Links: K_H Mitte: K_F Rechts: K_G

Aufgabe 35

a) $A=\int_0^2 f(x)\,dx=\int_0^2\left(-2x^3+4x^2\right)dx$

$=\left[-\frac{2}{4}x^4+\frac{4}{3}x^3\right]_0^2=-\frac{2}{4}\cdot2^4+\frac{4}{3}\cdot2^3-\left(-\frac{2}{4}\cdot0^4+\frac{4}{3}\cdot0\right)$

$=\frac{8}{3}-0=\frac{8}{3}$ FE

b) $A=\int_{-1,5}^{1,5}(-f(x))\,dx=\int_{-1,5}^{1,5}\left(-\left(-2\cos\left(\frac{\pi}{3}x\right)\right)\right)dx$

$\int_{-1,5}^{1,5}\left(2\cos\left(\frac{\pi}{3}x\right)\right)dx=\left[2\sin\left(\frac{\pi}{3}x\right)\cdot\frac{1}{\frac{\pi}{3}}\right]_{-1,5}^{1,5}$

$=\left[2\sin\left(\frac{\pi}{3}x\right)\cdot\frac{3}{\pi}\right]_{-1,5}^{1,5}=\left[\frac{6}{\pi}\sin\left(\frac{\pi}{3}x\right)\right]_{-1,5}^{1,5}$

$=\frac{6}{\pi}\sin\left(\frac{\pi}{3}\cdot1{,}5\right)-\left(\frac{6}{\pi}\sin\left(\frac{\pi}{3}\cdot(-1{,}5)\right)\right)$

$\approx1{,}91-(-1{,}91)\approx3{,}82$ FE

c) Zusammengesetzte Fläche
1. Nullstelle bestimmen

$$\begin{aligned}
f(x)&=0 \\
-e^{0,5x+1}+2&=0 && |+e^{0,5x+1}\\
2&=e^{0,5x+1} && |\ln(\;)\\
\ln(2)&=0{,}5x+1 && |-1\\
-0{,}31&\approx0{,}5x && |:0{,}5\\
-0{,}62&\approx x
\end{aligned}$$

2. Teilflächeninhalte bestimmen und 3. Gesamtflächeninhalt bestimmen

$A\approx A_1+A_2\approx\int_{-3}^{-0,62}f(x)\,dx+\int_{-0,62}^{1}-f(x)\,dx$

$\approx\int_{-3}^{-0,62}\left(-e^{0,5x+1}+2\right)dx+\int_{-0,62}^{1}\left(-\left(-e^{0,5x+1}+2\right)\right)dx$

$\approx\left[-e^{0,5x+1}\cdot\frac{1}{0{,}5}+2x\right]_{-3}^{-0,62}+\left[e^{0,5x+1}\cdot\frac{1}{0{,}5}-2x\right]_{-0,62}^{1}$

$\approx-e^{0,5\cdot(-0,62)+1}\cdot\frac{1}{0{,}5}+2\cdot(-0{,}62)-$

$\left(-e^{0,5\cdot(-3)+1}\cdot\frac{1}{0{,}5}+2\cdot(-3)\right)+e^{0,5\cdot1+1}\cdot\frac{1}{0{,}5}-2\cdot1-$

$\left(e^{0,5\cdot(-0,62)+1}\cdot\frac{1}{0{,}5}-2\cdot(-0{,}62)\right)$

$\approx-5{,}22-(-7{,}21)+6{,}96-5{,}22$

$\approx1{,}99+1{,}74\approx3{,}73$ FE

d) $A = \int_{-1}^{1} (f(x) - g(x))\,dx$

$= \int_{-1}^{1} \left(x - 1 + e^{-x} - (x-1)\right) dx$

$= \int_{-1}^{1} \left(x - 1 + e^{-x} - x + 1\right) dx$

$= \int_{-1}^{1} \left(e^{-x}\right) dx$

$= \left[-e^{-x}\right]_{-1}^{1}$

$= -e^{-1} - (-e^{-(-1)}) = -e^{-1} + e$

$\approx 2{,}35$ FE

Aufgabe 36

a) $\int_{0,7}^{2,9} (f(x) - g(x))\,dx = 1{,}5$ FE

Inhalt der Fläche A_2 wird berechnet.

b) $\int_{2,9}^{4,9} (f(x) - g(x))\,dx = -1{,}7$

Problem: Falsche Reihenfolge der Funktionen.

c) $\int_{-1,8}^{2,9} (f(x) - g(x))\,dx = -4{,}1 + 1{,}5 = -2{,}6$

Problem: Es wird über eine Schnittstelle hinweg-integriert.

d) $\int_{-1,8}^{4,9} (g(x) - f(x))\,dx = 4{,}1 - 1{,}5 + 1{,}7 = 4{,}3$ FE

Problem: Es wird über zwei Schnittstellen hinweg-integriert.

e) $\int_{-1,8}^{0,7} (g(x) - f(x))\,dx + \int_{0,7}^{2,9} (f(x) - g(x))\,dx$

$+ \int_{2,9}^{4,9} (g(x) - f(x))\,dx = 4{,}1 + 1{,}5 + 1{,}7 = 7{,}3$ FE

Inhalt der Fläche $A_1 + A_2 + A_3$ wird berechnet.

f) $\int_{-1,8}^{2,9} g(x) - f(x)\,dx = 4{,}1 - 1{,}5 = 2{,}6$ FE

Problem: Es wird über eine Schnittstelle hinweg-integriert.

g) $\int_{4,9}^{2,9} (g(x) - f(x))\,dx = -1{,}7$

Problem: Grenzen wurden vertauscht.

5 Anwendungsorientierte Aufgaben

Aufgabe 37

a) $f(3)=0,5\cdot 3^3-6,5\cdot 3^2+20\cdot 3+42=57$
Zu diesem Zeitpunkt liegt ein Kurs von 57 Punkten vor.

b) Am Tiefpunkt des Schaubildes liegt der geringste Aktienkurs vor:

$f(t)=0,5t^3-6,5t^2+20t+42$
$f'(t)=1,5t^2-13t+20$
$f''(t)=3t-13$

1. Schritt:

$$f'(t)=0$$
$$1,5t^2-13t+20=0$$
$$t_{1/2}=\frac{-(-13)\pm\sqrt{(-13)^2-4\cdot 1,5\cdot 20}}{2\cdot 1,5}=\frac{13\pm\sqrt{49}}{3}=\frac{13\pm 7}{3}$$
$$t_1=\frac{13+7}{3}=\frac{20}{3};$$
$$t_2=\frac{13-7}{3}=\frac{6}{3}=2$$

2. Schritt:

$$f_t''\left(\frac{20}{3}\right)=3\cdot\frac{20}{3}-13=7>0\quad\rightarrow \text{T}$$
$$\left(f_t''(2)\ =3\cdot 2-13=-7<0\quad\rightarrow \text{H}\right)$$

3. Schritt:

$$f\left(\frac{20}{3}\right)=0,5\cdot\left(\frac{20}{3}\right)^3-6,5\cdot\left(\frac{20}{3}\right)^2+20\cdot\left(\frac{20}{3}\right)+42$$
$$=34,59\quad\rightarrow \text{T}\left(\frac{20}{3}\,|\,34,59\right)$$

Nach $\frac{20}{3}\approx 6,67\ s$ liegt der geringste Aktienkurs von 34,59 Punkten vor.

c) Die Zu- bzw. Abnahme des Aktienkurses wird durch die Steigung des Schaubildes dargestellt. Die Ableitungsfunktion gibt also die Änderung des Aktienkurses an.

Mit Hilfe der Ableitungsfunktion wird die Steigung an den beiden t-Werten verglichen.

$f'(1)=1,5\cdot 1^2-13\cdot 1+20=8,5$
$f'(7,7)=1,5\cdot 7,7^2-13\cdot 7,7+20=8,84$

Somit nimmt der Kurs zum Zeitpunkt $7,7\ s$ stärker zu.

d) Hierzu muss der Tiefpunkt der Ableitungsfunktion bestimmt werden (Wendepunkt von $f(t)$).

$f'(t)=1,5t^2-13t+20$
$f''(t)=3t-13$ (1. Ableitung der Funktion $f'(t)$)
$f'''(t)=3$ (2. Ableitung der Funktion $f'(t)$)

1. Schritt:

$$f''(t)=0$$
$$3t-13=0\quad |+13$$
$$3t=13\quad |:3$$
$$t=\frac{13}{3}\approx 4,33$$

2. Schritt:

$$f'''\left(\frac{13}{3}\right)=3>0\rightarrow \text{T}$$

Zum Zeitpunkt 4,33 s nimmt der Kurs am stärksten ab.

Aufgabe 38

a) $f(3) = -0{,}05 \cdot 3^3 + 0{,}8 \cdot 3^2 - 2{,}95 \cdot 3 + 2{,}2 = -0{,}8$
Zu diesem Zeitpunkt liegt ein Abfluss von 0,8 Litern pro Sekunde vor.

$f(9) = -0{,}05 \cdot 9^3 + 0{,}8 \cdot 9^2 - 2{,}95 \cdot 9 + 2{,}2 = 4$
Zu diesem Zeitpunkt liegt ein Zufluss von 4 Litern pro Sekunde vor.

b) - Zufluss bis zum Zeitpunkt 1 *s*
- Dann Abfluss bis zum Zeitpunkt 4 *s*
- Dann Zufluss bis zum Zeitpunkt 10 *s*

c) An 2 Zeitpunkten gilt: $f(t) = 1$
(Ungefähres Ablesen: $t_1 \approx 0{,}5$; $t_2 \approx 4{,}9$)

d) Der stärkste Gaszufluss liegt am Hochpunkt des Schaubildes vor.

$f(t) = -0{,}05t^3 + 0{,}8t^2 - 2{,}95t + 2{,}2$
$f'(t) = -0{,}15t^2 + 1{,}6t - 2{,}95$
$f''(t) = -0{,}3t + 1{,}6$

1. Schritt:

$$f'(t) = 0$$
$$-0{,}15t^2 + 1{,}6t - 2{,}95 = 0$$
$$t_{1/2} = \frac{-1{,}6 \pm \sqrt{1{,}6^2 - 4 \cdot (-0{,}15) \cdot (-2{,}95)}}{2 \cdot (-0{,}15)} = \frac{-1{,}6 \pm \sqrt{0{,}79}}{-0{,}3} \approx \frac{-1{,}6 \pm 0{,}89}{-0{,}3}$$
$$t_1 \approx \frac{-1{,}6 + 0{,}89}{-0{,}3} = 2{,}37;$$
$$t_2 \approx \frac{-1{,}6 - 0{,}89}{-0{,}3} = 8{,}3$$

2. Schritt:

$(f''(2{,}37) = -0{,}3 \cdot 2{,}37 + 1{,}6 = 0{,}89 > 0 \rightarrow \mathrm{T})$
$f''(8{,}3) = -0{,}3 \cdot 8{,}3 + 1{,}6 = -0{,}89 < 0 \rightarrow \mathrm{H}$

3. Schritt:

$f(8{,}3) = -0{,}05 \cdot 8{,}3^3 + 0{,}8 \cdot 8{,}3^2 - 2{,}95 \cdot 8{,}3 + 2{,}2$
$= 4{,}24 \quad \rightarrow \mathrm{H}(8{,}3 \mid 4{,}24)$
Nach 8,3 Sekunden liegt der stärkste Gaszufluss von 4,24 Litern pro Sekunde vor.

e) Zwischen der 1. und der 4. Sekunde fließt Gas ab. Der Inhalt der Fläche zwischen dem Schaubild und der *x*-Achse im Abflusszeitraum gibt den gesamten Gasabfluss an.

$$\int_1^4 (-f(t))\,dt$$
$$= \int_1^4 \left(-\left(-0{,}05t^3 + 0{,}8t^2 - 2{,}95t + 2{,}2\right)\right) dt$$
$$= \int_1^4 \left(0{,}05t^3 - 0{,}8t^2 + 2{,}95t - 2{,}2\right) dt$$
$$= \frac{0{,}05}{4} \cdot 4^4 - \frac{0{,}8}{3} \cdot 4^3 + \frac{2{,}95}{2} \cdot 4^2 - 2{,}2 \cdot 4 - \left(\frac{0{,}05}{4} \cdot 1^4 - \frac{0{,}8}{3} \cdot 1^3 + \frac{2{,}95}{2} \cdot 1^2 - 2{,}2 \cdot 1\right)$$
$$\approx 0{,}93 - (-0{,}98) \approx 1{,}91$$

Es sind also insgesamt ca. 1,91 Liter abgeflossen.

f) $\int_2^7 (f(t))\,dt \approx 4{,}15$

Interpretation:
Da über die Nullstelle des Schaubildes „hinwegintegriert“ wird, wird der negative Flächeninhalt im Abflusszeitraum mit dem positiven Flächeninhalt im Zuflusszeitraum verrechnet.
Der Zufluss überwiegt um 4,15 Liter. Die Gasmenge im Speicher ist also nach 7 Sekunden um 4,15 Liter größer als nach 2 Sekunden.

g) Die gesuchte Funktion ist die Stammfunktion von $f(t)$. Über diese ist bekannt, dass ihr Schaubild durch den Punkt P(3 | 50) verläuft. Hierdurch wird der Wert der Integrationskonstante berechnet.

$$\mathrm{F}(t) = -\frac{0{,}05}{4}t^4 + \frac{0{,}8}{3}t^3 - \frac{2{,}95}{2}t^2 + 2{,}2t + c$$
$$= -\frac{1}{80}t^4 + \frac{4}{15}t^3 - \frac{59}{40}t^2 + 2{,}2t + c$$

Punktprobe mit P(3 | 50):

$$50 = -\frac{1}{80} \cdot 3^4 + \frac{4}{15} \cdot 3^3 - \frac{59}{40} \cdot 3^2 + 2{,}2 \cdot 3 + c$$
$$50 = -\frac{39}{80} + c \qquad \Big| + \frac{39}{80}$$
$$\frac{4039}{80} = c \quad \text{(entspricht auch dem Anfangsbestand)}$$
$$\Rightarrow \mathrm{F}(t) = -\frac{1}{80}t^4 + \frac{4}{15}t^3 - \frac{59}{40}t^2 + 2{,}2t + \frac{4039}{80}$$

Aufgabe 39

a) Hier liegt exponentieller Zerfall vor, da sich der Bestand von Zeitschritt zu Zeitschritt stets um den gleichen Faktor bzw. Prozentsatz ändert.
Der Bestand strebt langfristig gegen Null.

b) Mit dem gegebenen Anfangsbestand erhält man: $f(t) = 350 \cdot \left(\frac{2}{3}\right)^t$

(Anfangsbestand: 350; jährlich bleiben $\frac{2}{3}$ des Bestands übrig.)

c) $f(t) = 350 \cdot e^{\ln\left(\frac{2}{3}\right) \cdot t} \approx 350 \cdot e^{-0{,}405 \cdot t}$

d) Formel für die Halbwertszeit:

$$t_h = \frac{\ln(0{,}5)}{k} = \frac{\ln(0{,}5)}{\ln\left(\frac{2}{3}\right)} \approx 1{,}71 \text{ Jahre}$$

e) Restbestand: $0{,}1 \cdot 350 = 35$
Für $f(t)$ einsetzen:

$$\begin{aligned} 35 &= 350 \cdot e^{-0{,}405 \cdot t} && |:350 \\ 0{,}1 &= e^{-0{,}405 \cdot t} && |\ln \\ \ln(0{,}1) &= -0{,}405 \cdot t && |:(-0{,}405) \\ 5{,}68 &\approx t && \text{Nach ca. 5,68 Jahren.} \end{aligned}$$

f) Momentane Zerfallsgeschwindigkeit:

$$\begin{aligned} f(t) &= 350 \cdot e^{-0{,}405 \cdot t} \\ f'(t) &= 350 \cdot e^{-0{,}405 \cdot t} \cdot (-0{,}405) \\ &= -141{,}75 \cdot e^{-0{,}405 \cdot t} \end{aligned}$$

Die höchste mom. Zerfallsgeschw. liegt zu Beginn vor: $f'(0) = 141{,}75 \cdot e^{-0{,}405 \cdot 0} = 141{,}75$;
141,75 Individuen pro Tag.

Lösungen Vektorgeometrie

Aufgabe 40

a)

$$\left(\begin{array}{ccc|c} 1 & 4 & 6 & 1 \\ 2 & 3 & 7 & 1 \\ 3 & 2 & 8 & 2 \end{array}\right) \begin{array}{l} \\ 2\cdot I - II \\ 3\cdot I - III \end{array}$$

$$\left(\begin{array}{ccc|c} 1 & 4 & 6 & 1 \\ 0 & 5 & 5 & 1 \\ 0 & 10 & 10 & 1 \end{array}\right) \begin{array}{l} \\ \\ 2\cdot II - III \end{array}$$

$$\left(\begin{array}{ccc|c} 1 & 4 & 6 & 1 \\ 0 & 5 & 5 & 1 \\ 0 & 0 & 0 & 1 \end{array}\right)$$

LGS hat
keine Lösung

b)

$$\left(\begin{array}{ccc|c} 2 & -3 & 4 & 8 \\ 3 & 4 & -5 & -4 \\ 4 & -6 & 3 & 1 \end{array}\right) \begin{array}{l} \\ 3\cdot I - 2\cdot II \\ 2\cdot I - III \end{array}$$

$$\left(\begin{array}{ccc|c} 2 & -3 & 4 & 8 \\ 0 & -17 & 22 & 32 \\ 0 & 0 & 5 & 15 \end{array}\right)$$

LGS hat
eindeutige Lösung

III: $5x_3 = 15$
$x_3 = 3$

in II: $-17x_2 + 22\cdot 3 = 32$
$-17x_2 + 66 = 32$
$-17x_2 = -34$
$x_2 = 2$

in I: $2x_1 - 3\cdot 2 + 4\cdot 3 = 8$
$2x_1 + 6 = 8$
$2x_1 = 2$
$x_1 = 1$

Lösungsvektor: $\vec{x} = \begin{pmatrix} 1 \\ 2 \\ 3 \end{pmatrix}$

c) Nach Umstellen:

$$\left(\begin{array}{ccc|c} 1 & 3 & -1 & 4 \\ 2 & 1 & 1 & 7 \\ 2 & -4 & 4 & 6 \end{array}\right) \begin{array}{l} \\ 2\cdot I - II \\ 2\cdot I - III \end{array}$$

$$\left(\begin{array}{ccc|c} 1 & 3 & -1 & 4 \\ 0 & 5 & -3 & 1 \\ 0 & 10 & -6 & 2 \end{array}\right) \begin{array}{l} \\ \\ 2\cdot II - III \end{array}$$

$$\left(\begin{array}{ccc|c} 1 & 3 & -1 & 4 \\ 0 & 5 & -3 & 1 \\ 0 & 0 & 0 & 0 \end{array}\right)$$

LGS hat
unendlich viele Lösungen

Setzen von $x_3 = t \quad (t \in \mathbb{R})$
in II:
$5x_2 - 3t = 1$
$5x_2 = 3t + 1$

$$x_2 = \frac{3}{5}t + \frac{1}{5}$$

in I:

$$x_1 + 3\cdot\left(\frac{3}{5}t + \frac{1}{5}\right) - t = 4$$
$$x_1 + \frac{9}{5}t + \frac{3}{5} - t = 4$$
$$x_1 + \frac{4}{5}t = \frac{17}{5}$$
$$x_1 = -\frac{4}{5}t + \frac{17}{5}$$

Lösungsvektor:

$$\vec{x} = \begin{pmatrix} -\frac{4}{5}t + \frac{17}{5} \\ \frac{3}{5}t + \frac{1}{5} \\ t \end{pmatrix}; \; t \in \mathbb{R}$$

Aufgabe 41

A(1| 2| −3) und B(0| −2| 2)

a) $\overrightarrow{AB} = \begin{pmatrix} 0-1 \\ -2-2 \\ 2-(-3) \end{pmatrix} = \begin{pmatrix} -1 \\ -4 \\ 5 \end{pmatrix}$;

b) $\left|\overrightarrow{AB}\right| = \sqrt{(-1)^2 + (-4)^2 + 5^2} = \sqrt{42}$

Aufgabe 42

a) $\vec{a} = \begin{pmatrix} 1 \\ -1 \\ -2 \end{pmatrix}, \vec{b} = \begin{pmatrix} 2 \\ -1 \\ 3 \end{pmatrix}$;

$\begin{pmatrix} 1 \\ -1 \\ -2 \end{pmatrix} \cdot \begin{pmatrix} 2 \\ -1 \\ 3 \end{pmatrix} = 1 \cdot 2 + (-1) \cdot (-1) + (-2) \cdot 3 = -3 \neq 0$

somit nicht senkrecht.

b) $\vec{a} = \begin{pmatrix} 4 \\ -1 \\ 4 \end{pmatrix}, \vec{b} = \begin{pmatrix} 2 \\ 4 \\ -1 \end{pmatrix}$

$\begin{pmatrix} 4 \\ -1 \\ 4 \end{pmatrix} \cdot \begin{pmatrix} 2 \\ 4 \\ -1 \end{pmatrix} = 4 \cdot 2 + (-1) \cdot 4 + 4 \cdot (-1) = 0$

somit senkrecht.

Aufgabe 43

a) $A(2 \mid -3 \mid 4)$ Einsetzen:

$$\begin{pmatrix} 2 \\ -3 \\ 4 \end{pmatrix} = \begin{pmatrix} -2 \\ 1 \\ 2 \end{pmatrix} + r \cdot \begin{pmatrix} 2 \\ -2 \\ 1 \end{pmatrix} \Leftrightarrow \begin{matrix} 2 = -2 + 2r & \Leftrightarrow & r = 2 \\ -3 = 1 - 2r & \Leftrightarrow & r = 2 \\ 4 = 2 + r & \Leftrightarrow & r = 2 \end{matrix}$$

Gleiche Werte für r. Somit liegt A auf g.

b) $B(0 \mid 3 \mid 3)$ Einsetzen:

$$\begin{pmatrix} 0 \\ 3 \\ 3 \end{pmatrix} = \begin{pmatrix} -2 \\ 1 \\ 2 \end{pmatrix} + r \cdot \begin{pmatrix} 2 \\ -2 \\ 1 \end{pmatrix} \Leftrightarrow \begin{matrix} 0 = -2 + 2r & \Leftrightarrow & r = 1 \\ 3 = 1 - 2r & \Leftrightarrow & r = -1 \\ 3 = 2 + r & \Leftrightarrow & r = 1 \end{matrix}$$

Verschiedene Werte für r. Somit liegt B nicht auf g.

Aufgabe 44

A(−1 | 2 | 0) und B(2 | 1 | −2)

$g: \ \vec{x} = \overrightarrow{OA} + r \cdot \overrightarrow{AB}$

$g: \ \vec{x} = \begin{pmatrix} -1 \\ 2 \\ 0 \end{pmatrix} + r \cdot \begin{pmatrix} 2-(-1) \\ 1-2 \\ -2-0 \end{pmatrix}$

$g: \ \vec{x} = \begin{pmatrix} -1 \\ 2 \\ 0 \end{pmatrix} + r \cdot \begin{pmatrix} 3 \\ -1 \\ -2 \end{pmatrix}$ (mit $r \in \mathbb{R}$)

Aufgabe 45

Da die beiden Richtungsvektoren senkrecht aufeinander stehen sollen, muss deren Skalarprodukt 0 ergeben.

Beispielhafter Richtungsvektor von h ist $\begin{pmatrix} 2 \\ 1 \\ 1 \end{pmatrix}$,

da: $\begin{pmatrix} 2 \\ -1 \\ -3 \end{pmatrix} \cdot \begin{pmatrix} 2 \\ 1 \\ 1 \end{pmatrix} = 2 \cdot 2 + (-1) \cdot 1 + (-3) \cdot 1 = 0$

Man erhält: $h: \vec{x} = \begin{pmatrix} -2 \\ 1 \\ 3 \end{pmatrix} + s \cdot \begin{pmatrix} 2 \\ 1 \\ 1 \end{pmatrix}$ (mit $s \in \mathbb{R}$)

(Stützpunkt wird von g in h übernommen, da die Geraden sich hier schneiden.)

Aufgabe 46

a) Gleichsetzen: $\begin{pmatrix} -2 \\ -2 \\ 0 \end{pmatrix} + r \cdot \begin{pmatrix} 5 \\ 4 \\ 3 \end{pmatrix} = \begin{pmatrix} 0 \\ 0 \\ 2 \end{pmatrix} + s \cdot \begin{pmatrix} 1 \\ 1 \\ 1 \end{pmatrix}$

LGS in r und s ordnen:

$$\begin{matrix} -2 + 5r = s \\ -2 + 4r = s \\ 3r = 2 + s \end{matrix} \quad \Leftrightarrow \quad \begin{matrix} 5r - s = 2 & (1) \\ 4r - s = 2 & (2) \\ 3r - s = 2 & (3) \end{matrix}$$

Lösen des LGS aus 2 Gleichungen ergibt:

$r = 0; \ s = -2$

Probe in der dritten Gleichung ergibt eine wahre Aussage.

Schnittpunkt:

$\overrightarrow{OS} = \begin{pmatrix} -2 \\ -2 \\ 0 \end{pmatrix} + 0 \cdot \begin{pmatrix} 5 \\ 4 \\ 3 \end{pmatrix} = \begin{pmatrix} -2 \\ -2 \\ 0 \end{pmatrix} \rightarrow S(-2 \mid -2 \mid 0)$

b) Gleichsetzen: $\begin{pmatrix}-1\\0\\2\end{pmatrix}+r\cdot\begin{pmatrix}1\\1\\-1\end{pmatrix}=\begin{pmatrix}4\\0\\0\end{pmatrix}+s\cdot\begin{pmatrix}-2\\-2\\2\end{pmatrix}$

LGS in r und s ordnen:

$$\begin{array}{lcll} -1+r=4-2s & & r+2s=5 & (1)\\ r=-2s & \Leftrightarrow & r+2s=0 & (2)\\ 2-r=2s & & -r-2s=-2 & (3)\end{array}$$

LGS hat keine Lösung. Widerspruch.

Untersuchung der Richtungsvektoren. Es gilt:

$-2\cdot\begin{pmatrix}1\\1\\-1\end{pmatrix}=\begin{pmatrix}-2\\-2\\2\end{pmatrix}$ (sind Vielfache voneinander)

Geraden sind parallel.

Hinweis: Schneller geht es, wenn man gleich die Vielfachheit der Richtungsvektoren erkennt. Dann genügt eine Punktprobe des Aufpunktes der einen Geraden in der anderen um zu ermitteln, ob die Geraden parallel oder identisch sind.

Aufgabe 47

$A(1\,|\,1\,|\,1)$ Einsetzen:

$$\begin{pmatrix}1\\1\\1\end{pmatrix}=\begin{pmatrix}-2\\-1\\3\end{pmatrix}+r\cdot\begin{pmatrix}1\\0\\2\end{pmatrix}+s\cdot\begin{pmatrix}1\\1\\-2\end{pmatrix}$$

$$\Leftrightarrow\begin{pmatrix}3=r+s\\2=s\\-2=2r-2s\end{pmatrix}$$

Eindeutige Lösung: $r=1$ und $s=2$.

Somit liegt A in E.

Aufgabe 48

$A(1\,|\,2\,|\,4)$, $B(0\,|\,2\,|-2)$, $C(1\,|\,3\,|\,4)$

$E:\ \vec{x}=\overrightarrow{OA}+r\cdot\overrightarrow{AB}+r\cdot\overrightarrow{AC}$

$E:\ \vec{x}=\begin{pmatrix}1\\2\\4\end{pmatrix}+r\cdot\begin{pmatrix}0-1\\2-2\\-2-4\end{pmatrix}+s\cdot\begin{pmatrix}1-1\\3-2\\4-4\end{pmatrix}$

$E:\ \vec{x}=\begin{pmatrix}1\\2\\4\end{pmatrix}+r\cdot\begin{pmatrix}-1\\0\\-6\end{pmatrix}+s\cdot\begin{pmatrix}0\\1\\0\end{pmatrix}$ (mit $r,\ s\in\mathbb{R}$)

Aufgabe 49

Die beiden Spannvektoren der Ebene müssen senkrecht (Skalarprodukt $=0$) auf dem Richtungsvektor der Geraden stehen und werden durch Probieren ermittelt:

$\begin{pmatrix}1\\0\\1\end{pmatrix}$ ist senkrecht auf $\begin{pmatrix}-1\\2\\1\end{pmatrix}$, da

$\begin{pmatrix}-1\\2\\1\end{pmatrix}\cdot\begin{pmatrix}1\\0\\1\end{pmatrix}=(-1)\cdot1+2\cdot0+1\cdot1=0$

$\begin{pmatrix}1\\1\\-1\end{pmatrix}$ ist senkrecht auf $\begin{pmatrix}-1\\2\\1\end{pmatrix}$, da

$\begin{pmatrix}-1\\2\\1\end{pmatrix}\cdot\begin{pmatrix}1\\1\\-1\end{pmatrix}=(-1)\cdot1+2\cdot1+1\cdot(-1)=0$

Man erhält:

$E:\vec{x}=\begin{pmatrix}1\\2\\3\end{pmatrix}+r\cdot\begin{pmatrix}1\\0\\1\end{pmatrix}+s\cdot\begin{pmatrix}1\\1\\-1\end{pmatrix}$ mit $r,s\in\mathbb{R}$

(Aufpunkt wird übernommen)

Aufgabe 50

$E:\vec{x}=\begin{pmatrix}-2\\-1\\3\end{pmatrix}+r\cdot\begin{pmatrix}1\\0\\2\end{pmatrix}+s\cdot\begin{pmatrix}1\\1\\-2\end{pmatrix}$ mit $r,s\in\mathbb{R}$

a) Spurpunkt mit x_1-Achse

Schritt 1: Bedingungen

$x_2=0\Leftrightarrow-1+s=0\Leftrightarrow s=1$

$x_3=0\Leftrightarrow 3+2r-2s=0\Leftrightarrow 2r-2s=-3$

Schritt 2: LGS lösen

$s=1;\ r=-0,5$

Schritt 3: Einsetzen

$\vec{x}=\begin{pmatrix}-2\\-1\\3\end{pmatrix}-0,5\cdot\begin{pmatrix}1\\0\\2\end{pmatrix}+1\cdot\begin{pmatrix}1\\1\\-2\end{pmatrix}=\begin{pmatrix}-1,5\\0\\0\end{pmatrix}$

$\Rightarrow\ S_1(-1,5\,|\,0\,|\,0)$

Spurpunkt mit x_2-Achse

Schritt 1: Bedingungen

$x_1 = 0 \Leftrightarrow -2+r+s=0 \Leftrightarrow r+s=2$

$x_3 = 0 \Leftrightarrow 3+2r-2s=0 \Leftrightarrow 2r-2s=-3$

Schritt 2: LGS lösen

$s=1,75;\ r=0,25$

Schritt 3: Einsetzen

$$\vec{x} = \begin{pmatrix}-2\\-1\\3\end{pmatrix} + 0,25\cdot\begin{pmatrix}1\\0\\2\end{pmatrix} + 1,75\cdot\begin{pmatrix}1\\1\\-2\end{pmatrix} = \begin{pmatrix}0\\0,75\\0\end{pmatrix}$$

$\Rightarrow\ S_2(0\,|\,0,75\,|\,0)$

Spurpunkt mit x_3-Achse

Schritt 1: Bedingungen

$x_1 = 0 \Leftrightarrow -2+r+s=0 \Leftrightarrow r+s=2$

$x_2 = 0 \Leftrightarrow -1+s=0 \Leftrightarrow s=1$

Schritt 2: LGS lösen

$s=1;\ r=1$

Schritt 3: Einsetzen

$$\vec{x} = \begin{pmatrix}-2\\-1\\3\end{pmatrix} + 1\cdot\begin{pmatrix}1\\0\\2\end{pmatrix} + 1\cdot\begin{pmatrix}1\\1\\-2\end{pmatrix} = \begin{pmatrix}0\\0\\3\end{pmatrix}$$

$\Rightarrow\ S_3(0\,|\,0\,|\,3)$

b)

• mit x_1x_2-Ebene

Schritt 1: Benötigte Spurpunkte notieren.
$S_1(-1,5\,|\,0\,|\,0)$ und $S_2(0\,|\,0,75\,|\,0)$

Schritt 2: Gerade durch Spurpunkte aufstellen.

$$s_{12}: \vec{x} = \begin{pmatrix}-1,5\\0\\0\end{pmatrix} + r\cdot\begin{pmatrix}0-1,5\\0,75-0\\0-0\end{pmatrix}$$

$$\Leftrightarrow\ s_{12}:\ \vec{x} = \begin{pmatrix}-1,5\\0\\0\end{pmatrix} + r\cdot\begin{pmatrix}-1,5\\0,75\\0\end{pmatrix}\ (\text{mit } r\in\mathbb{R})$$

• mit x_1x_3-Ebene

Schritt 1: Benötigte Spurpunkte notieren.
$S_1(-1,5\,|\,0\,|\,0)$ und $S_3(0\,|\,0\,|\,3)$

Schritt 2: Gerade durch Spurpunkte aufstellen.

$$s_{13}: \vec{x} = \begin{pmatrix}-1,5\\0\\0\end{pmatrix} + r\cdot\begin{pmatrix}0-(-1,5)\\0-0\\3-0\end{pmatrix}$$

$$\Leftrightarrow\ s_{13}:\ \vec{x} = \begin{pmatrix}-1,5\\0\\0\end{pmatrix} + r\cdot\begin{pmatrix}1,5\\0\\3\end{pmatrix}\ (\text{mit } r\in\mathbb{R})$$

• mit x_2x_3-Ebene

Schritt 1: Benötigte Spurpunkte notieren.
$S_2(0\,|\,0,75\,|\,0)$ und $S_3(0\,|\,0\,|\,3)$

Schritt 2: Gerade durch Spurpunkte aufstellen.

$$s_{23}: \vec{x} = \begin{pmatrix}0\\0,75\\0\end{pmatrix} + r\cdot\begin{pmatrix}0-0\\0-0,75\\3-0\end{pmatrix}$$

$$\Leftrightarrow\ s_{23}:\ \vec{x} = \begin{pmatrix}0\\0,75\\0\end{pmatrix} + r\cdot\begin{pmatrix}0\\-0,75\\3\end{pmatrix}\ (\text{mit } r\in\mathbb{R})$$

Aufgabe 51

a) $$\cos(\alpha) = \left|\frac{\begin{pmatrix}1\\2\\3\end{pmatrix}\cdot\begin{pmatrix}-1\\2\\0\end{pmatrix}}{\left|\begin{pmatrix}1\\2\\3\end{pmatrix}\right|\cdot\left|\begin{pmatrix}-1\\2\\0\end{pmatrix}\right|}\right|$$

$$\cos(\alpha) = \left|\frac{1\cdot(-1)+2\cdot 2+3\cdot 0}{\left|\sqrt{1^2+2^2+3^2}\right|\cdot\left|\sqrt{(-1)^2+2^2+0^2}\right|}\right|$$

$$\cos(\alpha) = \frac{3}{\sqrt{14}\cdot\sqrt{5}} \qquad |\cos^{-1}$$

$$\alpha = 68,99°$$

b) Der Vektor $\vec{n} = \begin{pmatrix}0\\1\\0\end{pmatrix}$ steht senkrecht auf die x_1x_3-Ebene.

$$\sin(\alpha) = \left|\frac{\begin{pmatrix}4\\2\\-3\end{pmatrix}\cdot\begin{pmatrix}0\\1\\0\end{pmatrix}}{\left|\begin{pmatrix}4\\2\\-3\end{pmatrix}\right|\cdot\left|\begin{pmatrix}0\\1\\0\end{pmatrix}\right|}\right|$$

$$\sin(\alpha) = \left|\frac{4\cdot 0+2\cdot 1-3\cdot 0}{\left|\sqrt{4^2+2^2+(-3)^2}\right|\cdot\left|\sqrt{0^2+1^2+0^2}\right|}\right|$$

$$\sin(\alpha) = \frac{2}{\sqrt{29}\cdot 1} \qquad |\sin^{-1}$$

$$\alpha \approx 21,80°$$

Aufgabe 52

A(−2| 0| 1) und B(1| −3| 5)

Verbindungsvektor: $\overrightarrow{AB} = \begin{pmatrix} 1 \\ -3 \\ 5 \end{pmatrix} - \begin{pmatrix} -2 \\ 0 \\ 1 \end{pmatrix} = \begin{pmatrix} 3 \\ -3 \\ 4 \end{pmatrix}$;

Länge: $|\overrightarrow{AB}| = \sqrt{3^2 + (-3)^2 + 4^2} = \sqrt{34}$ LE

Aufgabe 53

A(−2| 0| 1)

Von x_1x_2-Ebene: 1 LE (da $x_3 = 1$)

Von x_1x_3-Ebene: 0 LE (da $x_2 = 0$)

Von x_2x_3-Ebene: 2 LE (da $x_1 = -2$)

Aufgabe 54

a)

Schritt 1: Verbindungsvektor zwischen Q und dem allg. Geradenpunkt $P_r(-2r \mid 1+r \mid 2+2r)$ aufstellen:

$$\overrightarrow{QP_r} = \begin{pmatrix} -2r \\ 1+r \\ 2+2r \end{pmatrix} - \begin{pmatrix} 0 \\ 2 \\ -1 \end{pmatrix} = \begin{pmatrix} -2r \\ r-1 \\ 2r+3 \end{pmatrix}$$

Schritt 2: Skalarprodukt gleich 0 setzen. Parameterwert r ermitteln.

$$\begin{pmatrix} -2r \\ r-1 \\ 2r+3 \end{pmatrix} \cdot \begin{pmatrix} -2 \\ 1 \\ 2 \end{pmatrix} = 0 \Leftrightarrow$$

$$(-2r) \cdot (-2) + (r-1) \cdot 1 + (2r+3) \cdot 2 = 0$$

$$4r + r - 1 + 4r + 6 = 0$$

$$\Leftrightarrow r = -\frac{5}{9}$$

Schritt 3:

$$\overrightarrow{OL} = \vec{x} = \begin{pmatrix} 0 \\ 1 \\ 2 \end{pmatrix} - \frac{5}{9} \cdot \begin{pmatrix} -2 \\ 1 \\ 2 \end{pmatrix} = \begin{pmatrix} \frac{10}{9} \\ \frac{4}{9} \\ \frac{8}{9} \end{pmatrix}$$

$$\rightarrow L\left(\frac{10}{9} \mid \frac{4}{9} \mid \frac{8}{9}\right)$$

Schritt 4: Abstand zwischen den Punkten Q und L berechnen:

Lotvektor: $\overrightarrow{QL} = \begin{pmatrix} \frac{10}{9} \\ -\frac{14}{9} \\ \frac{17}{9} \end{pmatrix}$

mit Länge:

$$d = \left|\overrightarrow{QL}\right| = \sqrt{\left(\frac{10}{9}\right)^2 + \left(-\frac{14}{9}\right)^2 + \left(\frac{17}{9}\right)^2} \approx 2{,}69\,\text{LE}$$

b) Da die Richtungsvektoren von g und h Vielfache voneinander sind, verlaufen die Geraden parallel. h hat den Aufpunkt $Q(0 \mid 2 \mid -1)$. Dessen Abstand zu g wurde in a) berechnet und entspricht dem Abstand der beiden Geraden.

Aufgabe 55

a) Da die x_3 Koordinate des Richtungsvektors negativ ist, sinkt das Schiff.

b) $\vec{v} = \begin{pmatrix} -15 \\ 0 \\ -3{,}75 \end{pmatrix}$;

$|\vec{v}| = \sqrt{(-15)^2 + 0^2 + (-3{,}75)^2} \approx 15{,}46$ (km/h)

c) $x_3 = -9{,}5 \Leftrightarrow -2 - 3{,}75t = -9{,}5 \Rightarrow t = 2$

Nach 2 Stunden.

Lösungen Stochastik

Aufgabe 56

Tipp: Fertigen Sie Baumdiagramme an!

a) $P = P(rrr) + P(bbb) + P(ggg)$

$= \frac{3}{12}\cdot\frac{3}{12}\cdot\frac{3}{12} + \frac{4}{12}\cdot\frac{4}{12}\cdot\frac{4}{12} + \frac{5}{12}\cdot\frac{5}{12}\cdot\frac{5}{12}$

$= \left(\frac{3}{12}\right)^3 + \left(\frac{4}{12}\right)^3 + \left(\frac{5}{12}\right)^3 = \frac{1}{8}$

b) $P = P(r\overline{rr}) + P(\overline{r}r\overline{r}) + P(\overline{rr}r)$

$= 3\cdot\left(\frac{4}{12}\cdot\frac{8}{12}\cdot\frac{8}{12}\right) = \frac{4}{9}$

c) $P = P(rbg) + P(rgb) + P(brg) + P(bgr) + P(grb) + P(gbr)$

$= 3!\cdot\left(\frac{3}{12}\cdot\frac{4}{12}\cdot\frac{5}{12}\right) = 6\cdot\left(\frac{3}{12}\cdot\frac{4}{12}\cdot\frac{5}{12}\right) = \frac{5}{24}$

d) $P = P(gbb) = \frac{5}{12}\cdot\frac{3}{12}\cdot\frac{3}{12} = \frac{5}{192}$

e) $P(\text{mind. } 1g) = 1 - P(\overline{ggg}) = 1 - \left(\frac{7}{12}\right)^3 = \frac{1385}{1728}$

Aufgabe 57

a) $P = P(\overline{aa}) = \frac{9}{13}\cdot\frac{8}{12} = \frac{6}{13}$

b) $P(\text{höchst. } 1a) = 1 - P(aa) = 1 - \frac{4}{13}\cdot\frac{3}{12} = \frac{12}{13}$

c) $P = P(k\overline{k}) + P(\overline{k}k) = \frac{2}{13}\cdot\frac{11}{12} + \frac{11}{13}\cdot\frac{2}{12} = \frac{11}{39}$

d) $P = P(ab) + P(ba) = \frac{4}{13}\cdot\frac{3}{12} + \frac{3}{13}\cdot\frac{4}{12} = \frac{2}{13}$

Aufgabe 58

$P(\text{mind. ein Mal } b) \geq 0{,}98$

$1 - P(\text{kein Mal } b) \geq 0{,}98$

$1 - P(\overline{b}\overline{b}...\overline{b}) \geq 0{,}98$

$1 - \left(\frac{20}{30}\right)^n \geq 0{,}98 \quad |-1$

$-\left(\frac{2}{3}\right)^n \geq -0{,}02 \quad |\cdot(-1)$

$\left(\frac{2}{3}\right)^n \leq 0{,}02 \quad |\ln$

$\ln\left(\frac{2}{3}\right)^n \leq \ln(0{,}02)$

$n \cdot \ln\left(\frac{2}{3}\right) \leq \ln(0{,}02)$

$n \cdot (-0{,}405) \leq -3{,}912 \quad |:(-0{,}405)$

$n \geq 9{,}66$

A: Mindestens 10-mal ziehen!

Alternativ: $\log_{\frac{2}{3}}(0{,}02) = 9{,}65$

Aufgabe 59

	s	$\overline{s}$	
a	0,07	0,17	0,24
$\overline{a}$	0,11	0,65	0,76
	0,18	0,82	1

a) $P(as) = 0{,}07$

b) $P(\text{alt oder schmutzig}) = P(as) + P(a\overline{s}) + P(\overline{a}s)$

$= 1 - P(\overline{as}) = 1 - 0{,}65 = 0{,}35$

c) $P_a(s) = \frac{P(s \cap a)}{P(a)} = \frac{P(sa)}{P(a)} = \frac{0{,}07}{0{,}24} = \frac{7}{24}$

d) Testformel für Unabhängigkeit:

$P(a \cap s) \overset{?}{=} P(a)\cdot P(s)$

$0{,}07 \overset{?}{=} 0{,}24\cdot 0{,}18$

$0{,}07 \neq 0{,}0432$

Somit sind die Eigenschaften nicht unabhängig, also abhängig.

Aufgabe 60

a)

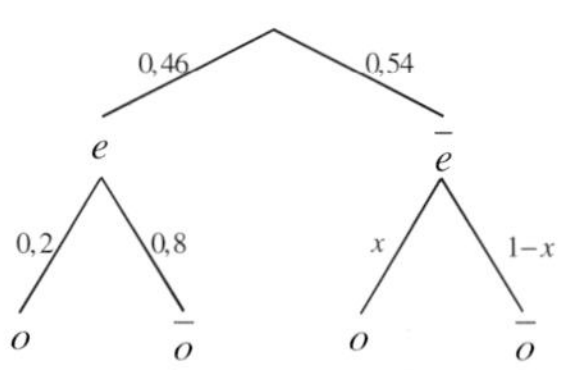

$P(eo) + P(\overline{e}o) = P(o)$

$0{,}46\cdot 0{,}2 + 0{,}54\cdot x = 0{,}53$

$0{,}092 + 0{,}54x = 0{,}53 \quad |-0{,}092$

$0{,}54x = 0{,}438 \quad |:0{,}54$

$x \approx 0{,}81$

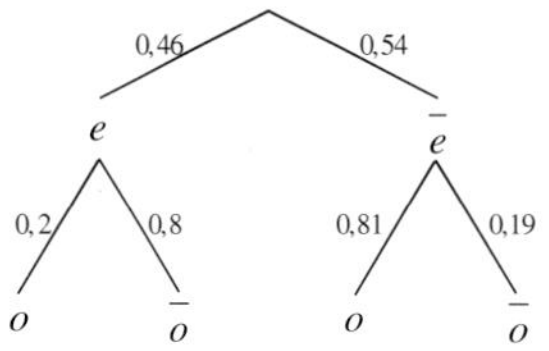

b) $P(\overline{e}\overline{o}) = 0{,}54 \cdot 0{,}19 = 0{,}1026$

c) $P_o(e) = \dfrac{P(e \cap o)}{P(o)} = \dfrac{0{,}46 \cdot 0{,}2}{0{,}53}$

$= \dfrac{0{,}092}{0{,}53} \approx 0{,}174$

Aufgabe 61

X: Auszahlung an den Spieler

Wahrscheinlichkeitsverteilung von X:

Ergebnisse	1; 3	6	2; 4; 5
x_i	2	5	1
$P(X = x_i)$	$\frac{2}{6} = \frac{1}{3}$	$\frac{1}{6}$	$\frac{3}{6} = \frac{1}{2}$

Erwartete Auszahlung an den Spieler:

$E(X) = 2 \cdot \frac{1}{3} + 5 \cdot \frac{1}{6} + 1 \cdot \frac{1}{2} = 2$

Um erwartungsgemäß einen Gewinn von 0,50 € pro Spiel zu machen, muss die Klasse einen Eintrittspreis von 2,50 € verlangen.

Aufgabe 62

a) X: Anzahl fehlerfreier Chips.

$P(X = 11) = \binom{17}{11} \cdot 0{,}78^{11} \cdot 0{,}22^{6} \approx 0{,}0912$

b) X: Anzahl verwandelter Elfmeter.

$P(X = 13) = \binom{15}{13} \cdot 0{,}80^{13} \cdot 0{,}20^{2} \approx 0{,}2309$

c) X: Anzahl Farbe blau.

$P(X = 3) = \binom{8}{3} \cdot \left(\frac{1}{3}\right)^{3} \cdot \left(\frac{2}{3}\right)^{5} \approx 0{,}2731$

Aufgabe 63

a) $P(X = 18) = 0{,}0129$

b) $P(X < 9) = P(X \le 8) \approx 0{,}0940$

c) $P(X \ge 15) = 1 - P(X \le 14) \approx 1 - 0{,}8246 = 0{,}1754$

d) $P(X > 11) = P(X \ge 12) = 1 - P(X \le 11)$
$\approx 1 - 0{,}4311 = 0{,}5689$

e) $P(9 \le X \le 13) = P(X \le 13) - P(X \le 8)$
$\approx 0{,}7145 - 0{,}0940 = 0{,}6205$

Aufgabe 64

Joker - Liste

[X] BV oder [ ] kum. BV

über Gegenereignis [ ] ja [X] nein

$n = 20$ oder [ ] gesucht
$p = 0{,}75$ oder [ ] gesucht
$k = ?$ oder [X] gesucht
$P \approx 0{,}1686$ oder [ ] gesucht

X: Anzahl der Treffer

verschiedene Werte von k probieren bis $P \approx 0{,}1686$ gilt.

$P(X = 14) \approx 0{,}1686$

A: Für 14 Treffer.

Aufgabe 65

Joker - Liste

[ ] BV oder [X] kum. BV

über Gegenereignis [ ] ja [X] nein

$n = ?$ oder [X] gesucht
$p = 0{,}75$ oder [ ] gesucht
$k = 10$ oder [ ] gesucht
$P > 0{,}50$ oder [ ] gesucht

X: Anzahl der Treffer

n erhöhen, bis 50 % unterschritten wird.

$n = 12 \quad P(X \le 10) \approx 0{,}8416 > 0{,}50$

$n = 13 \quad P(X \le 10) \approx 0{,}6674 > 0{,}50$

$n = 14 \quad P(X \le 10) \approx 0{,}4787 < 0{,}50$

A: Höchstens 13 Mal schießen.

Lösungen Problemlösen

Aufgabe 66

Sie könnten beispielsweise zwei Mal werfen. Jakob gewinnt wenn zuerst Kopf dann Zahl kommt.
Lovis gewinnt, wenn zuerst Zahl dann Kopf kommt. Falls bei beiden Würfen dieselbe Seite der Münze oben liegt, wird wiederholt.

Aufgabe 67

Zunächst besteht die Melone zu 99 % aus Wasser und zu 1 % aus Trockenmasse. Die Trockenmasse wiegt demnach 40 g.
Durch die Sonneneinstrahlung sinkt die Wassermenge, wohingegen das Gewicht der Trockenmasse gleich bleibt.
Nach der Sonneneinstrahlung liegt der Wasseranteil bei 98 % und der Anteil der Trockenmasse bei 2 % der Gesamtmasse.
Aus 2 % ≙ 40 g folgt 100 % ≙ 2000 g.
Somit wiegt die Melone dann nur noch 2 kg.

Aufgabe 68

Mustererkennung anhand von Beispielen.
Die Anzahl der Blättchen entspricht der Quadratzahl der zugehörigen Nummer des Musters.

Nr.	Anzahl Blättchen
1	$1=1^2$
2	$4=2^2$
3	$9=3^2$
4	$16=4^2$
5	$25=5^2$
n	n^2

Auch anhand grafischer Überlegungen wird dies deutlich: Aus den 4 Blättchen des zweiten Musters kann man ein quadratisches Muster der Seitenlänge 2 legen. Aus den 9 Blättchen des dritten Musters ein quadratisches Muster der Seitenlänge 3. Und so weiter.

Alternativer Zugang: Die Anzahl der Blättchen ergibt sich durch geschicktes Aufsummieren mit Mittelwerten.

Nr.	Anzahl Blättchen	
1	1	$=1+2\cdot 0$
2	$4=1+3$	$=1+1\cdot 3$
3	$9=1+3+5$ (Hinweis: 4 ist der Mittelwert der Zahlen 3 und 5)	$=1+2\cdot 4$
4	$16=1+3+5+7$ (Hinweis: 5 ist der Mittelwert der Zahlen 3, 5 und 7)	$=1+3\cdot 5$ $=1+(4-1)\cdot(4+1)$
5	$25=1+3+5+7+9$	$=1+4\cdot 6$ $=1+(5-1)\cdot(5+1)$
n	$1+3+5+7+\ldots$	$=1+(n-1)\cdot(n+1)$

Wegen $1+(n-1)\cdot(n+1)=1+n^2-1=n^2$
führen beide Zugänge zum gleichen Term.

Es gelten: $31^2=961<1000$ und
$32^2=1024>1000$

Somit benötigt Mara ab dem 32. Muster mehr als 1000 Blättchen.

Aufgabe 69

Anhand der Koordinaten der Punkte A, B und C wird deutlich, dass diese in der Ebene $x_3=3$ liegen und dass das Dreieck ABC in B einen rechten Winkel aufweist. Das Dreieck ABC stellt die Grundfläche G der Pyramide ABCD dar.

Es gilt: $G=\frac{1}{2}\cdot 2\cdot 6=6$

Berechnung der Höhe der Pyramide:

$$V=6$$
$$\frac{1}{3}\cdot G\cdot h=6$$
$$\frac{1}{3}\cdot 6\cdot h=10$$
$$h=5$$

Beispielsweise kann D die Koordinaten $(3\mid 3\mid 8)$ aufweisen.

Aufgabe 70

Transformation in andere Darstellungsart:
Die Wanderungen an beiden Tagen werden in einem Koordinatensystem dargestellt.

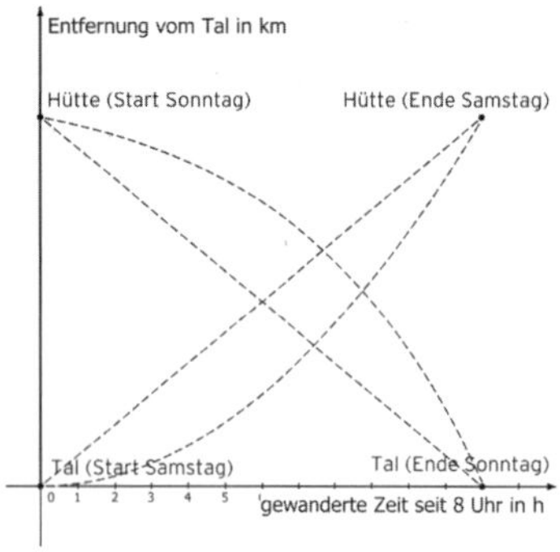

Am Samstag startet Daniel im Ursprung und erreicht nach 8 h die Hütte. Sein Wanderverhalten (Geschwindigkeit, Pausen, ...) bestimmt hierbei den Verlauf seiner Weg-Zeit-Kurve.
Am Sonntag verringert er die am Samstag erwanderte Entfernung vom Tal. Auch hier bestimmt sein Wanderverhalten den Verlauf der Weg-Zeit-Kurve.
Beispielhaft sind für beide Tage jeweils zwei Weg-Zeit-Kurven dargestellt.
Unabhängig von dem Verlauf der Weg-Zeit-Kurven für Hin- und Rückweg existiert jedoch stets ein Schnittpunkt. An diesem befindet er sich an beiden Tagen zur gleichen Uhrzeit an der gleichen Stelle der Wanderung.

Alternative Lösung: Umformulierung der Aufgabenstellung (Standpunkt, Perspektive, Blickwinkel wechseln)
Gedanklich startet Daniela zeitgleich wie Daniel die gleiche Wanderung in umgekehrter Richtung. Sie startet also von der Hütte in Richtung Tal.
Daniel und Daniela werden sich in jedem Fall begegnen. In diesem Moment befinden sie sich zeitgleich an der exakt gleichen Stelle der Wanderung.

Aufgabe 71

Wenn man das innere Quadrat um 45° dreht und die beiden Diagonalen betrachtet wird deutlich, dass das kleine Quadrat aus 4 Dreiecken besteht, das große Quadrat aus 8 Dreiecken.
Die Flächeninhalte stehen also im Verhältnis 2 : 1 zueinander.

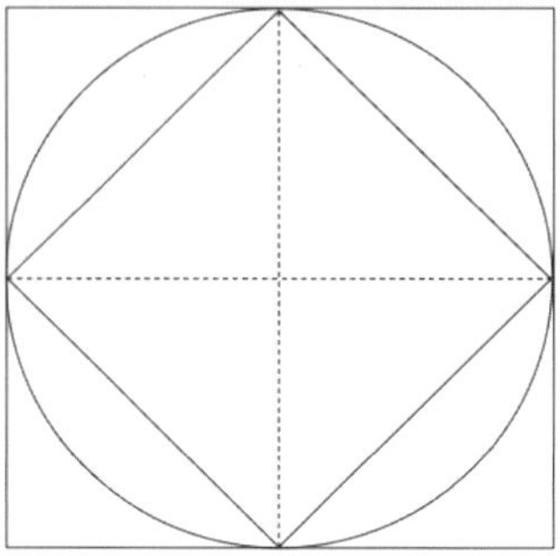

Strategie: Perspektivwechsel

Aufgabe 72

Jedes schwarze Quadrat von zwei gleich großen weißen Quadraten flankiert. Somit muss der Anteil der schwarzen Flächen bei 1/3 liegen.

Alternativ: Jede Quadratgröße taucht genau dreimal auf - zwei Mal in weiß und ein Mal in schwarz. Der schwarze Anteil an jeder Quadratgröße beträgt also genau 1/3.
Das Ausgangsquadrat besteht ausschließlich aus kleineren Quadraten: Somit muss der Anteil der schwarzen Flächen auch hier insgesamt bei 1/3 liegen.

Alternativ durch Berechnung des Anteils der schwarz gefärbten Fläche:

$$\frac{1}{4}+\frac{1}{16}+\frac{1}{64}+\ldots=\frac{1}{4}+\frac{1}{4^2}+\frac{1}{4^3}+\ldots=\sum_{n=1}^{\infty}\frac{1}{4^n}$$

Eingabe in den WTR $\sum_{x=1}^{100}\frac{1}{4^x}$ führt zum Ergebnis $\frac{1}{3}$.